≫ 쟈네

≫ 제로스

≫ 루세리스

안즈

이리스

세레스티나

츠베이트

알피아

15

코토부키 야스키요 지음

JohnDee 일러스트

김장준 옮김

Contents

# 프롤로그 아저씨, 또 던전을 불태우다

제2층, 새로운 구역.

석조 유적을 빠져나오자 버섯밖에 자라지 않는 포자로 뒤덮인 세계가 나왔다.

입을 천으로 막은 제로스 일행은 거목처럼 성장한 버섯의 갓 위를 걸으며 아래쪽 풍경을 바라봤다.

독한 포자로 가득한 공간은 숨을 쉴 때조차 불안을 부추겼다.

"……제로스 씨."

"왜, 에로무라 군."

"버섯…… 천지네."

"그러게."

거대 버섯 위에 다른 버섯이 잡초처럼 번식했고, 접착력 있는 균이 발바닥에서 불쾌한 소리를 냈다. 마치 테이프나 끈끈이 위를 걷는 기분이었다.

심지어 공기는 습하고 이상하게 후덥지근했다.

"오라버니, 이거 【용혈 버섯】이에요."

"뭐?! 고급 음식으로 유명하고 희소가치가 높은 버섯이잖아? 만병통치약의 재료라고도 불리는 녀석이지."

"엄청나게 많이 자랐네요. 게다가 이건 【케미컬 머시】……."

"고품질 포션에 들어가는 재료지? 그런 버섯까지 자라나. 연금술사에게는 보물고가 따로 없군."

도감에서나 보던 고급 식료와 희귀 버섯이 지천으로 깔려있어서 츠베이트와 세레스티나는 놀라움을 금치 못했다.

버섯의, 버섯에 의한, 버섯만을 위한 세계.

그곳은 서식하는 마물마저도 버섯이었다.

위에서 보기만 하면 위험하지 않지만, 기분 나쁜 균류 생물이 꾸물거리는 저곳으로 내려가고 싶지는 않았다.

"마탕고? 같은 마물이 아래쪽에 득실거리네."

"저건 이름이 【패러살리스크】였던가……."

"마물이나 동물에 기생해서 뇌와 신경을 지배해 이동하지. 그러다 마지막에는 그 몸뚱이를 매개로 번식해. 일단 약효가 뛰어나서 연금술 소재로 쓰이지만, 여기서 채집하기에는 너무 위험하겠어."

"【머시맨】도 있군요. 그나저나 고농도 포자가 풀풀 날려서 공기가 안 좋네요. 머미 각질 다음은 포자…… 대기 오염 심각하네."

"불로 정화하면 안 돼?"

제로스와 에로무라가 기괴한 풍경을 바라보며 위험한 말을 나눴다.

호흡으로 폐에 포자가 들어가면 기생해서 버섯 괴물로 변할 우려도 있었다.

이런 구역에서는 고글이나 방진 마스크 같은 장비가 필수지만, 제로스도 점쟁이는 아니라서 그것까지 준비할 순 없었다.

"우와, 큰일났다! 아저씨……."

"무슨 일이죠?"

"내, 내 가랑이에 버섯이 자랐어……."

에로무라를 힐끗 본 아저씨는 말없이 담배를 꺼내 불을 붙였다.

그리고 깊은 한숨과 함께 연기를 내뱉었다.

"에로무라 군…… 그런 저질스러운 농담은 필요 없어요. 버섯이라면 태어나면서부터 달려 있었잖아요. 나한테 그런 농담 하면 재밌어요?"

"아니, 가랑이에 달린 신사분 말고! 진짜 버섯이 자랐다니까, 봐봐!"

"앗…… 진짜네."

에로무라의 옷(가랑이 부분)에는 흰 균사가 퍼졌고, 그곳에 빨간 갓에 흰 반점이 특징인 버섯이 우뚝하게, 그것도 세 개나 자라 있었다.

언뜻 광대버섯처럼 보이지만, 사실 이건 평범한 식용 버섯이다.

그래도 아저씨의 인상은 점점 더 혐오스럽게 일그러졌다.

"……아무리 나라도 에로무라 군의 가랑이에 자란 버섯까지는 먹고 싶지 않은데."

"누가 먹으래?! 방금까지 아무것도 없었는데 어느샌가 자라 있었다고!!"

"그 말은……."

이 짧은 시간에 버섯이 균사를 퍼뜨리고 성장했다는 뜻이었다.

옷에 붙은 포자가 섬유 틈새로 균사를 퍼뜨렸다면 다른 일행에게도 같은 현상이 일어날 가능성이 컸다.

이대로 가다간 언젠가 저 아래에서 꾸물거리는 버섯 마물과 친구가 되고 만다. 그렇게 답을 내린 제로스는 바로 오른손에 마력을 모아 잠재의식^{이데아} 영역에서 방대한 마법식을 불러왔다.

"아저씨?!"

"서, 선생님?!"

"스, 스승님, 뭐 하는 거야?!"

"다들 왔던 길로 죽어라 달려요!! 술식 고정, 【연옥염 초멸진】!"

세 사람은 뜬금없이 발생한 방대한 마력에 놀랐지만, 제로스의 말에 이것저것 따질 새도 없이 이 구역의 입구로 냅다 달려갔다.

제로스는 방대한 마력과 어마어마한 술식 정보가 압축된 큐브를 힘껏 던지고 세 사람의 뒤를 쫓아 전력 질주했다.

연옥염 초멸진은 필드의 거의 중심에서 발동했다.

—KWAAAAAAAAAAAAAAAAAAAAAAANG!!

발동한 광범위 섬멸 마법은 순식간에 필드 안에 자란 크고 작은 버섯을 죄다 집어삼켰고, 공기 중에 날리는 포자까지도 불살랐다.

아저씨가 또 던전에 지옥을 만들어낸 것이다.

 ## 제1화 아저씨, 던전에서 로봇과 만나다

호수 중앙에 위치한 신전에서 가디언 골렘을 해치운 【이치죠 나기사】와 【타나베 카츠히코】는 안쪽의 계단으로 내려가서 4층 탐색을 계속하고 있었다.

석조 통로에는 5미터 높이의 기둥이 나란히 있고, 장소에 따라서는 우물이나 황폐한 정원, 목욕탕 같은 유적도 보였다.

마치 유적을 관광하는 기분이었지만, 현실을 깨닫게 해주려는 듯 마물이 습격해왔다. 둘은 그것들을 격퇴하면서 앞으로 나아갔다.

"고블린이 많군……. 여긴 기대하지 않는 편이 낫겠어."

"무기도 가졌지만, 딱히 돈이 될 것 같지 않네."

"닳아빠진 칼은 필요 없어~. 그냥 고철이잖아."

상층의 고블린은 돌도끼나 곤봉, 주변에서 주운 돌멩이를 무기로 쓰기도 하지만 기본적으로는 무기 없이 떼로 덤벼드는 원시적인 전법을 쓴다.

그 점에서 이 계층의 고블린은 철제 무기를 쓰니까 그나마 문명적이라고 할 수 있었다.

하지만 그 무기들도 하나같이 품질이 좋지 않아서 대장간에 팔아봤자 헐값밖에 받지 못할 고철뿐이었다. 용병으로서도 건질 게 없었다.

"골렘 핵과 마석이 더 비싸게 팔리지? 오크라면 고기도 팔 수 있지만 해체가 귀찮을 거 같아."

"너, 식용 오크랑 못 먹는 오크는 구별할 줄 알아? 평범한 오크 고기는 잡내가 심해서 못 먹어."

"뭐?"

오크에는 식용으로 적합한 종과 그렇지 않은 종이 있다.

식용은 【미트 오크】라는 종으로, 뻣뻣한 털로 뒤덮인 반인반수의 멧돼지다.

지능이 낮고 항상 무리지어 이동하는 야생 동물에 가까운 습성을 지녔다. 밭을 파헤치는 경우가 많아서 유해 동물로 취급받기도 한다.

그에 비해 식용으로 적합하지 않은 오크는 돼지머리가 달린 인간 그 자체이고 뒤룩뒤룩 살찐 체형에 녹색 피부가 특징이다. 잡식성에 성질이 사나우며 무기를 쓰거나 부락을 만드는 등 지능이 높다.

체력도 좋고 두꺼운 팔에서 나오는 괴력, 골절도 순식간에 낫는 비상식적 회복력, 게다가 가르치면 인간의 언어를 이해하고 말할 줄 아는 지성까지 갖췄다.

심지어 오크는 미트 오크도 먹잇감으로 사냥한다.

"용병 길드 소속이면서 몰라?"

"아니, 오크에도 종류가 있어?"

"……그러고도 잘도 용병 일을 하네. 아는 게 너무 없잖아."

카츠히코의 지식 대부분은 게임에서 배운 것이다. 그래서 용병들이 상식처럼 아는 정보도 잘 알지 못했다.

오크와 미트 오크도 구별하지 못하면 용병 기본 지식을 처음부터 배워야 할 수준이었다. 이대로 가면 머지않아 호된 꼴을 당할 것이다.

"용병 길드에서 강의해 주잖아. 나는 들었는데, 설마 안 들었어?"

"그, 그게…… 딱히 안 들어도 문제없었고, 해수 구제 의뢰가 대부분이었으니까……."

"너, 정말…… 정보가 무엇보다 중요하다는 건 이 업계 상식이잖아. 오크 퇴치 의뢰를 받고 미트 오크를 해치워봤자 인정 안 해줘. 그리고 지식이 부족해서 죽으면 어떡하려고 그래!"

"윽……. 그래도 겨우 오크인데 뭘."

"구별할 수 없다는 게 문제라고! 용병 길드 의뢰서는 대부분 글자로만 적혀있으니까 글만으로 마물의 특징을 파악해야 해. 그런데 모르는 마물을 어떻게 찾겠다는 거야? 종족명을 부른다고 마물이 대답해줄 리도 없는데!"

카츠히코는 자기 자신에게 한없이 관대했다.

용병은 양아치가 많지만, 마물이나 약초에 관한 지식은 열심히 배우려고 한다.

마물의 종류와 특징, 기본적인 습성 및 능력, 소재로 사용되는 부위, 서식지나 식성 등 그들은 다양한 지식을 알아야 한다.

언제나 위험 속으로 뛰어드는 일이므로 정보 수집과 준비가 무엇보다 중요한 셈이다.

그것을 게을리한 이들은 목숨을 잃거나 다시는 용병 일을 받지 못하는 몸이 된다.

"너, 정말로 조만간 죽는 거 아니야?"

"그래도 용사인데 쉽게는 안 죽겠지!"

"공부하는 습관은 어디 갔담……."

"소환될 때 원래 세계에 두고 온 거 아냐?"

반성할 기미가 없는 카츠히코의 태도에 지금까지 마음속에 쌓인 무언가가 폭발할 뻔했지만, 나기사는 꾹 참고 설득했다. 그녀의 성실함과 고지식함을 알 수 있는 대목이었다.

그래도 말에 실리는 감정까지는 어쩌지 못했다.

"위기감이 없어. 어떤 밑바닥 용병이라도 목숨이 걸렸으니까 죽기 살기로 정보를 모아. 너는 그 인간들 이하야!"

"솔로 활동을 하면서 정보 수집까지 하려니까 귀찮아~. 전에는 이치죠가 있어서 괜찮았는데 지금은 영……. 앗, 그렇지! 우리 한 번 더 콤비로 활동할래?"

—뚝!

나기사 안에서 끊어질 리 없는 뭔가가 끊어졌다.

"너, 내가 없으면 아무것도 못 해? 어린애야?"

"어린애는 너무했다. 동갑인데……."

"그걸 누가 몰라! 넌 대체 뭐야! 애가 왜 그래?! 얼마나 남한테 일을 떠넘겨야 직성이 풀려? 네 그 무책임한 행동 때문에 누가 피해를 보는 줄 알아? 나야! 나!!"

지금까지 참았던 감정이 드디어 한계선을 넘었다.

"어…… 으으음……."

나기사의 분위기가 어찌나 험악한지 카츠히코는 차마 대구하지 못했다.

"항상 멋대로 행동하고, 잠깐만 눈을 떼면 귀찮은 일만 끌고 오고……. 내가 네 뒤치다꺼리를 얼마나 했는지 알아?"

"아니, 우리 콤비잖아? 한쪽이 곤란할 때 도와주는 게 파트너 아니야?"

"너는 남한테 업혀갈 뿐이잖아. 네 뒤처리 정도는 네가 알아서 해. 이딴 게 콤비면 당장 해산해!"

"그런 말 하지 마. 우리 지금까지 잘 해왔잖아? 오래 산 부부나 마찬가지야. 남편이 힘들 때는 받쳐주는 게 아내의 역할—."

"소름 끼쳐! 너랑 부부가 될 바에야 죽고 말지!"

카츠히코와의 관계를 부부로 빗댄다면 수입을 살림에 보태지 않고 흥청망청 탕진한 주제에 잘못을 인정하기는커녕 문젯거리만 떠넘기는 쓰레기 남편. 당장 이혼당해 마땅한 인간이다.

뻔뻔하게 부부라는 말을 입에 담는 이 후안무치 철면피에게는 온화한 나기사도 화를 참지 못했다.

연애 감정 따위 눈곱만큼도 없는데 부부라고 하니 감정이 걷잡을 수 없이 격앙됐다.

이런 게 바로 분기탱천일까.

"장담할게. 너랑 결혼하는 사람은 한 달도 못 버티고 이혼할 거야. 무슨 말을 해도 못 알아먹으니까."

"그럴 리는 없을걸~? 나는 애인이 생기면 진짜 잘해줄 자신 있어. 그리고 내가 이래 봬도 일편단심 순정남이라구☆"

"결혼하고 바람피우면서 간이고 쓸개고 다 내주다가 버림받고, 아내한테 외도와 정신적 피해를 이유로 이혼당해서 위자료로 파멸할 남자겠지. 넌 그냥 인간이 얄팍해."

"그건 아내가 남편 체면을 살려주는 게 맞지 않나? 한두 번 바람피운 정도로 이혼하자는 사람이 어딨어? 그런 속 좁은 여자는 내쪽에서 사양이야."

"……그래서 네가 원래 세계에서 여자를 못 사귀었구나. 쓰레기의 표본이네."

"크헉?!"

나기사의 냉담한 말이 카츠히코의 마음에 크리티컬 히트.

경멸스러운 눈빛으로 욕하고, 수치스러운 과거를 들추는 강렬한 보디 블로까지 날리면 남자로서 견디기 어렵다.

"파트너니 부부니 하면서 결국 나를 이용하고 있을 뿐이지? 자기가 일으킨 문제도 스스로 해결하지 못하는 주제에 퍽이나 애인한테 잘하겠다, 으이구."

"이, 이이, 이용이라니~. 그럴 생각은 없는데~?"

"그럴 생각이 없으면 남한테 폐를 끼치는지 생각조차 하지 못하는 이기주의자라고 스스로 인정하는 꼴이지. 심지어 수익이 불안정한 용병이면서 편하게 돈 벌 생각만 하고, 그 이상의 돈을 계획성도 없이 까먹는 멍청이. 이젠 기가 막혀서 화도 안 나."

"제발 그만! 비수를 얼마나 꽂는 거야?!"

나기사의 무자비한 말에 카츠히코는 눈물을 머금었다.

그래도 알긴 아나 보다. 하지만 지금까지 잘못된 줄 알면서도 생활 습관조차 개선하지 않았다. 누가 도와주지 않으면 아무것도 못하는 인간이라고 증명한 꼴이나 다름없다.

"하…… 백날 똑같은 말을 해도 어차피 넌 금방 까먹지? 나도 의미 없는 짓만 하고 있네……. 이제 버려도 될 시기 같은데, 어떻게 생각해?"

"뭐? 날 버리겠다고?! 지금까지 함께 협력해서 살아남은 사이잖아!"

"협력? 착각도 유분수다. 협력이 아니라 어쩔 수 없이 도운 거야! 유대감이 생길 리가 없지. 오히려 불신과 스트레스만 늘었어!"

"부탁할게. 버리지 마! 너한테 버림받으면 나…… 혼자선 못 살아!"

"놔! 정말, 짜증 날만큼 구질구질하네. 도와주는 건 이번이 마지막이야. 다음부터 네가 벌인 문제는 네가 해결해. 나도 더는 못 참아."

"그러지 말고, 제바아알~!!"

외도가 들통나서 필사적으로 아내에게 매달리는 쓰레기 남편 같았다.

하지만 나기사는 이미 생각을 굳혔다. 비참하게 울면서 그녀의 다리를 붙잡고 늘어지는 카츠히코를 가차 없이 발로 쳐 냈다.

이혼— 아니, 완전히 정나미가 떨어진 것이다.

—Kuuuuuuuuuuung!!

"뭐, 뭐야?"

"거짓말이라고 해줘~! 안 좋은 부분은 고칠 테니까아아~!!"

"시끄러워! 그보다 지금 그 소리를 듣고 아무 생각도 안 들어?! 언제까지 못난 남편 놀이나 할 거야, 징그럽게!"

"이게 장난으로 보여?!"

벽을 타고 전해진 굉음.

그와 동시에 멀리서 다급한 고함이 들렸다.

"여기로 온다!"

"싸우려고 하지 마. 방어를 우선하면서 도망쳐! 지금까지 본 적 없는 타입의 마물이야!"

"으아아아아아아아!!"

아마 용병들이다. 통로 앞쪽에서 아마 긴급 사태가 발생한 모양이었다.

하지만 이곳에서는 무슨 일이 생겼는지 알 수 없었다.

확인하려면 현장으로 다가가야 하지만—.

"왜, 왠지…… 안 좋은 예감이 드는데."

"너랑 의견이 맞는 건 불쾌하지만, 나도 같은 생각이야."

용병들의 목소리가 차츰 가까워졌다. 이대로 있으면 마주칠 것이다. 그들이 마물을 끌고 올 가능성은 다분했다.

지금 두 사람이 있는 곳은 거의 직선 통로였고, 좌우에는 간격을 둔 채로 나무문이 있었다. 앞쪽은 시야가 훤하게 트여 무슨 일이 벌어져도 금방 알 수 있다.

나기사와 카츠히코는 말없이 고개를 끄덕이고 검을 들어 전방을 예의 주시했다.

"활로 머리를 정확하게 노려!!"

"머리가 어디야!! 그리고 활을 쏠 여유도 없어!!"

용병들이 드디어 보이기 시작했을 때, 나기사와 카츠히코는 그것을 보고 할 말을 잃었다.

세 용병을 쫓는 것은 아무리 봐도 마물이 아니었다.

미국산 근접 방어 무기 체계 MK15 팰렁스를 연상케 하는 원통형 몸체에 다리 네 개가 달렸고, 기관포가 있어야 할 곳에 두 개의 팔(소형 총 장착)이 붙은 기계였다.

"거기 너희, 도망쳐! 이 녀석은……."

용병의 말이 끝나기 전에 두 사람의 발치에 뭔가가 날아와 돌바닥이 깨졌다.

멍하게 아래를 본 카즈히코가 깨진 바닥에 묻힌 의외의 물건을 발견하고 깜짝 놀랐다.

그도 잘 아는 물건과 흡사…… 아니, 동일한 것이었으니까.

"……이거, 너트야?"

"그럼 저건…… 정말 로봇? 이게 말이 돼?!"

너트— 볼트와 함께 사용하는 일반적인 결합 부품. 판타지 세계에 어울리지 않는, 과학적 이론을 바탕으로 제작된 인공물.

골렘과는 거리가 먼 그것은 근미래 배경의 액션 영화처럼 자율적으로 행동하며 인간을 공격하고 있었다.

"작업용 로봇이 인간을 덮쳤나?! 판타지 세계에 저런 게 왜 있어!"

"나도 몰라! 그보다 지금은 도망이 우선이야!"

두 사람은 허둥지둥 왔던 길을 돌아가듯 뛰었다.

그 뒤를 용병들이 필사적으로 쫓고, 작업 로봇 같은 것이 쫓아왔다.

"다, 당신들, 저런 건 왜 끌고 왔어!!"

"던전 변화에 휘말려서 헤매다가 우연히 마주쳤을 뿐이야!!"

—Dududududududududu!!

""""""히이이이이이이이이이이이이익?!""""""

기관총처럼 너트를 난사하는 정체불명의 기계.

원통 몸체의 아랫부분과 작업용 암 사이에 있는 카메라 같은 구체가 불길한 붉은빛으로 빛나더니, 본체에 새겨진 기하학 문양을 따라서 푸른빛이 흘렀다. 그리고 몸체 위쪽이 좌우로 갈라지며 내

장된 무기가 모습을 드러냈다.

"위, 위험해…… 저 구경은 설마……."

카츠히코가 말을 끝내기 전에 퉁퉁 소리와 함께 그들 앞으로 뭔가가 발사됐다.

그리고 폭음과 함께 눈앞이 빨갛게 물들었다.

"유, 유탄이다!!"

"자, 작업용 기계 아니었어?!"

"살려줘어어어어어어어!!"

"엄마아아아아아아~!!"

"죽기 싫어, 죽기 싫어어어어어어어어어엇!!"

다섯 명은 폭발과 너트 세례 속에서 죽기 살기로 달렸다.

하지만 그런다고 따돌릴 수 있을 만큼 어설픈 기계도 아니었다. 철컹거리는 소리가 나더니 네 다리에서 바퀴가 나와 고속으로 목표를 추적했다.

쓸데없이 기믹이 많은 로봇이었다.

"저건 또 뭐야?! 다들 좌우로 갈려져서 기둥 뒤에 숨어!!"

"젠장!!"

나기사가 순간적으로 내린 판단이었다.

그 덕에 다섯 명은 간발의 차로 로봇을 피했다. 하지만 퇴로가 완전히 막히고 말았다.

로봇은 고속 선회해서 뒤를 돌아보고 총구를 기둥에 겨눈 채 정지했다.

'저런 걸 무슨 수로 떨쳐내…….'

원거리에서는 총알과 유탄을 퍼붓고, 도망치면 고속 주행으로
추적한다.

용사와 용병들은 독 안에 든 쥐였다.

갑자기 【연옥염 초멸진】을 발동한 제로스는 폭발에서 벗어나려
고 석조 유적 통로로 뛰어들었다. 그리고 불타오르는 버섯 구역을
살펴봤다.

"스승님, 갑자기 무슨 마법을 쓰는 거야!!"

"그래요! 저기에는 희귀한 버섯이 잔뜩……."

"그리고 깨달았을 때는 이미 모두 버섯에게 기생당했을지도 모
르죠. 걱정하지 않아도 돼요. 이번에는 화력을 조절했으니까 넓은
범위가 불탈 뿐입니다."

""기생?""

제로스는 요점만 간추려 두 제자에게 설명했다.

츠베이트와 세레스티나의 낯빛이 순식간에 새파래졌다.

"……그러니까, 저기에 오래 머물면 우리가 버섯의 숙주가 된다
는 건가."

"생물에 기생하는 버섯이면 마물이죠? 위험할 뻔했어요."

"에로무라 군의 웃기지 않은 농담으로 깨달아서 다행이네요. 필
드를 홀랑 태워버린 건 지나쳤다고 생각하지만, 위험도가 미지수
니까요."

"농담 아니라니까!! 왜 셋 다 나를 싸늘한 눈으로 쳐다봐?!"

버섯 번식지는 필드째로 겹화에 휩싸여 초열지옥으로 변했다.

고온에 구운 버섯 특유의 향이 감돌았지만, 그곳이 조금 전까지 균류의 낙원이었다고는 누구도 생각하지 못하리라. 말 그대로 연옥이라는 이름이 어울리는 광경이었다.

"마법이 발동한 곳에서 멀리 떨어졌는데 열이 여기까지 밀려와……. 광범위 섬멸 마법의 위력은 무시무시하군. 우리의 비보 마법은 귀여운 수준이야."

"그건 어디까지나 범위 마법이니까요. 오로지 적을 섬멸할 목적으로 화력에 특화한 마법이 아니라서 그렇게까지 피해는…… 아니, 장소와 전법에 따라서 다른가?"

"저기…… 선생님? 혹시 다른 용병분들이 저기 있었으면……."

"없지 않을까요? 있어도 버섯 재배지가 됐겠죠. 에로무라 군의 가랑이를 보세요."

두 사람은 제로스의 말뜻을 이해하지 못하고 에로무라를 봤다.

그 가랑이에서는 갓을 활짝 펼친 버섯 세 개가 노란 포자를 뿌리고 있었다.

자세히 보니 작은 버섯도 자라나는 중이었다.

"에로무라…… 그거, 네 혼신의 개그냐? 솔직히 말하는데 안 웃겨."

"설마 우리가 희귀 버섯을 채집하는 사이에 자랐나요?! 그렇게 시간이 걸리진 않았을 텐데……."

"내 가랑이를 그렇게 뚫어져라 보지 마! 개그도 장난도 아니니

까!! 왜 다들 나를 변태 자식으로만 취급하냐고!!"

"그러게 평소에 잘하지. 그리고 버섯이나 빨리 떼."

아저씨와 츠베이트는 마음속으로 지적했다.

에로무라는 갑작스러운 광범위 섬멸 마법에서 도망치느라 가랑이에 자란 버섯을 깜빡했었나 보다. 발을 쿵쿵 구르는 그 모습이 우스꽝스러웠다.

"이 버섯…… 이 버섯 잘못이야!!"

—쿵.

거시기한 곳에 자란 버섯을 떼려던 그때, 통로에 큰 소리가 울려 퍼졌다.

동시에 땅도 울렸다.

던전 변화로 발생하는 소리와는 달랐다. 뭔가 장치가 움직이는 듯한, 톱니바퀴가 돌아가는 듯한 소리도 섞여 있었다.

이것을 누구보다 먼저 감지한 사람은 츠베이트였다.

"무, 무슨 소리지? 설마 또 던전이 변화하려고……."

"아니에요. 이건 아마 함정……. 에로무라 군, 설마……."

"엥? 나?!"

"아마 에로무라 씨가 발을 구를 때 바닥의 장치를 밟은 게 아닐까요……."

"스위치를 밟은 느낌은 없었는데?!"

세레스티나의 말대로 에로무라는 함정 스위치를 밟았다.

하지만 그것은 무게가 실리면 작동하는 기계장치가 아니라 무게를 탐지해서 작동하는 술식이었다. 그래서 함정을 밟고도 아무 느낌을 받지 못한 것이다.

그보다도 당장의 문제는 어떤 유형의 함정이 발동할지 알 수 없다는 점이었다.

"화살이나 창이 쏟아지진 않네요. 그럼 구멍 함정인가?"

"왜 그렇게 침착해? 빨리 여기서 대피해야……."

"진정하세요, 에로무라 군. 마법으로 발동하는 타입은 통로에 설치된 함정이 한꺼번에 작동한다고 생각하는 게 나아요. 유적형 미궁의 함정은 교묘하게 위장해서 장소를 알아내기가 어렵…… 잉?"

말하는 도중에 제로스는 갑자기 몸이 붕 뜨는 느낌을 받았다.

갑자기 10미터 규모의 바닥이 뻥 뚫리며 불쌍한 아저씨 일행이 추락한 것이었다.

바닥 자체가 위장한 마법 장벽이었다.

"이렇게 나올 줄이야……. 바닥 자체가 함정인가. 제법 심술궂은 던전이구만."

"스승님?! 왜 그렇게 침착해!!"

"꺄아아아아아아아아아아아앗!!"

"이럴 상황에 할 말은 아니지만, 지금 티나 비명…… 살짝 흥분했어."

"말 안 해도 알아요. 에로무라 군 가랑이에 우뚝 선 버섯만 봐도."

"이건 아니래도!!"

낙하 중인데 묘하게 침착한 아저씨는 1초도 안 되는 시간에 주변 상황을 확인하고 파악했다.

이 구멍 함정은 도중부터 깔때기 형태로 변해 점차 좁아지며 끝에 있는 좁은 구멍으로 아래층까지 떨어지는 구조였다.

하지만 함정 발판부터 깔때기 형태로 변하는 아래쪽까지 10미터 정도의 거리가 있었고, 이대로 떨어지면 경사면에 충돌할 것 같았다. 제자 둘이 버티지 못하겠다고 판단한 아저씨는 낙하 충격을 줄이려고 【스톰】 마법으로 일행의 낙하 속도를 늦추며 깔때기 구조에 돌입했다.

'어디까지 떨어뜨릴 생각일까.'

제로스는 언제든 전투 상태에 들어갈 수 있도록 마법을 저장하며 착지에 대비했다.

미끄러져 떨어지는 도중에 『에로무라 군은 언제까지 저 버섯을 달고 다닐 셈이지?』라는 시답잖은 의문이 머릿속을 떠나지 않았다.

한편, 긴급 사태가 계속되고 있는 용사 두 명과 용병들.

로봇의 소형 암 총기에서 연사되는 너트가 다섯 명이 숨은 기둥을 깎고 있었다.

왔던 길로 돌아가자니 고속 이동으로 쫓아오는 로봇에게 사살당하겠고, 너트가 떨어질 때까지 도망치자니 한 명이라도 당하는 순간 상황만 악화하므로 섣불리 나갈 수 없었다.

애초에 이 로봇에게 등을 보이면 유탄이 날아온다. 확실한 기회가 아닌 한 움직이지 않는 게 상책이었다.

"……조바심은 금물이란 건 알지만."

"언제 총알이 바닥날지 모르지만, 기둥이 그때까지 버텨줄지……."

두 용사는 자제심을 발휘해 팽팽한 긴장감 속에서 기회를 노렸다.

하지만 세 용병은—.

"으아아아아!!"

"다 틀렸어…… 끝장이야……."

"돌이켜보면 참 대책 없이 살았어……. 미안해, 아버지……."

—기둥 뒤에서 죽음을 기다리는 상황에 절망하고 있었다.

그들도 골렘과 싸운 적은 있었다. 하지만 사출 무기를 난사하는 기계는 난생처음 보기도 했고, 총기에 대한 지식도 없었다.

사람은 미지의 적을 대처할 때, 기존 지식을 바탕으로 예상하기 때문에 오판을 내리는 경우가 있다.

예를 들어 용병들은 네이팜을 불 속성 마법 【플레어 버스트】, 너트 사출 기능을 【록 불릿】 등으로 생각할 것이다.

평범한 마물을 상대한다면 이런 실수는 하지 않는다.

하지만 상대는 자율 가동형 로봇이며 마법이 아닌 병기로 공격하고 있었다.

심지어 탄약을 절약하며 효율적으로 공격하는 등 지능이 낮은 마물과 비교할 수 없는 상황 판단력을 갖췄다. 평범한 용병이라면 골렘처럼 생긴 적이 인간 이상의 사고 능력을 지녔다고 예상할 수 없다.

"용병들은 도움이 안 되겠어…….."

"어떡하지? 이대로 있어봤자 죽을 뿐이야…….."

로봇은 연사를 멈추고 기둥 뒤에서 나오는 순간을 저격하는 방향으로 작전을 변경했다.

나기사와 카츠히코는 상황을 살피며 이곳에서 어떻게 빠져나갈지 고민했다.

잔탄이 적다고 볼 수도 있지만, 그 추측만으로 도박에 나설 수는 없었다.

"심지어 위력이 강해. 안 좋은 곳에 맞으면 즉사할 수도 있어."

"너트라도 얕볼 수 없지……. 역시 타나베를 따라오는 게 아니었어."

"이제 와서 그러기야?!"

언제까지 기둥 뒤에 있을 수도 없는 노릇이었다.

유탄을 한 발이라도 쏘면 폭발을 피하기 위해 뛰쳐나갈 수밖에 없다. 로봇이 그 사실을 언제 깨달아도 이상하지 않았다.

시간이 한정된 탓에 뭐라도 행동에 나서야만 했지만, 두 용사에게는 마땅한 수가 없었다.

그렇게 생각하던 때, 로봇 위쪽의 포신이 움직이더니 기둥을 겨냥했다.

"망했다, 유탄을 쏘려고 해!"

"하지만 지금 기둥에서 나가면 저격당할 텐데…….."

움직이면 벌집, 기다리면 통구이.

계속되는 절체절명의 위기.

““"으아아아아아아아아아아악!!"”””

“뭐, 뭐야?!”

“어? 저건…….”

갑자기 로봇 위의 천장이 벌컥 열리더니 사람이 떨어졌다.

그들이 함정에 걸린 피해자라는 사실을 알 리 없는 두 사람은 어안이 벙벙했다.

“컥!”

“크악!!”

“꺅!!”

“아이고, 그러게 다들 착지에 대비하셨어야…… 로보오옷?!”

남자 한 명은 로봇의 포신 위에 떨어져 등을 부딪쳤고, 그 위로 한 명이 더 떨어졌다.

소녀는 공중에서 낯익은 중년 마도사에게 안긴 채 부드럽게 착지했다.

““"제, 제로스 씨?!"”

“얼레, 학생들도 여기 있었어요? 설마 던전 변화에 말려들었나?”

떨어진 네 사람 중 한 명— 마도사는 용사들의 지인이었다.

“그런 거 물을 때가 아니에요! 지금 위기 상황이라고요!!”

“당장 거기서 도망쳐!!”

“으잉?”

그렇다. 지금은 로봇에게 공격받는 일촉즉발의 상황.

예기치 않게 제로스 일행이 나타나면서 로봇도 정해진 프로세스에 따라 상황을 확인하는 중이었다.

새롭게 나타난 적은 넷. 상부 유탄 발사대에 두 생명체가 올라가 있고, 남은 둘은 바로 옆에 있다. 최우선 사항은 작전 수행에 방해되는 상부의 둘을 제거하는 것이라고 판단했다.

로봇의 각종 센서가 점멸하고 네 다리의 구동 바퀴가 재가동했다.

""우오오오오오와아아아아아아아!!""

로봇이 갑자기 옆으로 회전하여 츠베이트와 에로무라는 필사적으로 포신에 매달렸다. 대상이 좀처럼 떨어지지 않자 로봇은 회전 속도를 더욱 높였다.

"재밌겠네~."

"선생님, 그런 말씀을 할 때가 아니잖아요! 이대로 가면 오라버니와 에로무라 씨가…….."

"날아가겠죠. 하지만 그 전에 세레스티나 양을 안전한 곳으로 보내지 않으면 제가 싸울 수 없어요. 양손을 못 써서."

그런 소리를 하는 와중에 츠베이트와 에로무라는 벽까지 날아갔다.

아저씨가 바로 마법 장벽을 전개해서 다치지는 않았지만, 다소 충격은 받은 모양이었다.

로봇이 서서히 회전 속도를 떨어뜨리는 사이 제로스는 세레스티나를 대피시켰다.

"잠시 기둥 뒤에 숨어 있으세요. 저걸 상대하고 올 테니까."

"괜찮은 건가요?"

"어떻게든 되겠죠. 에로무라 군도 있고."

에로무라 군은 날아갈 때 허리를 세게 부딪쳐 몸부림치고 있었다.

낙법을 쓴 츠베이트와 비교된다.

불시의 반응 속도는 레벨과 관계가 없나 보다.

"에로무라 군, 낑낑대지 말고 호위의 역할을 다하세요. 상황 발생입니다."

"진짜 아프다고오!!"

"츠베이트 군도 기둥 뒤에 숨으세요. 휘말려서 다치기라도 하면 우리 목이 날아가요."

"그, 그래……."

츠베이트와 세레스티나는 서둘러 기둥 뒤로 피신했다.

곁눈질로 상황을 확인한 제로스는 칼집에서 쇼트 소드를 뽑았다.

에로무라도 허리를 문지르며 검을 들었다.

한편, 그 모습을 숨어서 지켜보던 용사와 용병들은…….

"제로스 씨가 와줬으면 천군만마를 얻은 거지. 살아서 돌아갈 수 있겠어. 그나저나……."

"그렇다면 다행이지만…….(제로스 씨는 몰라도 다른 한 명은 왠지…… 타나베랑 닮았어. 뭔가, 글러먹은 느낌이…….)"

우연히도 제로스가 와줘서 한숨 돌렸지만, 일말의 불안을 떨쳐 내지 못했다.

그건 용병들도 마찬가지였고—.

"아군이 늘어났지만, 왠지 안심이 안 돼."

"나도. 저 꼴로는 좀……."

"저 녀석…… 왜……."

""""왜 가랑이에 버섯을 달고 다녀?! 떼!!""""

가랑이에 버섯을 달고 싸우려는 에로무라의 바보 같은 모습에는 불신밖에 생기지 않았다.

긴급 상황에 저질스러운 장난이나 치니까 당연한 반응이었다.

물론 본인은 장난칠 의도가 없었고, 상황이 눈코 뜰 새 없이 변하는 탓에 깜빡했을 뿐이지만.

'저 로봇…… 구시대의 마도 병기인가? 어떤 동력 시스템을 탑재했을지 흥미로워. 가져갈 수 있으면 좋겠는데…….'

과거의 유물 앞에서 아저씨는 호기심을 억누를 수 없었다.

눈은 정체불명의 로봇에게 고정되고, 검을 쥔 손에는 자연스럽게 힘이 들어갔다.

대치하는 로봇의 카메라 눈이 점멸을 반복하는 중, 제로스가 선수를 치고 달려갔다.

 ## 제2화 아저씨, 로망을 추구해 길드 규정을 무시하다

제로스가 순식간에 거리를 좁혔다.

하지만 로봇의 반응 속도는 예상보다 빨랐다. 견제 사격으로 날아온 유탄이 아저씨의 머리를 아슬아슬하게 스쳐 후방에 착탄, 폭발했다.

로봇에게 접근한 제로스가 원통형 몸을 노리고 검을 휘두른다.

—캉!

귀를 찌르는 쇳소리가 울려 퍼졌다.

'단단하네⋯⋯. 소리를 들었을 때 장갑이 얇은 건 알겠지만, 의외로 강도가 높아. 혹시 내부에서 강화 마법과 마법 장벽을 쓰고 있나? 일단 정석대로 관절도 노려볼까⋯⋯.'

기체의 무게를 지탱하는 네 개의 다리.

그 관절부를 검으로 베려고 한 순간, 앞쪽 소형 암에 달린 총신이 제로스를 겨눴다.

위험을 감지해 뒤로 점프한 동시에 너트가 발사됐지만, 제로스는 【축지】로 재빨리 로봇 뒤로 돌아갔다.

—Dudududududududu!!

로봇은 네 다리를 움직이면서 사격하지만, 재빠른 제로스에게 조준이 되지 않아 급히 공격 목표를 변경했다. 좌우 암에 고정된 총신이 에로무라를 겨냥했다.

"나?!"

고속으로 사출된 너트가 전력 질주하는 에로무라의 등을 아슬아슬하게 스쳤다.

제로스는 그런 에로무라를 구하지 않고 로봇 뒤에서 관절에 검을 휘둘렀다.

하지만 그 공격도 허무하게 튕겨져 나갔다.

'관절부도 생각보다 단단하네. 어떡한다⋯⋯.'

지금 손에 든 무기는 절삭력이 부족하다. 이 쇼트 소드로는 로봇의 장갑은커녕 관절부조차 절단할 수 없다.

그렇다면 무기를 바꿔야겠지만, 탄환 사출 속도가 빨라서 무기를 바꾸는 사이에 공격당할 듯했다.

무기를 고르는 동안 누가 미끼가 되어줘야 하는데…….

"……에로무라 군, 잠시 시간을 벌어주세요. 무기 좀 교환하게."

"뭐라고?! 지금 내가 공격받고 있잖아! 안 구해줘?!"

"녀석의 주위를 빙글빙글 돌면 발도 묶이고 공격도 안 맞잖아요. 조금만 버텨봐요."

"히이이이이익!!"

당연히 손해보는 역할을 맡길 사람은 에로무라밖에 없었다.

다짜고짜 시간 벌기를 떠맡긴 제로스는 기둥 뒤에 숨어 인벤토리의 장비를 확인했다.

'절삭력을 우선해서 칼을 쓸까, 아니면 초중량 무기로 밀어붙일까. 고민되네~.'

마법은 발동에 시간이 조금 걸리므로 총격을 막을 수 없다.

중량 무기로 장갑을 찢겠다면 전에 장난삼아 만든 대검이 있다.

하지만 제로스는 로봇을 파괴하지 않고 노획해서 분해하고 싶었다.

다리만 자르면 무력화는 간단하지만, 문제는 파손을 얼마나 줄이면서 움직임을 막느냐였다.

'너트 머신건(?)은 앞쪽 두 팔에 한 정씩, 위쪽에는 포신…… 저건 런처인가? 탄 수는 그다지 많지 않을 거야. 그렇다면 역시 다리 파괴를 전제로 깔고, 어떻게 작동을 멈추지? 저 장갑에 중량 무기를 쓰면 동력부까지 파괴될지 몰라. 장갑을 벗겨? ……아니,

기계라면 점검용 개폐 스위치나 레버가 있을 거야. 없으면 장갑 이음매를 집중적으로 노려서…….'

장갑을 조금씩 날려버리는 작전을 보류하고 일단 계속 관찰했다.

사람의 손이 필요한 기계라면 반드시 점검용으로 기체를 개폐하거나 장갑을 탈착하는 기능이 있을 것이다. 그렇게 생각하고 에로무라와 술래잡기 중인 로봇을 한 번 더 살펴보자 본체와 다리 연결부 조금 위쪽에 자그마한 틈새가 기체를 한 바퀴 두르고 있었다.

역시 모종의 수단으로 본체가 상하로 열린다고 추측하고 제로스는 다시 로봇을 관찰했다. 그리고 이번에는 등에 있는 부자연스러운 배전반 덮개 같은 것을 발견했다.

'저 덮개가 점검용 개폐 장치를 숨긴 곳이라고 가정해보자. 장치가 단순한 레버라면 괜찮지만, 암호 입력 방식이면 골치 아파. 그러면 부술 수밖에 없고, 나는 저걸 손상 없이 손에 넣고 싶어. 뭐, 이건 순전히 운이지.'

해야할 일이 정해진 아저씨는 빠르게 행동했다.

인벤토리에 있는 무기 목록 중에서 적절한 물건을 선택할 생각이었지만…….

'칼…… 54자루나 있네. 명검이 아니면 저 장갑은 가를 수 없으니까 후보를 좁혀서 24자루. 전부 실전에서 써보고 싶은데 뭐로 할까…….'

……무슨 칼을 쓸지 고민스러웠다.

왜냐하면 그 칼들은 전부 아저씨가 손수 제작했고, 틀림없이 위험하기 짝이 없는 성능을 지녔다. ……그런데 그 중요한 성능을

까맣게 잊어버렸다.

즉, 칼에 부여한 효과를 일일이 확인해야 했다.

'난감하네⋯⋯. 만약 강력한 특수 효과가 달려있으면 여파로 로봇이 파괴될지도 몰라⋯⋯. 가장 잘 드는 칼이 뭐였지? 【유성】? 【일양】? 【운핵】? 구축함 이름 시리즈라면 【아카츠키】, 【히비키】, 【이카즈치】, 【이나즈마】. 【무라쿠모】도 괜찮지만, 【진라이】도 포기하기 어렵지.'

"Help! Help Meeeeeeeeeeeee!!"

한 번씩 휘둘러서 체크하고 다시 고뇌에 빠지는 아저씨와 전력으로 로봇 주위를 도는 에로무라. 동화처럼 버터가 되지나 않을지 걱정이다.

로봇은 다리에 달린 바퀴로 선회하면서 에로무라에게 조준을 맞추고 있었다.

너트에 맞지 않는 이유는 에로무라가 도망가는 속도가 약간 더 우세하기 때문이었다. 넘어지기라도 하면 그 자리에서 벌집이 될 운명이었다.

죽기는 싫은지 에로무라도 필사적이었다.

"오라버니, 에로무라 씨는 괜찮을까요? 그리고 저 골렘은 혹시⋯⋯."

"아마 마도 문명의 유산이겠지. 에로무라는 저 골렘 주위를 빙글빙글 돌 뿐이니까 실수만 하지 않으면 공격에 맞지 않을 거야."

"저 선회 성능 때문에 뒤로 돌아가서 공격하지도 못하겠네요. 공격수가 한 명 더 없으면 어렵겠어요."

'……저 무장…… 설마 마도총인가? 사신 전쟁 전 골렘에는 저런 물건이 기본으로 장착된 거야?'

그건 츠베이트의 착각이었다.

로봇에 탑재된 무기는 마도총이 아니다.

공기압으로 너트를 발사하는 작업용 기계를 억지로 사격 무기로 개조한 것이었다.

탄환을 쏘는 기능이라는 관점에서 보면 마도총도 똑같지만, 위력이 크게 달랐다.

하지만 마도 문명의 마도총을 본 적 없는 츠베이트가 진짜 위력을 알 리 없었고, 자신의 지식을 기준으로 고찰할 수밖에 없었다.

공기총을 포함하면 아예 틀린 말도 아니지만, 아쉽게도 그 차이를 판별할 지식이 부족했다.

"아, 아저씨, 빨리 좀 해애애애~!!"

"으음, 조금만 더 힘내봐요…….”

"젠자아아아아아아아아아아아아아앙!!"

제로스의 무심한 대답에 에로무라는 눈물을 머금었다.

하지만 이 로봇은 제법 고성능이었다.

정보 수집력뿐 아니라 지형을 확인하며 적절한 전투법을 찾는 해석 능력, 그리고 시시각각 변화하는 상황에 대응하는 학습력까지…….

―드르륵!

로봇이 갑자기 바닥에 발톱을 박았다.

회전 속도에서 오는 관성 때문에 바로 멈추지 못하고, 바닥을 긁는 소리와 함께 발끝에서 불똥이 튀며 돌바닥이 패었다.

이내 급격한 제동이 걸리면서 로봇이 강제로 정지했다.

'헉, 긴급 제동?! 이런 짓도 할 수…… 아차…….'

로봇은 제자리에서 계속 선회했지만, 에로무라는 선회 속도보다 빠르게 움직이고 있었다.

그럼 로봇이 갑자기 정지하면 어떻게 되는가?

주위를 빙글빙글 돌던 에로무라는 당연히 속도를 주체하지 못하고 제 발로 로봇의 사선으로 뛰어들게 된다.

그 순간, 에로무라의 시야에는 모든 것이 슬로 모션처럼 느리게 보였다.

'이 녀석, 상황을 계산하고……. 위험해, 쏜다!! 어떡해, 어떡해! 어떡하냐고, 나아아아아아!!'

로봇의 너트 머신건(?) 총구가 에로무라에게 겨눠지고, 수많은 너트가 발사됐다.

정신만 가속한 세계에서 자신을 향해 발사된 흉탄이 서서히 다가왔다. 이대로 가면 사살당하는 미래밖에 없다고 에로무라는 깨달았다.

하지만 발사된 너트는 아직 자신에게 맞지 않았고 찰나의 유예가 남았다.

그렇다면 어떻게 할 것인가?

'나무아미타불!!'

에로무라는 점프했다. 공중에서 배면 뛰기로 첫 탄을 피하고, 두 번째 탄은 몸을 비틀어 허리 갑옷으로 도탄, 세 번째 탄을 건틀릿의 손등으로 튕기고, 네 번째 탄은 다리를 벌려 가까스로 피하고, 다섯 번째 탄은 가까워진 바닥을 손으로 밀어 백 텀블링 중에 몸을 비틀자 등을 스쳐 지나갔다. 그리고 여섯, 일곱 번째 탄은 가랑이의 버섯에 명중했다. 물리 법칙으로 보나 인간의 골격으로 보나 말이 안 되는 회피법이었다.

그 순간, 왠지 에로무라의 감정 스킬이 저절로 발동했다.

==================================

【에로무라 고간 버섯의 갓】×수량 계측 중…… 잠시 기다려 주세요.

에로무라의 고간에 균사를 펼쳐 훌륭하게 성장한 버섯의 잔해.

일단은 먹을 수 있다.

【에로무라 고간 버섯의 포자】×수량 계측 중……

에로무라의 고간에서 성장한 버섯의 포자. 너트가 명중하여 살포됐다.

생명력이 강해서 순식간에 번식할 것이다.

【에로무라 고간 버섯의 균사】×수량 계측 중…………

에로무라의 고간에서 성장한 버섯의 균사.

너트가 명중하여 어느 부분의 균사인지 판별 불가.

아직 살아 있으므로 번식이 가능할지도?

==================================

'이런 때에도 감정이 멋대로? 그보다 왜 버섯에 내 이름이 붙어?!'

감정 표시에 시야가 뒤덮이지만, 간신히 로봇의 사각으로 벗어난 에로무라는 시야에 표시된 감정 결과를 없애며 로봇의 뒤로 돌아갔다.

"저 녀석, 가랑이의 버섯을······."

"남자로서 끝났군."

"근데 왜 풀 ●기 상태로······. 그런 도착증인가?"

"산산조각난 건 내 소중이가 아니거든?!"

그리고 상황을 지켜보던 용병들에게 심각한 오해를 샀다.

에로무라가 반사적으로 반박했지만, 이게 실수였다.

에로무라의 목소리를 감지한 로봇은 적이 자기 뒤에 있다고 파악하자마자 구동 바퀴를 고속 회전시켜 강제 후진했다.

"으앗?!"

급발진한 로봇에 치여 에로무라가 날아갔다.

에로무라는 바닥을 구르면서도 로봇이 천천히 돌아서는 광경을 봤다. 너트 머신건 두 정이 자신을 향한다.

'망할······ 죽었다······.'

절체절명.

그렇게 생각한 순간, 로봇의 네 다리에 한 줄기 섬광이 번뜩였다.

다리가 절단되며 몸체의 무게를 지탱하지 못한 로봇이 쓰러졌다.

바닥을 구르는 로봇의 몸체 뒤에서 제로스가 조용히 칼을 칼집에 넣고 있었다.

"······사, 살았다."

"어디 보자, 이 덮개를 열고…… 오오, 다행이다. 암호 형식은 아니야. 그럼 이 레버를 올리면…….'"

"걱정하는 척이라도 해줘어~!!"

울부짖는 에로무라를 무시하고, 아저씨는 덤덤하게 로봇의 작동 정지 절차를 진행했다.

절단한 다리도 이미 인벤토리에 챙겨 뒀다.

"이 중앙의 작은 원통이 동력부인가? 이 전선이 다리에 연결되고…….'"

"분해 작업은 나중에 해도 되잖아!"

"무슨 말이에요, 에로무라 군? 동력이 멈추지 않으면 자폭할지도 모르잖아요."

"그딴 기능을 넣는 건 당신이랑 당신 친구들뿐이야!"

"뭘 몰라도 한참 모르네. 자폭 장치에 로망을 느끼지 않으면 남자가 아니에요. 아, 에로무라 군 가랑이는 이미 터졌던가…… 가엾게도."

"그 버섯은 내 소중이가 아니라니까!!"

아저씨는 내부 기기를 조사하면서 전선 몇 개를 뚝뚝 끊었다.

곧 로봇은 『위이이이이잉……』 소리를 내며 활동을 멈췄다.

기능이 완전히 멈췄다고 확인한 제로스는 매우 상쾌한 미소를 지으며 로봇 본체도 인벤토리에 넣었다.

"이거 굉장한걸. 마도력 기관이라고 하나? 자연 마력을 이용하는 시스템은 나도 만들어 봤지만, 겨우 손바닥 크기로 이 정도 전력을 생산하는 장치는 처음 봐요. 그래도 역시 제어 중추는 블랙박스……. 이걸 분해하는 방법을 아직 모르겠단 말이죠."

"아저씨 혼자 신났네……."

죽다 살아난 에로무라는 굉장히 기분이 좋지 않았다.

"스승님, 이거 구시대 골렘이지? 가져가서 어쩌려고?"

"동력을 발전기로 쓸 수 없을지 시험하고 싶어서요. 똑같은 물건이 몇 개 더 있으면 좋겠는데……."

"그런 게 더 있으면 진짜 죽어. 애초에 던전에 왜 그런 병기가 있는 거야?"

"글쎄요~? 던전은 비밀이 많은 곳이라서 저도 모릅니다. 가설이라면 얼마든지 세울 수 있지만, 증명하기 어려우니까 생각해봤자 의미도 없고요."

던전이 성장하면 공간을 왜곡하여 좁은 공간 안에 광대한 세계를 구축한다.

어떤 원리가 작용하는지 알 수 없고 이 자연 현상의 비밀을 파헤칠 정보도 없는 지금, 아무리 가설이나 억측을 늘어놔도 증명할 방법이 없으므로 그저 상황을 받아들이는 수밖에 없었다.

그런고로 우선 낯익은 용사 두 명에게 자세한 사정을 듣기로 했다.

"학생들도 무사한가요?"

"덕분에 살았어요, 제로스 씨."

"정말 하늘에서 내려온 구세주였어……. 이젠 다 틀렸다고 생각했는데."

"아저씨, 이 두 명과 아는 사이야?"

"어떤 종교 국가가 이세계에서 유괴한 피해자들이죠. 그런데 그 로봇은 어디서 발견했나요?"

"그, 그거 말인데요……."

"우리는 말려들었을 뿐이야. 저 용병들이 끌고 오는 바람에……."

"오호라~."

제로스는 자신을 살펴보는 용병들을 돌아봤다.

눈이 맞은 순간, 세 사람은 머쓱한지 고개를 돌렸다.

"거 말 좀 물읍시다~. 그 로봇…… 골렘을 어디서 발견하셨죠? 똑같은 게 더 있나요? 다른 기체라도 괜찮아요! 자, 빨리빨리 불어!"

"어? 어어어?!"

아저씨가 용병들에게 성큼성큼 다가가서 거부할 수 없는 박력으로 신문했다.

너절한 세 남자는 기세에 눌려 그 질문에 답했다.

"우리가 본 건 그거뿐이었지?"

"던전을 탐색하고 귀환하던 중에 땅이 울리는가 싶더니 왔던 길이 막혔어. 그래서 길을 헤매다가 우연히 이상한 구역에 들어갔는데……."

"공격받고 도망치다 보니 어느새 여기까지 온 거야……."

"이상한 구역?"

"산림……치고는 습기가 많고 묘하게 더운 곳이야. 곤충형 마물이 우글거렸지. 최대한 전투를 피하면서 이동하다가 커다란 건축물을 발견해 안쪽을 살피는데 갑자기 놈이 공격해 온 거야. 그때부터 필사적으로 도망치느라 다른 건 못 봤어."

"흠……."

용병들의 이야기에 따르면 이 앞에는 정글 같은 구역이 있고 곤충형 마물이 많이 나온다고 한다.

운 좋게 위층으로 도망쳐오긴 했지만, 제로스가 원하는 정보는 그게 아니었다.

다른 로봇이나 그 잔해가 있었냐고 물었건만, 아쉽게도 용병들은 그런 지식에 어둡고 도망치느라 바빠서 주변을 살필 겨를이 없었다.

"그 외에 깨달은 점은요?"

"건물이 많이 있었지……."

"다만, 전부 솔리스테어 마법 왕국의 건축 양식과는 달랐어."

"그건…… 이더 란테 건물과 비슷해. 나무들이 자라서 완전히 숲에 잠식됐지만, 틀림없어."

"이 구역에서 갈 수 있을까요?"

"있지……. 이 앞에서 오른쪽으로 꺾으면 동굴이 나와. 거기서부터 길을 따라 쭉 가다 보면 아래로 내려가는 계단이 있어. 거기만 내려가면 바로 도착이야."

"정보 고맙습니다. 조심히들 돌아가세요. 위에는 거석 문명의 유적 구역과 버섯만 자라는 구역이 있었어요."

"산 넘어 산이네……. 이런 대규모 던전 변화는 듣도 보도 못했어."

용병들은 구사일생으로 살아남았지만, 제로스의 이야기를 듣고 머리가 지끈거렸다.

지금까지 차근차근 조사한 던전 정보가 전부 물거품이 되어 버렸다. 지상으로 돌아가려면 신중에 신중을 기해야 한다.

어떤 마물이 사는지 모르니까 돌아가는 것만으로도 위험한 모험이 될 것이다.

하지만 그들은 돌아갈 수 있는 가능성이 있으니까 양반이었다.

더 깊은 곳에 있던 용병들은 상황이 더 심각할지도 모른다.

용병 길드가 구조 변화와 관련한 정보를 아는지 모르겠지만, 이 혼란 속에서 구조 병력을 보내면 2차 사고로 이어질 가능성이 커서 쉽게 움직일 수 없다.

"아…… 타나베 군이랑 이치죠 양. 이 용병분들을 지상까지 호위해주실래요? 꽤 심각한 긴급 사태 같으니까."

"긴급 사태요……?"

"아니, 제로스 씨. 이건 아니지. 우리는 돈 벌려고 여기까지 왔어. 빈손으로 돌아가라고?"

"정 가고 싶으면 안 말립니다. 다만, 던전 구조 변화에 휘말리면 다시는 햇빛을 못 볼지도 모르는데, 위험을 감수하고 들어가게요? 아무리 학생들이 강해도 식량이 떨어져서 굶어죽을 수도 있는데?"

"으……."

카츠히코가 이 던전에 온 이유는 높은 레벨로 찍어 누르면 편하게 돈을 벌 수 있다고 생각했기 때문이었다. 하지만 전제 조건과 상황이 크게 변했다.

지금도 던전은 계속 변화하는 중이고 당일치기로 아한 던전에 온 그들은 준비가 부족했다. 제로스의 지적이 정곡을 찌른 셈이었다.

돈을 위해서 위험을 감수하고 나아갈 것인가, 목숨을 우선해 돌아갈 것인가. 선택의 기로였다.

"……타나베, 돌아갈 준비해."

"이치죠?! 아니, 그러면 내 생활비가……."

"창관이나 카지노에 안 가면 해결되잖아. 당분간 금욕하면서 성실하게 일해."

"타나베 군…… 그렇게까지 방탕하게 살아요……?"

"제로스 씨! 남자라면 여자한테 돈을 쓰는 게 당연하잖아! 돈이 없으면 도박으로 일확천금이 로망이잖아!!"

"솔직히 말해서 저는 공감할 수 없네요. 게다가 여자한테 돈을 쓰다뇨? 그냥 윤락녀한테 갖다 바친 거 아니고요? 창관 매상 올려 준답시고 재산을 다 까먹은 것도 모자라 도박으로 본전을 찾으려는 건 바보나 하는 짓이죠. 여기서 안 좋은 병이라도 걸리면 정말 답도 없어요."

"이치죠랑 똑같은 소리! 그럴 거면 여자라도 소개해줘. 마침 거기 적당한 애가 한 명……."

"학생, 죽고 싶어서 환장했어요? 공작가 아가씨를 소개해 달라니, 세상 무서운 줄 모르네. 학생이 다른 곳에서는 용사 취급을 받을지 몰라도 이 나라에서는 단순한 일반인이라고요. 힘만 믿고 손 댔다간 공작가가 권력을 총동원해서 제거할걸요? 그럴 각오가 있어요?"

카츠히코는 에로무라와 비견될 바보였다.

심지어 즉흥적인 농담이었겠지만, 하필 소개해 달라는 아이가 공작가의 영애였다.

어디 사는 노인이 들으면 가차 없이 제거하려 들 것이다.

"정말로? 아니, 그래도 내 레벨이면 쉽게 죽지는……."

"고레벨을 처리하는 방법이라면 얼마든지 있습니다. 최악의 경우, 저한테 의뢰가 올 텐데 그때는 포기하세요. 이것도 비즈니스라서."

"비즈니스로 아는 사람을 죽여?!"

"쓰레기 처리를 망설일 이유가 있나~? 가끔 이치죠 양에게 이야기를 듣는데, 학생은 인생이 장난 같나요? 도박과 윤락녀에게 빠지는 사람이 정상적인 사고방식일 리 없지."

"도박으로 일확천금을 노리는 건 어쩔 수 없잖아. 내 벌이로는 창관 넘버원을 못 만난다고. 이치죠도 돈을 안 빌려주고……."

"당연하지. 내가 왜 갚을 생각도 없는 인간한테 돈을 빌려줘? 하수구에 버리는 꼴이잖아."

"……그렇게까지 하면서 다니고 싶어요? 그리고 남한테 너무 의존하시네."

이야기를 듣던 츠베이트와 세레스티나, 그리고 관계없는 용병들의 냉랭한 시선이 카츠히코에게 집중됐다. 그것은 오물을 보는 것처럼 몹시 혐오스러운 눈빛이었다.

그런 가운데, 카츠히코에게 공감해주는 사람이 한 명 있었다. 에로무라였다.

"이해해……. 나도 노예 하렘을 차리려다가 고소당했어. 남자가 여성과 관계를 맺고 싶은 건 자연의 섭리지."

"그, 그렇지……? 알아주는구나!"

"그래도 우리 생각은 환상이야. 노예도 중범죄자를 제외하면 인

47

권이 있고, 매춘부는 어차피 가게 수익을 올리려고 갖가지 수단을 쓸 뿐. 우리 같은 건 호구지."

"그거야 나도 알아. 하지만 그녀들이 말을 들어주기만 해도 내 영혼이 위로받아. 외면하고 싶은 현실을 잠깐이나마 잊게 해줘⋯⋯."

"그렇다고 너무 빠지면 안 돼. 위로받았으면 배로 노력해야지. 돈을 팍팍 벌게 된 다음에 은혜를 갚으면 되잖아. 선은 확실하게 그어야 해. 게다가 남에게 돈을 빌리면서까지 카지노나 창관에 가는 건 정말로 밑바닥 인생이라고 생각해."

"밑바닥이 밑바닥한테 훈계하네⋯⋯."

아저씨와 츠베이트의 마음속 목소리가 정확하게 겹쳤다.

"가게 상술인 줄은 알지만, 나는 절대 그녀들과 떨어지고 싶지 않아. 【흑묘앵】의 캐시 씨나 【마담 스피어】의 제시 누님⋯⋯. 이런 나도 따스하게 품어주고 상담도 들어줬어."

"유명한 곳뿐이잖아. 그래도 카지노에서 돈을 번다는 건 무리가 있어. 리스크가 너무 커서 현실적이지 않잖아. 하지만 그 아픈 마음은 누구보다 잘 알지! 나도 그 상황이면 똑같이 했을 거라고 자신 있게 말할 수 있어."

마주 보는 밑바닥 남자들, 이어지는 마음.

두 사람은 『마음의 벗이여!!』라고 외치며 서로를 끌어안았다. 마음에 싹튼 동정심은 우정으로 발전하고 급속도로 사이가 가까워졌다.

"아픈 건 마음이 아니라 너희 머리겠지. 그런 거에 자신 가지지 마."

아저씨와 츠베이트의 마음이 다시 하나가 됐다.

다른 사람들도 「와…… 이것들 진짜 글렀네」라며 속으로 혀를 찼다. 마음속 목소리를 밖으로 꺼내지 않은 것은 그들 나름의 다정함일까?

"잡담은 거기까지. 학생들은 빨리 탈출해서 용병 길드에 보고해 주지 않을래요? 우리는 용병들이 말한 건축물이 신경 쓰이니까 확인하러 갈게요."

"괜찮으시겠어요? 지금 던전은 상당히 불안정하고 위험한 상태라고 생각하는데."

"정 위험하면 천장을 뚫고 나가면 돼요. 뭐, 이건 최후의 수단이지만."

'천장을 뚫고…… 이 사람과는 절대로 적이 되지 말자. 무서우니까.'

상식적으로 던전은 마법으로 파괴할 수 없다.

그런데도 던전의 천장을 뚫겠다고 선언하는 마도사에게 나기사는 헤아릴 수 없는 공포를 느꼈다.

아저씨가 단언한다면 실제로 가능하다는 뜻이며, 제로스의 말투로 보아 이미 실증을 마친 듯했다. 그렇지 않고서야 이런 식으로 말하진 않는다.

"그럼 우리는 지상으로 돌아갈게요. 제로스 씨도 조심하세요."

"네, 학생들도요. 던전 구조가 많이 바뀌었지만, 위층이니까 어떻게든 되겠죠."

"그렇다면 좋겠네요."

용사 두 명은 용병들과 함께 지상을 목표로 떠났다.

제로스 일행도 용병에게 얻은 정보를 확인하기 위해 걸음을 옮겼다.

"스승님…… 왜 우리는 던전 안쪽으로 가는 거야? 분명 지상으로 돌아갈 예정이었지?"

"조금 마음에 걸리는 일이 있어서요. 확인해 보려고 합니다."

"확인? 뭘……."

제로스는 방금 싸운 로봇에게서 이상한 느낌을 받았다.

에로무라가 로봇의 주의를 끌 때 어렴풋이 느꼈고, 싸움이 끝난 뒤 비로소 명확한 의문이 되었다.

그것은 전투용 로봇에게 있어서 분명한 결함이었다.

"에로무라 군, 그 로봇과 싸우면서 이상하다는 생각 안 들던가요?"

"이상해? 그때 나는 도망치기도 벅차서 세세한 건 기억 안 나. 뭔가 이상한 점이라도 있었어?"

"이상하죠. 그 로봇…… 골렘이라고 바꿔 말할까요? 그건 전투용으로 보기에는 너무 멍청합니다."

"""멍청?!"""

일행은 제로스가 무슨 말을 하는지 알 수 없었다.

상부에는 대형 마도포, 팔에는 너트를 발사하는 에어 머신건을 장착했고, 위력도 충분히 전투용다웠다.

화력보다 신경 쓰이는 점은 블랙박스로, 로봇에게는 정보 처리나 기체 제어를 하는 부위가 보이지 않았으니까 인공지능일 가능성이 컸다.

"에로무라 군이 골렘 주위를 돌 때, 골렘은 조준을 맞추려고 제자리에서 빙글빙글 돌기만 했어요. 반격에 시간이 너무 오래 걸린다고 생각하지 않아요?"

"듣고 보니……. 정보 처리 속도에 문제가 있는지, 적의 행동을 예측하지 못할 만큼 전투 경험이 적은지는 모르겠지만…… 돌격 정도라면 언제든 할 수 있었을 거야. 사실은 꽤 멍청한가?"

"선생님의 【아이젠리터】는 반응했었죠? 선생님이 만드신 골렘이 더 뛰어나다는 뜻인가요?"

"아이젠리터는 제가 보조했을 뿐이고 성능 면에서는 이 로봇이 더 우수합니다. 아마 본바탕이 작업 기계인데 억지로 전투용으로 개조해서 정보 처리 능력에 문제가 생긴 게 아닐까요? 그리고 그런 급조품을 쓰는 곳은 어디일까요?"

""음…….""

츠베이트와 세레스티나가 똑똑하다지만, 로봇— 골렘에 관한 질문에는 대답할 수 없었다.

그러나 애니메이션을 포함해 여러 SF 작품을 접한 에로무라는 어렴풋이 감이 잡혔다.

"공장 같은 민간 시설이거나 물자 공급이 어려운 구역일 수도 있겠군. 즉석에서 만든 방어 장치라는 말이지? 원본이 작업용이라서 전투 데이터가 부족하니까 상황 변화에 대응하려면 분석에 시간이 오래 걸려……. 그래서 반격이 늦었나!"

"프로그램은 되어 있었겠죠. 아마도 시설에 무단 침입하고 일정 범위에 다가온 적을 공격하는 단순한 명령 아닐까요. 저는 급하게 마련한 개조품이라고 봅니다."

"그 위력으로?"

"저는 믿기지 않네요."

츠베이트와 세레스티나는 이해하기 어려운 모양이었다.

하지만 제로스의 말은 급조품이라서 전투에 써먹지 못할 성능이라는 식으로 들렸다.

"전쟁터에서는 한순간의 실수가 목숨을 앗아갑니다. 넓은 범위를 조사하는 센서와 상황을 즉시 이해하고 적절하게 대응하는 판단력이 없으면 실전에서는 쓸 수 없어요. 반응 속도가 느린 방어 병기가 대체 무슨 도움이 됩니까?"

"화력은 몰라도 전투에서의 상황 판단력은 평범한 골렘이 뛰어나다는 말인가……."

"하지만 그 골렘은 다른 구역에서 용병분들을 쫓아오지 않았나요? 적을 추격할 정도의 지성은 갖추지 않았을까요?"

츠베이트와 세레스티나는 로봇과 골렘을 혼동하고 있었다.

애초에 로봇이 뭔지 모르니까 어쩔 수 없지만.

"명령이 『적=쫓아가서 처치한다』처럼 단순한 내용 아니었을까요? 여기서부터는 분해해서 조사해봐야 알 수 있겠네요."

"아~, 한 번 적이라고 인식하면 숨통을 끊을 때까지 끈질기게 쫓아올 만큼 융통성이 없다는 건가. 그건 바보 맞네."

"에, 에로무라(씨)가 정상적인 말을 해……?"

말은 안 했지만, 너무했다.

그래도 이런 인식은 평소 행실이 초래한 결과니까 동정의 여지는 없었다.

"……그런데 그런 불량품을 방어나 초계 임무용으로 쓸까요? 상황을 판단하는 프로그램이 멍청해서 변화무쌍한 전투에 투입하기에는 신뢰성이 너무 떨어져요. 이래서는 아군한테 피해를 줄 겁니다. 실전 데이터도 거의 백지 아니었을까요?"

"전투용 골렘인데 빠른 판단력도 응용력도 없고, 변화하는 상황에 대응할 전투 데이터도 없으니까 전황 판단에 망설임이 생기나."

"저기…… 문득 든 생각인데, 그 골렘에게 지시하는 다른 골렘이 있을 가능성은 없나요? 머드 골렘 전투 훈련에서 명령을 내리던 스톤 골렘처럼……."

"오오, 티나, 예리한데? 그런 패턴도 있구나!"

"만약 그렇다면 이 로봇은 지휘관기와 한 세트로 운용하는 병기라는 말입니다. 여러 기체를 동시에 운용하려면 각 기체가 보내는 정보를 통합하기 위해 정보 말단은 커지게 마련이고, 내부 기기를 냉각해야 하니까 본체는 더 커지겠죠. 지휘관기라면 무장도 빵빵하지 않을까요……."

"""……."""

제로스가 지휘관기를 대형으로 가정하는 데는 이유가 있다.

부하 기체로 가정한 로봇은 구조가 단순하고 정보 처리 능력도 낮아서 돌발 상황에 약한 불완전 병기다.

작전을 수행할 때 정보 처리 능력은 특히 중요하다. 무인기 같은 자율 가동형 병기는 실시간으로 정보를 주고받아야 하며 전황에 따라서 임기응변으로 행동하는 유연성도 있어야 한다.

지휘관기에게 필요한 스펙을 고려하면 정보를 정밀하게 조사하기 위한 대형 컴퓨터부터 냉각기, 자기 몸을 지킬 무장까지 갖춰야 하므로 자연스럽게 대형 병기라는 답이 도출된다.

하지만 이것도 결국 SF 애니메이션으로 키운 지식. 그다지 신빙성 있는 추론은 아니었다.

"정지 궤도에 전략 병기가 몇 개나 떠 있으니까 그중 하나와 연결됐을 가능성도……. 그렇다면 부하 기체로 모은 정보로 전술을 짜고, 작전이 완성되면 지시할 수도 있어요. 정보를 모으면 모을수록 귀찮은 적이 되는 거죠. 생각만 해도 오싹~한 이야기네요~ ♪"

"'왜 기뻐 보이지, 이 사람…….'"

이때 아저씨는 옛날 영화에서 본, 머리에 체인건을 탑재하고 스탠딩하는 전투 차량의 그리운 기억을 머릿속 깊은 곳에서 꺼내 보고 있었다.

물론 그건 픽션이지만, 날개를 편 망상과 굴러가기 시작한 로망은 멈추지 않았다.

이 마력이라는 친환경 에너지가 존재하는 세계라면『어쩌면 만들 수 있을지도 모른다』라고 진심으로 생각할 만큼—.

제로스는 언제나 취미에 죽고 사는 인간이었다.

 ## 제3화 아저씨, 무인기 다족 보행 전차와 대치하다

제로스 일행은 용병에게 얻은 정보를 확인하기 위해서 던전 안쪽으로 나아갔다.

그리스풍 복도에서 우회전해 오로지 직진하길 약 30분, 벽에 딱 하나만 나 있는 동굴을 발견했다. 정보가 맞다면 이 앞에 정글 구역이 있다.

역사가 느껴지는 유적 벽에 덩그러니 뚫린 동굴은 척 보기에도 기묘했다.

"정보에 따르면 이 앞은 아열대 지역입니다. 사막만큼은 아니라도 엄청 후덥지근한 곳이라고 했었죠. 꼬박꼬박 수분을 보충……앗, 샘물은 조심하세요. 마시면 배탈 나요."

"스승님, 왜 배탈이 나? 그냥 물이잖아."

"열대 지방에서는 물이 솟아나는 곳에 잡균이 번식하곤 합니다. 끓여서 살균하지 않으면 잡균에 고통받죠. 미지의 병도 있을 수 있으니까 주의하고요. 그리고 **마스터 모스키트 백작**에게도."

"아저씨, 혹시 말라리아가 걱정이야? 아마 매개가 모기였지?"

"에로무라 군은 병에 안 걸릴 것 같네요. 사람이 워낙 별나서."

"그게 무슨 뜻이야?!"

『바보는 감기에 안 걸린다[1]』, 『병도 피해 갈 사람』 같은 나쁜 말이 머리에 떠오르지만, 그의 존엄을 위해 굳이 말하지 않았다.

무엇보다 본인이 함축된 뜻을 알아차렸는지, 눈물 고인 원망스러운 눈초리로 제로스를 노려보고 있었다.

직설적으로 말해서 꼴 보기 싫다. 『사내자식의 삐친 얼굴은 귀엽지가 않네~』가 솔직한 감상이었다.

"주의사항은 이 정도만 하죠. 이 앞에 그 로봇이 우글거린다고 생각하면 신기하게 마음이 들뜨네요."

#1 **바보는 감기에 안 걸린다** 감기에 걸려도 깨닫지 못할 만큼 둔한 사람을 가리키는 일본 속담.

"선생님과 에로무라 씨가 쓰는 【로봇】이라는 말은 골렘을 가리키죠?"

"골렘의 별칭이겠지. 왠지 스승님과 에로무라가 같은 지식을 공유하는 것 같은데, 내 기분 탓이야?"

"나랑 제로스 씨는 고향이 같으니까 비슷한 지식이 있을 수도 있지. 그렇게 신기하게 생각하지 마, 동지."

에로무라는 츠베이트와 세레스티나 앞에서는 자신이 전생자라는 사실을 숨겼다.

그런 에로무라를 보고 제로스는 『왜 평소에는 저런 조심성이 없지? 알다가도 모르겠네』라고 내심 중얼거렸다.

참으로 지당한 의견이었다.

"여길 통과하면 총알이 난무하는 전쟁터가 펼쳐질지도?"

"스승님…… 재수 없는 소리 하지 마."

"저, 왠지 안 좋은 예감이 들기 시작했어요……."

"둘 다 걱정도 팔자야. 그런 게 정말로 우글거릴 리 없잖아? 있어도 제로스 씨가 전부 고철로 만들 테고."

"그렇다면 좋겠는데……."

잡담을 나누면서 네 사람은 동굴 안으로 들어갔다.

동굴을 통과하자 용병들이 말한 대로 계단이 있었다.

던전 천장에 거대 타워가 묻힌 것 같은 부자연스러운 상태이며,

타워 자체는 이더 란테의 물자 반입용 엘리베이터와 구조가 흡사
했다.

그 타워의 계단을 내려가자 열대 정글이 펼쳐졌다. 시험 삼아 정
글을 순찰하는 로봇 한 기를 해치웠더니 잇달아 로봇이 몰려들었
고, 지금 이곳은 총알이 난무하는 전쟁터가 되었다.

"에로무라…… 너, 아까 뭐랬어? 우글거릴 리가 없다고?"

"……그렇게 생각했던 시기가 저에게도 있었죠."

"으아앙!"

흩날리는 총탄과 너트는 세 사람이 숨은 거석을 깎고, 근처 나무를
꺾고, 가끔 날아드는 네이팜탄이 주변을 새빨간 불길로 물들였다.

츠베이트와 세레스티나는 무인 병기를 모른다. 에로무라도 무인
병기의 무서움은 픽션으로만 알 뿐, 얼마나 위험한지 전혀 알지
못했다.

"저 골렘, 뭐가 이렇게 많아? 한 대 해치우니까 우르르 쏟아지잖
아."

"선생님은 혼자 상대하시지만, 우리로선…… 어렵겠네요. 방해
만 될 거예요."

"아마 정보를 공유하고 있어. 한 대가 적을 발견하면 나머지 전
부가 적의 위치를 파악해. 어쩌면 아까 해치운 녀석도 정보를 보
내지 않았을까?"

지휘 통제 체계. C4I나 이지스 시스템이 더 익숙한 용어일까.

각 부대가 전선 기지로 보내는 정보를 실시간으로 공유해 항상
변화하는 전황에 대응할 수 있도록 해주는 정보 전달 시스템이다.

무인 공격 로봇들도 이미 정보를 공유받았는지 방금 해치운 로봇보다 명백하게 개선된 움직임을 보여줬다. 그 위험성에 츠베이트는 공포를 느꼈다.

현대에 사용되는 나팔이나 봉화 같은 정보 전달법과는 차원이 다른 기술이었다. 만약 이런 시스템을 적대 국가가 보유하면 승산이 없다고 츠베이트는 생각했다.

"─구시대는 이 정도로 기술이 발전했나. 지금도 현역인 나팔과 봉화보다 편리하겠어. 적의 손에 넘어가면 무섭지만……."

"저 골렘, 왜 마물도 공격할까요?"

"음…… 아마 로봇 한 대가 어디선가 공격받은 게 아닐까? 정보가 연동되니까 전부 적으로 인식하고 제거 대상에 포함했나 보지. 잘은 몰라도."

"마물은 기본적으로 자기 영역이 있으니까 거기 침범한 수상한 골렘을 공격했다가 적대했는지도 몰라. 이렇게 되면 마물도 불쌍하……군…… 응?"

이때, 츠베이트는 한 가지 의문이 생겼다.

"저게 인간이 만든 물건이라면 옛날에는 아군을 어떻게 구별했지?"

"확증은 없지만, 아군 식별 코드로 판단했을 거야. 아쉽게도 우리는 그게 없으니까 여기서 몸을 내민 순간 공격받아. 아저씨라면 만들 수 있을 것 같기도 하지만……."

바위 뒤에 숨어서 대화하는 사이에도 죄 없는 곤충형 마물이 으깨져 그 잔해가 튀었다.

그런 가운데, 이질적이기 짝이 없는 존재가 희희낙락 무인 병기
와 싸우고 있었다.

"하하하, 별거 없네. 한 번 공략법을 알면 쉽구만."

"'기운도 좋지…….'"

싱글벙글 로봇을 처리하는 아저씨였다.

다리를 자르고 동력을 끊은 뒤 기체를 통째로 인벤토리에 챙기
고 있었다.

'프레임은 철과 알루미늄, 스테인리스나 아다만타이트 합금인
가? 위층에서 싸운 녀석에 비해 질이 좋아. 이 마도력 기관이 대
량으로 생기겠는걸. 요걸 어디에 써야하나~.'

로봇을 해치우면 반드시 마도력 기관 하나가 손에 들어온다.

그것들이 묘하게 깨끗해서 아무래도 과거의 유산처럼 보이지 않
았지만, 일단 전투에 집중하기 위해서 잡생각은 접어놓기로 했다.

무엇보다 지금은 취미를 위한 부품이 줄줄이 손에 들어오는 기
쁨이 웃돌았다.

"스승님, 끝났어?"

"글쎄요. 위층에서 싸운 녀석에 비해 성능이 뛰어나고, 부대를
편성해 싸우는 것을 보면 사령관이 있다는 가설에 신빙성이 실리
네요."

"그럼 여기 머물면 위험하지 않아? 제로스 씨, 이동하는 편이 낫
지 않을까?"

"지금 싸운 건 거점 방어용…… 심지어 처음에 싸운 녀석보다 무
장이 뛰어나고 부품 수도 많아요. 이게 정식 가드 로봇 같군요."

"그걸 칼로 썰고 다녔으면서……."

츠베이트와 에로무라는 흠집 하나 낼 수 없는 로봇을 제로스는 칼로 베어 넘겼다.

알고는 있었지만, 너무 강해서 헛웃음밖에 나오지 않았다.

"이상하다고 생각했는데, 왜 구시대 병기가 던전 안에 있을까요? 이건 마물이 아니죠?"

""앗…….""

세레스티나의 의문은 침착하게 생각하면 누구나 깨달을 수 있는 것이었다.

일반적으로 던전은 지맥의 마력이 응축되어 탄생한 핵이 주위 토지를 변질시켜 만들어지는 필드형 마물로 알려졌다.

던전은 내부에 마물을 소환해 번식시키며, 마석이나 마력이 담긴 아이템을 미끼로 적대자를 유인한다. 내부에서 죽은 자의 육체와 영혼을 마력으로 변환하여 양분으로 삼기 위함이다. 물론 여기에는 던전 내부에 서식하는 생물도 포함된다.

이는 아직 확증이 없는 통설에 불과하지만, 이 가설을 믿는다면 병기들의 존재를 설명할 수 없다.

생명이나 영적인 힘이 없는 인공물을 던전이 양분으로 삼을 리 없고, 하물며 번식할 리도 없기 때문이다. 던전의 상식에 맞춰 생각하면 로봇이 돌아다니는 이 구역은 이상하고 이질적이었다.

"제로스 씨는 어떻게 생각해?"

"근거 없는 추측이라면 가능하죠. 던전은 사물이나 현상에서 정보를 읽어낼 수 있고, 우연히 구시대 유적이 존재하던 정글을 재현한 겁니다. 병기는 생물이 아니니까 번식할 리도, 소환될 리도 없어요. 단순히 구시대 문명의 정보에서 지형과 유적을 통째로 베꼈다고 생각하는 게 자연스럽겠죠. 이게 가장 그럴싸한 가설 아닐지……."

"3D 프린터처럼?"

"정보를 읽어낸다……? 던전이 그런 능력을 가졌다는 말인가요?"

"하지만 실제로 병기가 돌아다니잖아. 스승님의 가설에는 신빙성이 있어. 그렇다면 그 병기들은 우연의 산물이라는 뜻인데?"

제로스는 근거 없는 가설이라고 했지만, 사실 근거라면 있었다.

이건 제로스에게 게임 속 이야기이며, 이 세계에서는 솔리스테어 마법 왕국을 제외한 나라의 국보와 관련된 이야기다. 이 세계의 던전에서는 【시간을 보는 수정】과 【시간을 비추는 거울】, 【감정 모노클】이라는 인류가 재현 불가능한 아이템이 발견된 바 있고, 그 희소성과 가치 덕분에 어린애도 알 만큼 널리 이름이 알려졌다.

그 아이템, 【감정 모노클】은 대상의 정보를 읽고, 【시간을 보는 수정】은 그 땅에서 벌어진 과거의 사건을 한정적으로 보여주며, 【시간을 비추는 거울】은 거울에 비친 대상의 과거 모습을 영상으로 보여준다.

이 아이템들은 공통적으로 과거의 정보를 알아내지만, 기능을 발동할 때 필요한 대상의 과거 정보를 대체 어디서 얻는지 의문이었다.

그것은 제로스와 용사들이 가진 감정 스킬과 비슷한 미스터리였다.

모르는 사물의 정보를 알려주는 감정 스킬은 대상의 정보를 어디에서 가져오는지 밝혀지지 않았고, 이 세계의 사람들이 드물게 가진 감정 스킬과는 성질이 크게 달랐다.

마도사나 상인들이 쓰는 감정 스킬은 지금까지 배운 기억 정보를 머릿속에서 꺼내기 때문에 출처가 분명하지만, 제로스 같은 전생자나 용사의 감정 스킬은 정보 발신원이 여전히 불명이었다.

"던전은 과거나 현재의 정보로 읽어내고 아공간을 만들어 내부에서 재현하는 힘을 가졌다고 봐야 할까요. 이런 게 자연적으로 발생하는 게 말이 안 되긴 해요."

"그거, 용사라는 녀석들이 쓰는 감정 스킬과 비슷하지 않아? 문헌에 따르면 녀석들은 이 세계 사람이 아니면 모를 정보를 감정으로 알아낸다고 하던데……."

"비슷하지만, 그 이상이에요. 당장 살아 있기만 해도 거기서 발생하는 정보는 방대합니다. 거기에 과거까지 더해지면 상상을 초월하는 정보 처리 능력이 있어야만 해요. 그런 데다가 과거에 존재한 것을 던전 안에 재현까지……."

"아니, 제로스 씨 말을 정리하면 던전 안은 한없이 현실에 가까운 버추얼 공간 아니야?"

"던전 내부에 재현한 식물이나 건축물은 만질 수 있고 던전 밖으로 들고 나갈 수도 있으니까 가상 세계라고 해도 될지……. 다만, 던전의 성질을 알면 알수록 무서운 생각이 든단 말이죠~."

""무서운 생각?""

"이 세계 자체가 가상 세계라는 겁니다……."

""가상 세계…….""

지구에서도 일부 사람이 제창하는 시뮬레이션 우주론.

현실적으로 생각할수록 부정하는 사람이 많은 이론이지만, 이 이세계에서는 반대로 신빙성을 띤다.

『이 세계가 누군가의 공상으로 구성됐다』라고 말해도 보통은 얼토당토않은 음모론이라고 생각할 것이다. 하지만 관측자라고 불리는 존재를 아는 제로스는 이를 부정할 수 없었다.

솔직히 이 이상은 생각하고 싶지 않았다.

『나라는 존재는 허상이고 실존하지 않는다』라는 현실을 과연 누가 인정하고 싶을까.

오컬트 잡지에나 실릴 내용이었다.

"비밀 풀기는 다른 사람한테 맡기겠습니다. 저한테는 벅차네요."

"그, 그래……. 이런 이론 고찰은 학자가 할 일이지. 나도 이해하지 못할 영역이야."

"이해하면 현실을 믿을 수 없게 돼요, 오라버니……."

무서운 생각에 이르러 버린 세 사람은 더 이상의 고찰을 포기했다.

두 제자는 머리 회전이 빠른 탓에 존재론적 딜레마에 빠질 것 같았고, 생각을 포기함으로써 미지의 공포에서 도망쳤다.

태평한 사람은 에로무라 정도였다.

"제로스 씨, 문득 이런 생각이 들었는데."

"뭔가요, 에로무라 군."

"만약 공장 같은 생산 시설이 던전 안에 재현됐다면 합체 로봇도 만들 수 있지 않을까? 마법을 응용하면 물리적으로 불가능한 일도 어느 정도 실현되잖아."

"훗…… 에로무라 군, 제가 그 생각을 안 했을 것 같나요? 대충 계산해봐도 어림없어요."

"뭐? 그래?"

"인간형으로 만들면 무게 중심이 높아지는데, 이족 보행 로봇은 균형을 맞추기 어려워요. 심지어 크기가 커질수록 관성으로 관절에 가는 부담도 커지죠. 설령 마법으로 관성 제어가 가능하더라도 이번에는 동력으로 쓸 에너지가 문제입니다. 마력만으로 전부 충당하기에는 무리가 있거든요. 그럼 대체 에너지는? 핵융합을 쓸 순 없는 노릇이잖아요? 그밖에도 제어 시스템이나 밸런서, 그것들을 총괄하는 프로그램 개발…… 혼자서는 못 해요. 결정적으로 인력이 부족해요."

아저씨도 에로무라의 로망을 추구하는 영혼(소울)은 이해한다.

하지만 물리 법칙의 벽을 넘는 것은 쉬운 일이 아니며 수많은 기술과 방대한 데이터가 필요하다. 생산 시설이 존재해도 넘어야 할 산이 많아서 과학 지식을 갖춘 전문가가 여러 명 없으면 제대로 된 로봇이 만들어질 리 없다.

이리 생각하고 저리 생각해도 인간형 거대 로봇 제조는 불가능하다. 심지어 변형 합체? 턱도 없다.

"인간형이 아니라면 될지도 모르지만, 크기에 한계가 있겠죠."

"8미터 정도라면 해 볼 만하지 않아?"

"인간형이라도 상당히 비정상적인 형태가 될걸요? 무게를 지탱할 비대한 다리, 무거운 무기를 다루기 위한 거대한 팔과 구동부. 그리고 사람이 탑승할 조종석을 보호하기 위한 두꺼운 장갑, 제어에 필요한 각종 정밀 기계……. 전부 합치면 고릴라가 될 게 뻔해요."

"그건…… 멋이 없네."

인간형에 가까울수록 중력권에서 그 형태를 유지하기는 어렵다.

인간형 로봇은 애니메이션이나 SF 영화의 단골 소재지만, 범용성은 높을지 몰라도 실제로 제작하면 도움이 되지 않는다. 오히려 사족 보행이 안정적으로 움직일 것이다.

실용성을 고려하면 인간형을 고집하는 것은 난센스다.

"그러니까 예를 들면…… 저런 형태가 이상적이겠죠?"

""응?""

세 사람은 아무 생각 없이 아저씨가 가리킨 방향을 돌아봤다. 그곳에는 전차 같은 기계가 건물 잔해에 파묻혀 있었다. 아마 건물이 무너지면서 깔린 모양이었다.

하지만 자세히 보니 캐터필러 대신 다리가 여섯 개 달렸고, 앞쪽에는 머니퓰레이터가 사슴벌레 턱처럼 튀어나와 있었다.

"……타, 타케미●즈치."

"에로무라 군, 뭐든 애니메이션에 빗대지 말아 줄래요? 형태가 전혀 다르잖아요. 참고로 저는 건●드가 더 좋습니다."

"안 물어봤어! 그리고 난 극장판 같은 거 안 봤어! 서점에서 중고책을 잠깐 훑어봤을 뿐이거든?"

"이거, 방금 스승님이 박살낸 녀석보다 크군……."

"옛날에는 이런 골렘으로 전쟁을 했나 보네요."

이때 제로스 일행은 중요한 사실을 잊고 있었다.

마력을 동력원으로 가동하는 로봇에게는 살의가 없다.

심지어 기체 외부는 마력 반응을 차단하는 금속 장갑으로 덮여

겉으로 봐서는 망가졌는지 대기 중인지 판별할 수 없다. 마력 반응에 민감한 마도사도 알아차리지 못할 정도로.

무슨 말이 하고 싶냐면―.

―우우우웅…….

―이 로봇은 아직 살아 있었다.

자세히 관찰해 장갑이 얼마나 낡았는지 알아차릴 기회도 있었지만, 이때 제로스 일행은 수다 삼매경에 빠져 있었다.

필요 최소한의 기능만 남기고 정지했던 로봇이 가동하기 시작했는데 네 사람 중 누구도 깨닫지 못했다.

그리고…… 이 로봇은 제로스가 해치운 로봇보다 정보 처리 능력이 뛰어나며 아군 식별 코드를 감지하지 못하는 생명체를 적으로 인식한다.

곧 두 개의 머니퓰레이터가 서서히 올라가고 끝부분에 탑재된 레이저포가 네 사람을 겨냥했다.

"무슨 이상한 소리가…… 앗! 위험해!"

머니퓰레이터의 구동 모터 소리로 로봇이 공격 태세에 들어갔다고 눈치챈 제로스는 반사적으로 마법 장벽을 펼쳤다.

그 순간, 레이저가 직격했다.

"이 녀석, 움직이잖아……. 살아 있었어?!"

"손상이 적으니까 잔해 속에서 휴면 상태에 들어갔을 뿐이지 않을까요? 적을 발견해서 재가동했나 보군요."

"적? 우리요?!"

"우리 말고 누가 있어. 그보다 파묻혀 있을 때 도망치자. 잔해에서 빠져나오면 우리는 손 쓸 도리가 없어."

"제가 시간을 벌 테니까 다들 안전한 곳으로 숨으세요. 자, 파티를 시작해 볼까."

"'와아, 혼자 살판났네…….'"

제로스가 칼을 뽑아 들었다.

남은 세 명이 서둘러 근처 건물 안으로 대피하는 가운데, 로봇은 잔해에서 기어 나와 몸을 일으키려 하고 있었다.

묻혀 있어서 몰랐지만, 개틀링건에 미사일 포드까지 탑재한 다족 보행 전차였다.

"오호라……. 함몰된 구멍에 빠졌다가 잔해에 묻혔나. 이 필드가 바깥 세계의 과거를 재현한 곳이라면 이것과 같은 상태의 원본이 세계 어딘가에 있다는 말인가?"

제로스는 혼잣말을 중얼거리면서 조금이라도 더 정보를 얻기 위해 감정 스킬을 사용했다.

================================

【TST-X103 시작형 다족 보행 전차】

무장

주포 88㎜ 마도식포

7.52㎜ 대인용 터릿 개틀링건×좌우 2문

작업용 팔 고출력 레이저×전방부에 좌우 2문

8연장 멀티플 미사일 런처×2기

바리케이드 파쇄 작업용 머니퓰레이터×2기

개요

마도 문명기에 제조된 6족 보행 전차.

제387 독립 기갑 부대에 소속한 국지전용 전투 시험 차량.

승무원 2명.

장갑은 철과 미스릴, 다마스쿠스강 복합 합금.

유인기지만, 무인기로도 사용 가능. 무인기로 사용할 경우, 식별 코드가 없는 대상에게 무차별 공격을 가하는 등 융통성이 없어 데이터 수집용 실험기로는 결함품.

아르하란군 로멜리아 기지가 기습당했을 때 방어 병력으로 참전. 폭격으로 뚫린 구멍에 빠졌다가 잔해에 매몰되었고, 일시적으로 시스템이 다운되면서 방치됐다.

승무원은 무인 공격 시스템을 작동하고 이탈.

그 후, 후퇴하던 중 아군의 폭격에 휘말려 두 명 모두 2계급 특진 했다.

================================

'어이쿠…… 부탁하지도 않았는데 모르는 역사가 줄줄이…….
그보다 88밀리— 아흐트–아흐트라고?! 이거 멋진데, 아주 좋아!!'

사족 같은 글이 신경 쓰이지만, 지금은 눈앞의 로봇— 다족 보행 전차에 집중하기로 했다.

잔해 속에서 기어나온 전차는 생김새가 너무 땅딸막했다.

"전차 차체에 억지로 팔다리와 대형 미사일 포드를 단 것처럼 생겼는걸. 이래서야 움직이는 과녁이구만. 실용적이지 않아."

형태는 독일군 전차에 가깝지만 둥그스레했고, 두꺼운 다리 여섯 개가 달려 차고가 높았다. 그리고 레이저가 탑재된 팔이 전방 아래쪽에 붙어 있었다.

독특한 형태지만, 차체 디자인 자체는 클래식이었다.

제로스는 솔직히 『왜 평범한 전차로 만들지 않았어!』라고 외치고 싶었다.

이건 아무리 봐도 소라게다.

센서가 깜빡이고 좌우에 달린 개틀링건 두 문이 제로스를 향했다.

그리고—.

—우우우우우웅…… Dududududududududu!!

—가차 없이 갈겼다.

제로스는 총알을 피하면서 거리를 좁혀 두꺼운 다리를 베어 버리려고 했다.

하지만 다족 보행 전차는 두꺼운 다리 장갑을 열더니 공기압으로 떠올랐다. 그러고는 크기에 어울리지 않는 속도로 후진하며 자세 제어로 제로스의 참격을 피했다.

동시에 차체 아래 달린 팔을 내밀어 레이저를 난사했다.

"급속 호버링으로 이탈하며 레이저 공격…… 큭, 미스트!"

달리면서 안개를 생성하는 물 마법 【미스트】를 발동. 레이저 위력을 절반 이하로 줄이면서 전차의 카메라에 비치지 않도록 나무에서 나무로 뛰어다녔다.

센서로 움직이는 사물을 감지하는 다족 보행 전차는 조준을 맞추지 못했고 개틀링건도 혼란스럽게 오락가락할 뿐이었다.

그 틈에 제로스는 칼을 휘둘렀고, 개틀링건 하나를 제거하는 데 성공했다.

"쳇…… 이 느낌, 장갑만 두꺼운 게 아니라 강화 마법으로 경도를 높였나. 이 칼……【진라이】도 진심으로 만든 물건인데~."

투덜대면서 두 번째 개틀링건도 제거했지만, 두 번의 공격으로 진라이의 날이 나가고 말았다.

무장은 부술 수 있어도 본체를 해치우려면 상당히 강도가 높은 무기가 필요해 보였다.

초중량 무기로 싸우는 것도 좋지만, 로망이 없다.

땅에 착지하고 어떻게 할지 고민하는 도중, 전차의 두꺼운 다리 장갑이 갑자기 열려 다시 맹렬하게 공기를 분사했다.

'서, 설마…….'

그렇게 생각한 순간, 총중량이 얼마나 될지 모를 차체가 마치 총알처럼 제로스에게 날아들었다. 그대로 치어 죽일 기세다.

"잠깐잠깐잠깐잠깐, 그 가속력은 말이 안 되지!!"

수십 톤은 더 될 차체마저 순간적으로 초가속시키는 호버링. 아무리 에어 스러스터의 출력이 좋아도 이건 이해의 범주를 넘어섰다.

심지어 제로스를 가장 위험한 존재로 인식했는지, 오직 아저씨 한 명만 노렸다.

기겁한 제로스는 한순간 판단을 내리지 못하다가 간발의 차로 전차를 피했다. 그리고 그 순간, 봤다.

다족 보행 전차는 가속 중인데도 불구하고 다리를 전부 펼쳐 왼쪽 세 다리의 앞쪽 장갑을 열었다. 그리고 내부 스러스터를 일제히 분사해 초고속으로 회전하기 시작했다.

'뭣, 상황 판단이 빨라?!'

마치 팽이 싸움처럼 제로스가 튕겨 날아갔다.

아슬아슬하게 피한 것이 화근이었다.

"크하아아아아아아아아악!"

제로스의 몸뚱이가 나무들을 부러뜨리며 건축물 벽에 그대로 격돌했다.

"스승님?!"

"선생님!!"

"뭐야, 저 가속력과 회전은……. 저 덩치로 어떻게……."

숨어서 상황을 살피던 세 사람은 너무나도 충격적인 광경에 경악했다.

상식도 무시하는 무적의 아저씨라고 생각했는데 다족 보행 전차가 그것을 압도하는 힘을 보였다. 두 제자에게는 믿을 수 없는 사태였다.

에로무라도 전차의 성능에 할 말을 잃었다.

"으……윽……. 이런 짓도 할 수 있나……. 설마 해치운 다른 경비 로봇과 정보를 공유했어?! 그렇다면……."

건물을 무너뜨리며 직진하는 다족 보행 전차는 스핀 상태에서도 자세를 바로잡고 포탑을 제로스에게 겨눴다.

건 카메라가 표적을 포착하고 십자선이 표적에 고정되었다. 88밀리 마도포에 탄이 장전된다.

회전을 멈춘 다족 보행 전차의 포신이 어딜 향해 있는지 본 제로스는 등골이 서늘해졌다.

"그건 치사하잖……아아앗?!"

퍼뜩 돌아서서 신체 강화와 장벽 마법을 발동하고 몸을 날린 순간, 고막을 찢는 굉음이 울려 퍼졌다.

발사된 포탄으로 땅은 크게 파였고, 강력한 충격파로 호쾌하게 날아간 제로스는 거친 땅을 데굴데굴 굴렀다.

'쓰읍……. 안 좋아, 방금 근거리 포격으로 귀가……. 그보다 녀석은…… 켁?!'

생각 이상으로 자기 몸이 튼튼하다고 놀라면서 고개를 든 아저씨는— 다시 보고 말았다. 전차가 등에 탑재한 미사일 런처의 덮개가 열린 것을—.

자신을 에워싸듯 발사된 미사일을—.

"자비도 없어어어어어어어어어어어어?!"

감정 없는 기계에 뭘 바라는가.

소리치던 아저씨는 화려한 폭발에 휩싸였다.

"아니, 그럴 리가?! 스승님…….."

"선생님!!"

"에이, 아저씨라면 저 정도 폭발은 견디겠지. 그보다 우리 걱정이나 하자……."

""응?""

에로무라의 지적에 츠베이트와 세레스티나는 다족 보행 전차로 시선을 돌렸다.

포탑이 서서히 움직여 포신이 그들을 향하려고 하고 있었다.

""도, 도망쳐어어어어어어어어어어어어!!""

"꺄아아아아아아아아악!!"

울려 퍼지는 포성.

연이어 발사되는 포탄.

도망치는 에로무라와 츠베이트, 그리고 세레스티나 바로 등 뒤에서 잔해로 변해 가는 구시대 건축물.

미사일 공격으로 발생한 열기 때문에 열 센서가 제로스를 감지할 수 없게 되면서 다족 보행 전차의 전략 인공지능이 표적을 변경한 모양이었다.

평범한 인간이라면 이 공격으로 끝났겠지만, 아쉽게도 상대는 제로스였다.

지옥 같은 불길 속에서 어른거리는 검은 그림자.

그리고 급속하게 증폭하는 마력.

다족 보행 전차의 마나 센서가 이상을 감지하고 일시적으로 포격을 중지했다.

차체가 제로스를 향해서 돌아갔다.

불길 속에는 바렛 M82A1 대물 저격소총을 겨눈 아저씨가 있었다.

"크게 한 방 먹었어. 이건 내 선물이다."

잉여 마력이 방출된 총구는 푸르게 빛나고, 총신 내부의 전자기 유도로 가속된 탄환은 한 줄기 빛의 화살이 되어 사출됐다.

그 위력은 다족 보행 전차의 오른쪽 앞다리 관절에 직격하고도 멈추지 않고 중간 다리를 관통해 뒷다리 장갑에 묻혀서야 겨우 멈췄다. 결과적으로 총알 하나가 다리 두 개를 박살낸 셈이었다.

균형을 잃은 전차는 전방에 달린 머니퓰레이터를 지팡이 삼아 어떻게든 직립 자세를 유지하려고 했다.

휘청거리면서도 포탑을 가동해 제로스에게 조준을 맞추려고 했으나, 제로스가 이 기회를 놓칠 리 없었다.

공격당하기 전에 거리를 좁혀 즉시 포탑 위로 올라탔다.

'그냥 부수기는 아까워. 안으로 들어가서 자동 공격 시스템만 해제하면……'

이놈의 아저씨는 이 상황에 이르러서도 다족 보행 전차를 손에 넣을 생각이었다.

포탑 위쪽의 해치를 열어 내부로 들어가서 감정 스킬을 사용해 계측기 따위를 확인하기 시작했다.

'어디…… 이건 화기 관제 시스템이고 이건 센서……. 응? 자동 공격 시스템 제어는 위에 달린 이건가? 이 스위치를 세 개 올리고 빨간 버튼과 파란 버튼을……'

다족 보행 전차는 적의 침입을 허용하고 말았다.

이렇게 되면 전차로서는 속수무책이었다.

자동 공격 시스템이 멈춰 공격 수단을 잃었고, 동력부 가동 스위치까지 꺼서 완전히 무력화되었다.

마력 공급이 끊기면서 불안정하게 직립하던 차체는 급속도로 힘을 잃었고 크게 흔들리며 쓰러졌다.

차체가 땅에 부딪힌 충격은 조종석 안에 있던 제로스에게까지 전해졌다.

"아야야…… 허, 허리가……."

군용 차량인 다족 보행 전차는 승차감 따위 고려하지 않았다.

충격을 고스란히 허리로 받은 아저씨는 고통을 참으며 조종석에서 기어 나왔다.

"선생님, 괜찮으세요!"

"그런 무기가 있으면 제발 처음부터 써. 죽는 줄 알았네……."

"동지, 뭘 모르는구나. 이 아저씨는 처음부터 다족 보행 전차를 꿀꺽할 생각이었어. 틀림없이 가져가서 기상천외하게 개조하겠지."

"훗…… 당연하죠. 분해해서 내부 구조를 찬찬히 살펴보고 싶지 않습니까?"

아저씨는 구시대 병기를 조사할 뿐 아니라 개조까지 염두에 두고 있었다.

하지만 티거 전차보다 큰 물건을 혼자서 뜯어보기는 힘들다.

"한가해 보이는 에로무라 군은 도우미 확정이고, 아도 군과 크로이사스 군을 끌어들여 볼까. 후후후…… 판타지 세계에서 전차가 맹위를 떨친다고 생각하면 뭔가…… 오싹오싹하지 않아요?"

"와…… 이 사람, 제정신인가."

'이걸 지상으로 가지고 나가? 크로이사스 오라버니가 기뻐하…… 앗, 불길한 예감이.'

제로스가 위험한 인간이라는 사실은 세 사람도 잘 알고 있었다.

하지만 또 다른 위험한 인간까지 생각이 미친 사람은 세레스티나 한 명뿐이었다.

『절대 혼합 금지』콤비가 다시 모일지 어떨지는 하늘만이 알 일이다.

미라가 돌아다니는 구역을 간신히 돌파해 다음 구역까지 도착한 용사와 용병들은 눈앞의 광경에 할 말을 잃었다.

"""""여긴 뭐야…….""""""

주변 일대가 초토화된 종말의 세계.

버섯에 팔다리가 달린 마물이 불타서 빈사 상태로 꾸물거리는 그곳은 어디 사는 대현자가 광범위 섬멸 마법【연옥염 초멸진】을 날린 구역이었다.

한마디로 표현하면 초열지옥이 지나간 세계였다.

"꼭 여길 지나가야 해?"

"다른 길이 없으니까 이 앞으로 갈 수밖에 없어."

"아니, 그래도…….

고온이 휩쓸고 간 자리는 지표면이 유리화됐고 그 외의 장소는 반쯤 용암이 되었다. 걸어서 건널 수 있을지조차 의문이었다.

식어가고는 있으나, 아직 열기가 들어차 가만히 있어도 땀이 흘렀다.

"……위로 가는 길이 있긴 한가? 용암으로 막힌 거 아냐?"

"불평할 시간에 찾아. 너 때문에 이런 상황에 말려든 거니까."

"던전 변화는 내 탓이 아니잖아?!"

"'이 녀석, 꽉 잡혀 사네.'"

카츠히코의 엉덩이를 걷어찬 나기사는 작열의 황야로 나아갔다.

오로지 지상으로 돌아가기 위해서······.

들러리 용병들의 어이없는 시선을 받으며.

 ## 제4화 아저씨, 던전의 비밀에 직면하다

미지의 존재란······ 마물이든 인간이든 처음 마주쳤을 때 위험성을 가늠하기 어렵다.

아무 정보도 없고 생각할 틈도 주지 않아 즉각적인 선택을 강요받는다.

이때 중요한 척도가 되어주는 것은 경험이다.

그럼 경험이 부족하면 어떻게 되는가?

특히 던전처럼 예측을 불허하는 환경에서 가장 필요한 능력은 위기 감지. 생물이 발산하는 기운이나 적의, 살기를 느끼는 능력이다.

어디에 있는지 모를 함정을 빠르게 눈치채고, 위험한 마물의 접근을 한발 앞서 감지하며, 상황에 따라서 망설임 없이 철수를 결단한다. 이러한 능력을 키우려면 수많은 사선을 넘어야 한다.

이런 기술을 가진 베테랑 용병마저 죽음을 피하기 어려운 곳, 그것이 던전이다.

다양한 요인과 운도 작용하지만, 특히 사망자가 나오기 쉬운 상황은 귀환 중에 방심하거나 예상 밖의 마물이 나오는 경우다.

　왜 지금 이런 이야기를 하느냐면—.

　"검과 가죽 갑옷…… 배낭과 흩어진 전리품들. 여기서 죽은 용병들이 있었나 보군요."

　"유해는 이미 보이지 않네요……."

　"이 구역에서 목숨을 잃었나……. 최후가 던전의 먹이라니, 이렇게 죽고 싶지는 않아."

　"용병 길드에 보고해도 이래서는 피해자를 알기 어렵겠지? 시체조차 남아있지 않으니까."

　—제로스 일행은 용병들이 비참하게 죽은 현장과 마주하고 있었다.

　아스팔트 위에 남은 어마어마한 양의 혈흔과 그 주변에 흩어진 장비로 보아 귀환하던 용병들이 일방적으로 공격받은 것으로 추정됐다.

　범인은 제로스가 해치운 무인 공격 로봇이 아닐까.

　"그 용병 세 명은 그저 운이 좋았었나 보네요. 아니, 어쩌면 여기서 희생자가 나온 덕분에 도망칠 수 있었을지도……."

　"그게 진실이면 뜻하지 않게 미끼가 된 셈이군. 정말로 이렇게 죽고 싶지는 않아."

　"안타깝네요……."

　"편히 잠들기를. 나무아미타불……."

　상식이 통하지 않는 세계, 그것이 던전이다.

　이런 비극은 아무도 모르는 사이 세계 각지의 던전에서 벌어지지만, 현장을 발견한 이들에게는 남의 일이 아니었다.

언제 자신들이 같은 결말을 맞이할지 모른다는 비정하고 덧없고 냉혹한 현실이 최악의 형태로 제시됐기 때문이다.

"무인기는 사령관 같은 다족 보행 전차를 포함해서 처리했지만, 더 있을지 없을지 모르겠군요. 건물도 나무로 뒤덮여서 전모를 알 수 없으니까 어떤 시설이었는지 모르겠고⋯⋯."

"역시 처음에 내려온 탑 같은 건물이 신경 쓰여⋯⋯. 그건 대체 무슨 건물이었지?"

"아마 발전소의 냉각용 굴뚝 아닐까요? 그렇게 생각하면 이해되지만, 그럼 이 시설은 대체 뭐냐는 의문이 생기죠."

"군사 시설 아냐?"

"군사 시설이라고 해도 여러 가지가 있어요. 분위기만 보면 무슨 비밀 연구 시설 같기도 해요. 아님 말고."

"무책임한 발언이네."

무책임하더라도 달리 무슨 말을 할 수 있겠는가.

제로스는 나무에 파묻힌 유적의 전모를 파악하려고 여러모로 검증하는 반면, 에로무라는 의문만 던지고 스스로 답을 찾으려고 하지 않았다.

모호하게 군사 시설이라고 말하는 것을 보면 더 자세히 알 마음도 없는 것 같았다.

"비교적 원형을 유지한 건물을 중점적으로 조사합시다. 사일로 같은 게 발전소 냉각탑이라고 가정하면 연구 시설도 배선을 깔기 좋은 지하에 있을 가능성이 크겠죠. 어딘가에 지하로 통하는 길이 있을 거예요."

"스승님, 발전소가 뭐야?"

"마력을 이용해 다른 에너지를 생산하는 시설이라고 할까요……. 쉽게 말해 방대한 전력을 만드는 시설입니다."

"전기라면 번개 말이죠? 힘을 만들어서 어디에 썼을까요?"

"조명을 밝히거나 기계를 움직였겠죠. 로봇— 그 골렘들을 만드는 기계를 움직이기 위해 이런 시설이 필요했을 겁니다."

"마력만으로는 안 돼?"

"구시대— 마도 문명기에 마력 외에도 대체 에너지가 사용됐다는 건 사실입니다. 수력이나 지열 발전, 태양광 발전처럼…… 원자력은 있었으려나? 마력은 마법이라는 현상으로 변환해도 일정 시간 안에 다시 마력으로 돌아가죠. 그런데 사실 여기에 위험한 함정이 있어요. 바로 고밀도 마력의 포화 현상입니다. 지나치게 많은 마력을 한곳에 모으면 요정이나 악마를 낳는 마력 웅덩이를 생겨요. 최악의 경우에는 감당할 수 없을 만큼 흉악한 괴물이 나오기도 하죠."

병기가 집중되는 군사 시설이라면 무인 병기의 동력로에 모인 마력이 흩어지지 않아 그 포화 현상을 일으킬 수 있다. 그러면 마력 웅덩이에서 요정이나 악마 등 흉악한 반물질 생명체가 튀어나오는 재해를 초래하게 된다.

심지어 그런 존재는 마력 웅덩이의 독기를 흡수하면서 더욱 성가신 존재로 진화, 성장한다. 흔히 【마왕】이라고 부르는 존재다.

구시대에는 이 일련의 피해를 【요마 재해】라고 불렀다.

주변 동식물의 성장을 과도하게 촉진해 마왕으로 진화시키는 경우도 있으며, 피해가 확대되면 인간의 정신에도 영향을 주어【연애 증후군】같은 기행이 벌어지게 된다.

마력은 분명히 편리한 에너지지만, 허용량을 넘어서면 유해 에너지로 변모하므로 마력에 기대지 않는 대체 에너지가 꼭 필요했다.

"이더 란테에 용맥을 이용한 발전 시설이 있었죠. 사신 전쟁 이후, 언데드나 악마가 마력 웅덩이에서 태어나고 있었던 거예요. 도시 기능이 정지했는데 방어 마법이 유지된 것도 그 마력 웅덩이가 우연히 마력 전지 역할을 했기 때문이고요. 지하 가도로 뚫은 터널이 뜻하지 않게 통풍구가 돼서 고인 마력을 외부로 흘려보낸 덕분에 공사 관계자나 조사대는 정신 폭주를 면했지만요. 운이 좋았네요~."

"크로이사스 오라버니가 기뻐할 이야기네요."

"연구라면 환장하니까, 그 녀석……."

"이런 이야기를 들으면 일부러 마력을 모아서 마력 웅덩이를 만들지 않을까? 이런 곳이 있다는 사실도 알면 아마 껑충껑충 뛰면서 찾아올 거 같은데……."

"무서운 농담 하지 마, 에로무라……. 그 녀석이라면 무조건 할 거야."

다른 건 몰라도 연구가 관련되면 크로이사스의 신뢰도는 0에 수렴한다.

위험하건 말건 지적 호기심이 폭주해 무작정 돌격할 모습이 눈에 선하다. 그리고는 주위에 어마어마한 피해를 줄 것이다.

그 크로이사스는 현재 자기 방에서 귀를 후비며 마법식 해독 작업에 전념하고 있었다.

"연구 시설이 있다면 물자를 반입할 때도 제법 큰 건물이 필요해. 특히 항공 수송에는 넓고 평평한 장소가 최선……. 그렇다면 조건이 좁혀지는구만. 어디 보자…… 저 주변 건물이 적당해 보이는데?"

제로스는 혼잣말을 구시렁거리며 주변 지형으로 어떤 건물의 위치를 예상했다.

건물 자체는 나무에 묻혔고 다른 건물의 잔해나 낙엽 따위가 오랜 세월 퇴적되어 바닥이 흙으로 덮였지만, 흔적까지는 숨길 수 없었다.

지도도 작성하여 어느 정도 시설의 배치도 이해할 수 있었다.

자신의 예상을 믿고 제로스는 이거다 싶은 곳으로 걸음을 옮겼다.

그렇게 일행이 도착한 곳은 아마 격납고가 있었을 폐허였다.

건물은 금속 골조만 남기고 벽과 지붕이 완전히 무너져 내렸고, 그 옆에는 부자연스러운 평원이 펼쳐져 있었다. 아마 활주로나 헬리포트 같은 곳이지 않을까.

건물 잔해 앞에는 결코 자연적으로 생기지 않았을, 직사각형 구덩이가 두 곳 있었다.

토사와 부엽토에 묻힌 지하 통로로 예상했다.

"……【익스플로드(약)】."

"우왁?!"

"히엑?!"

"말도 없이 쏘지 마! 한마디라도 해주면 어디 덧나?!"

아무런 신호도 없이 흙을 익스플로드로 날려버리자 생각대로 지하로 이어진 통로— 반입구가 모습을 드러냈다.

이곳으로 물자를 운송했다면 안쪽은 아마 물자 보관고였을 것이다.

이곳에 아무도 손대지 않은 기재나 처음 보는 마도구가 있을 거라고 생각하면 기대감이 절로 부풀어 올랐다. 설레는 마음을 주체하지 못하고 당장 돌격할 뻔했지만, 그 충동을 필사적으로 억눌렀다.

"흐흐흐…… 이 앞에 뭐가 있을지 정말 기대되는구만. 구시대의 기계가 보관되어 있으면 아저씨 흥분할지도 몰라~♪"

"이미 흥분했잖아."

"저기…… 선생님? 구시대 마도구는 모두 나라에서 조사하는 게 원칙인데요."

"저 아저씨는 이미 보물 말고 안중에 없어. 아무리 말해봤자 못 말려."

당장에라도 껑충껑충 뛰어갈 것처럼 기분이 좋은 제로스는 앞장서서 들어갔다.

만약 다족 보행 전차의 부품이 있으면 처음부터 제작하지 않고 수리할 수 있다.

개조를 하려고 해도 부품 제작에는 광물 자원이 필수이므로 이곳에서 부품을 대량으로 발견하면 채굴한 광물을 다른 곳에 이용할 여유가 생긴다.

타산적이지만, 아저씨는 이 기회를 놓칠 생각이 없다.

'적은 기계야. 무기를 총으로 바꿀까.'

구시대 병기에 어지간한 공격— 특히 검이나 마법은 통하지 않는다.

상당한 기량이 없는 한 그 튼튼한 장갑을 뚫을 수 없다는 것은 다족 보행 전차로 증명됐다.

아저씨가 선택한 무기는 M16 소총. 이미 어디 나오는 특수 부대라도 된 기분이었다.

먼저 통로 모퉁이에 도착한 제로스는 조용히 안쪽을 확인했다. 그리고 적이 없다고 판단하자 말없이 일행에게 오라고 신호했다.

"여긴……."

"격납고…… 아니, 물자 집하장인가? 컨테이너가 있어."

"이 안에 뭐가 들었을까요?"

"열어 볼래요? 의외로 재미있는 게 있을지도 몰라요~."

아저씨는 히죽대고 있었다. 악마의 속삭임이다.

츠베이트와 세레스티나도 구시대 유물에는 관심이 있었다. 어떤 물건이 남아있을지 굉장히 궁금했다.

하지만 여러 법적 문제로 발견하는 즉시 보고하고 헌상할 의무가 있다.

"대단한 게 있어도 나라가 가져가잖아……."

"츠베이트 군, 뭔가 잊고 있지 않나요?"

"뭘?"

"여긴 던전이 만든 구시대의 복제라고요. 유적에서 발견됐다면 모를까, 던전에서 발견됐다면 소유권은 발견한 사람에게 있어요. 즉……."

"잠깐! 설마 스승님, 던전에서 발견했다는 명분으로 구시대 유물을⋯⋯."

"여긴 몇 시간 전에 만들어졌어요. 과연 복제품을 유물이라고 할 수 있을까요?"

"그건 억지지!!"

던전이 만든 복제품이라는 논리는 맞을지 모르지만, 발견한 물건에 따라서 보고 의무가 발생한다. 그것이 병기라면 더 말할 것도 없다.

하지만 이 아저씨는 자기가 꿀꺽할 생각뿐이었다.

『복제품이라도 구시대 물건이라면 나라에 맡겨야지』라고 정상적인 반응을 보이는 츠베이트와 『무엇이 발견되든 던전이 만들었다는 사실은 변하지 않는다. 강력한 효과를 가진 검도 발견한 용병들이 가지지 않는가. 구시대 물건으로 규정하는 것은 이상하다』라고 반론하는 제로스.

서로의 주장은 평행선만 달릴 뿐이었다.

"두 분 모두 기운이 넘치네요."

"저 아저씨는 지칠 줄도 모르겠지. 어쨌든 컨테이너 밖은 녹슬었지만, 중요한 안쪽은 어떨까⋯⋯."

티격태격하는 제로스와 츠베이트를 무시하고 에로무라는 눈앞에 늘어선 거대 컨테이너를 조사하기 시작했다.

컨테이너의 겉은 녹슬었지만, 장기 보존을 목적으로 만들어졌는지 안쪽은 놀라울 만큼 깨끗했다.

"으억?! 바로 경비용 로봇이 나오네⋯⋯. 심지어 새것이야."

"설마 이 상자 안에 든 물건이 전부⋯⋯. 공격하지는 않겠죠?"

"움직이지 않으면 괜찮겠지. 이쪽 컨테이너는 부품⋯⋯ 아니, 이게 무슨 기재지?"

컨테이너의 내용물은 새롭게 반입했을 경비용 로봇과 부품, 그리고 키보드와 스위치가 달린 조종간 같은 대형 기재였다.

컨테이너를 하나하나 확인하는 에로무라 뒤에서 제로스가 죄다 인벤토리 안으로 쓸어 담고 있었다. 싹쓸이할 생각인가 보다.

"앗, 노트북 발견. 그래도 충전을 못 하니까 못 쓰겠네."

"오오, 좋은 게 나왔군요. 이 시설 비품으로 반입했는데 사용하기 전에 멸망한 걸까요? 하지만 그러면⋯⋯."

이 시설이 무엇인지 점점 더 의아해졌다.

다족 보행 전차나 경비용 로봇이 있으니까 군사 시설은 틀림없다고 보지만, 컨테이너 내용물에 손댄 흔적이 없어 전투 후 그대로 방치된 것으로 추정됐다.

다족 보행 전차의 감정 결과로 이 시설이 기습받았다는 사실은 밝혀졌지만, 습격당한 이유가 무엇인지는 수수께끼였다.

과거 역사를 어디까지 정확하게 재현했는지도 마음에 걸렸다.

'기습당할 정도의 군사 시설이라면 무슨 연구라도 하고 있었나?'

챙길 것은 다 챙긴 제로스 일행은 신중하게 옆방으로 들어갔다. 그곳은 전차와 경비용 로봇을 정비하는 행거였다.

바로 방치된 전차와 경비용 로봇부터 챙겼다.

"선생님은 그렇게 골렘을 모아서 뭘 하시려는 거죠?"

"음, 외부 장갑은 금속으로 되돌리고 내부 기계는 조사한 뒤에

쓸만한 게 있으면 써먹어야죠. 마도력 기관은 발전기 동력으로 쓰고…… 앗, 어디에 배터리가 없으려나?"

"완전히 사유화네요. 이거 절도예요……."

"재활용이라고 해줄래요? 아 참, 상태가 좋은 컨테이너도 몇 개 가져갈까."

애초에 이 시대의 마도사들에게 이런 병기들을 넘기는 것은 바람직하지 않다.

마도사들에게는 이 병기를 막을 수단이 없기 때문이다. 조사 중에 실수로 폭주하면 희생자도 많이 나올 것이다.

제대로 된 지식도 없는데 함부로 나라에 넘기는 것은 너무나도 위험하다.

물론 이건 제로스가 핑계 대느라 생각해 낸 이유지만…….

"오오, 이건 액정 모니터! 이건 전자 부품! 좋아, 이거면 데스크톱 정도는 조립할 수 있겠는데. OS는 어떡하지…… 아까 챙긴 노트북에서 이식해볼까?"

"정말로 현자였구나, 스승님……."

"최근에는 그냥 취미에 빠진 사람이라는 인식이 붙어 버렸죠……."

"컴퓨터를 만들어도 야겜을 못 돌리면 의미 없어. 인터넷도 없으면 나한테는 쓸모없는 보물이야."

에로무라다운 저질 발언이었다.

하지만 방향성은 달라도 어떤 의미에서는 진리이기도 했다.

전문가도 아닌 인간이 프로그램을 짤 수 있을 리 없고, 끽해야 글을 적거나 모아둔 정보를 검색하는 용도로나 쓰일 것이다.

가령 인터넷 사이트를 개설해도 이 세계에서는 아무도 보지 못하니까 의미가 없다.

쓸모없는 보물이라는 말도 썩 틀린 말은 아니었다.

"사실 인터넷도 군사 목적으로 만든 기술이거든요. 지휘 계통을 단일화하지 않고 다각적으로 정보를 전달하고 공유하기 위한."

"그건 전장에서 명령을 내리는 본진이 하나가 아니라는 말이야? 오히려 혼란스럽지 않아?"

"구시대 유물을 보면 문명이 상당히 고도로 발전한 것 같아요. 당연히 전쟁 방식도 지금과는 다를 테고, 적의 공격으로 갑자기 본진이 파괴되기도 했을 겁니다. 그래도 명령을 내리는 시설이 다른 곳에도 있으면 부대를 계속 지휘할 수 있겠죠? 이더 란테도 그런 거점 중 하나예요."

"그 지하 도시가 군사 거점이었어? 뭔가, 무서운 세계군……."

"그렇지도 않아요. 모든 국가가 대량 살상 병기를 하나라도 보유하면 필연적으로 큰 전쟁은 일어나기 어렵습니다. 국가끼리 견제해서 군사력을 함부로 쓸 수 없으니까요. 전쟁을 하더라도 명분이 없으면 여론이 들고 일어나고."

"그래도 작은 분쟁은 있을 거 아냐."

"그리고 테러도요. 아무튼 거기까지 발전하면 세계는 군사력이 아니라 돈을 위주로 돌아가니까 군대의 역할은 방위로 축소돼요. 침략 전쟁은 돈만 더 드니까 할 의미가 없죠."

제로스의 간략한 설명을 듣고 츠베이트는 머리가 아팠다.

이 시대의 전쟁은 명예를 거머쥘 기회지만, 마도 문명기는 전쟁

따위 무의미하다는 정반대의 가치관을 가진 시대라고 한다.

게다가 츠베이트는 국가끼리 대량 살상 병기를 은근슬쩍 내비치며 견제하는 상황이 평화롭다고 생각하기 어려웠다. 까딱 잘못하면 그 병기로 인해 비참한 전쟁이 벌어지는 외줄타기가 아닌가?

그 상황에서 어떻게 군사력이 아니라 돈이 중심이 되는지 이해할 수 없었다.

한편, 제로스는 『그렇게 어렵게 생각할 일인가?』라며 대수롭지 않게 반응했다.

"무기가 동등하면 어떤 비극이나 피해가 발생할지 예상되잖아요? 거기서 우위에 서고 싶으면 타국을 압도할 경제 대국이 되면 됩니다. 그러기 어려운 소국이라면 기술 대국이 되어 무시할 수 없는 발언권을 얻으면 되고요. 어떤 방식이든 경제로 타국을 압도하면 무력을 이용한 협박 따위 의미를 잃어요. 무역 이익으로 동맹을 맺거나, 반대로 경제 압박으로 적을 없애는 건 지금도 벌어지는 일이잖아요?"

"이론은 알겠지만, 납득할 수 없어……."

"진실만 있는 전쟁보다 기만으로 가득한 평화가 나은 법입니다."

"제로스 씨, 그거 애니에 나온 말이지? 그리고 총으로 장난치지 마. 운이 달아나.[#2]"

M16을 들고 장난치던 제로스에게 에로무라가 주의했다.

달아날 운도 남아있지 않은 에로무라에게는 듣고 싶지 않은 말이었다.

#2 총으로 장난치지 마. 운이 달아나. 영화 『건헤드』의 대사.

"선생님, 여기는 다 돌아봤으니까 앞으로 가죠."

"그럽시다. 미래는 젊은이들이 생각할 일이죠. 미래가 어두컴컴한 젊은이도 여기 있지만."

"한 번 놀렸다고 너무한 거 아냐……?"

투덜대는 에로무라를 무시하고 제로스는 더 안쪽으로 들어갔다.

할 일은 방금 컨테이너 털이와 다를 바 없었다.

방이 있으면 샅샅이 뒤져 부품이든 정체불명의 기계든 일단 챙기고 보는 식이었다.

그리고 안쪽으로 들어간다기보다 지하로 내려간다는 표현이 옳을 것이다. 시설의 방을 전부 조사한 뒤 일행은 계단을 내려가 다음 층을 구석구석 뒤졌다.

그러다가 지하 13층쯤에 왔을 때, 지금까지와는 달리 격벽으로 가로막힌 방이 나왔다.

그곳은 금속 자동문이 엄중하게 지키고 있었고, 안으로 들어가려면 벽에 달린 기계에 카드키를 꽂아야 했다.

하지만 위층을 꼼꼼하게 탐색한 제로스 일행은 이미 카드키를 발견했다.

"여기가 13층. 아직도 끝이 아닌가……. 심지어 꽤 엄중해."

"내 예상으로는 무슨 연구 시설 같은데? 오는 길에 이상한 연구 자료를 봐서 그렇게 생각할 뿐이지만……."

"연구 시설이면 뭐 문제라도 있어? 이만큼 낡았으면 중요한 건 남아있지 않겠지."

"그건 모르죠. 군용 무기조차 방치했는데 포기하고 떠날 만큼 위험한 시설일 가능성이 커요. 자료를 조금 읽어 봤는데 상당히 위험한 연구를 한 모양이더군요."

"선생님, 그 연구 자료의 내용을 자세히…… 알려주시진 않겠죠."

말없이 손을 저어 내용 공개를 거부한 제로스는 카드키를 홈에 넣고 긁었다.

원소유자를 알 수 없는 카드키를 읽어 들인 금속 문이 서서히 열리기 시작했다. 그곳에서 일행이 본 것은—.

"……아, 아저씨……. 저건 설마……."

"틀림없어요. 저건……."

"스승님, 저게 뭔지 알아?"

"저에게는 원형 링을 본뜬 오브제로밖에 보이지 않아요."

—제로스와 에로무라에게는 VR RPG 【소드 앤 소서리스】로 익숙한 기계.

달리 말해 츠베이트와 세레스티나는 처음 보는 물건이었다.

【전송 게이트】.

게임 안에서 세계 각지를 여행한 그리운 추억이 되살아났다.

"……전송 게이트. 존재했었나."

"이 시설, 전송 실험을 했던 곳이야? 설마 공간도약 인체실험까지 손댄 건 아니지?"

"가능성은 충분히 있죠. 비인도적 실험을 들키면 관계자와 함께 시설을 말소할 계획이었는지도 모릅니다. 불편한 진실이라는 거죠."

"이런 시설을 숨길 수나 있어? 건축할 때도 물자 반입 기록으로 들키지 않나?"

"시설 자체는 평범하게 설계하지 않았을까요? 다만, 어떤 실험을 하는지는 비밀이었을 겁니다. 그게 모종의 이유로 알려지면서 공격받았다고 봐야 할까요? 애초에 원본 시설이 어디 있는지 모르니까 당시 상황은 알 수 없지만요."

"앗…… 잊고 있었어. 여긴 던전 안이었지."

억측의 영역에서 벗어나지 않는 공상론.

하지만 구조로 보아 지상에 있었던 시설이란 점은 의심의 여지가 없고, 아마 이 앞에서는 위험한 연구가 이뤄졌으리라는 생각이 들었다.

역사의 이면에 묻힌 시설을 충실하게 재현했다면 이 구역의 더 깊은 곳에 불편한 진실이 잠들어 있을 가능성도 있다.

정글에 뒤덮여 전모는 알 수 없지만, 상당한 대규모 기지로 보였으니까.

"전송 게이트라……. 바닥의 장벽 전개 마법진은 지름 5미터 크기. 중앙의 게이트 구축 링은 기껏해야 사람 한 명이 통과할 수준. 아무리 봐도 실험용 미완성품…… 그렇다면 이 세계 어딘가에 완성품도 있으려나?"

"안쪽 방…… 어디까지 이어졌는지 몰라도 이 패턴이라면 더 위험한 게 나올 거 같지 않아?"

"가볼래요?"

"위험하다고 하면 더 보고 싶어지지……."

제로스와 에로무라는 이 앞에 있는 진실을 알고 싶어 안달이었다.

이야기에 끼지 못하는 츠베이트와 세레스티나는 서로를 돌아봤다.

이 둘도 알려지지 않은 역사에 적잖은 흥미가 샘솟았다. 설령 그것이 인류에서 벗어난 비합법적인 것이라고 할지라도.

"두 사람도 올래요? 솔직히 여기서 더 깊이 들어가는 건 그다지 추천하지 않지만."

"가, 갈래요!"

"구시대는 비밀이 많아. 문헌에서는 단편적인 정보밖에 얻지 못하고, 실제로 어떤 국가였는지 연구자와 고고학자가 유적을 통해 조사하고 있지. 이건 진실의 편린을 볼 수 있는 기회야."

"저는 조금 불길한 예감이 드네요. 따라오려면 각오하시는 편이 좋을 겁니다."

역사에는 모르는 게 약인 진실이 있다.

들춰내면 기존의 상식이 뒤집히거나 경우에 따라서는 인간이라는 생물에 대한 혐오감이 생길 수도 있다. 재현된 과거의 유물이라도 고도로 발달한 문명의 이면을 굳이 알 필요는 없으리라.

"불편한 진실이 있다면, 우린 그걸 알아둬야 한다고 생각해요."

"나도 동감이야. 마법이라는 기술의 가능성을 믿지만, 아름다운 면만 있지 않다는 것도 이미 알아. 나는 이 시설에서 무슨 일이 있었는지 알고 싶어."

"역사가 묻어버린 인간의 악의일지도 모르는데요?"

"그래도 나는 알고 싶어. 아니, 알아야만 한다는 기분이 들어."

"저도요."

마법 국가의 귀족으로 태어나 마법이라는 힘에 이상을 품은 두 사람의 결의는 굳었다.

조사를 진행하면서 통로를 지도에 기록해 건물의 대략적인 구조가 파악됐다.

이 연구 시설은 개미집처럼 지하로 들어갈수록 넓게 펼쳐지며 층별로 연구 분야가 나뉜 모양이었다.

전송 장치 실험부터 약품 연구, 병기 개발도 한 것 같았다.

특히 세균을 배양해 연구하는 시설을 발견하고 제로스와 에로무라는 이 시설의 존재 이유를 대강 파악했다. 이곳은 화학 병기 개발 시설이다.

그리고 더 아래층으로 내려갔을 때, 제로스와 에로무라의 예상을 뒷받침하는 증거가 발견됐다.

츠베이트와 세레스티나에게는 너무나도 소름 끼치는 광경이었다.

"읍!"

"너, 너무해……."

"생물 개조…… 역시 했었군. 위층에 세균 연구 시설도 있길래 혹시나 했는데."

"생체 병기…… 마물을 개조했었나 보군요. 다만, 이 앞에는 더 지독한 게 있을 거 같지만."

영화나 애니메이션 등으로 어느 정도 면역이 있는 제로스와 에로무라도 질서정연하게 배치된 배양 포드와 그 안에 둥둥 뜬 실험 동물을 실제로 목격하자 고개를 돌려버리고 싶을 정도였다.

전부 기형 생물이고 개중에는 해부된 채 보존된 것도 있었다.

기계가 파묻힌 개체도 존재했다.

"이 앞……? 서, 설마?!"

"츠베이트 군이 지금 한 상상이 맞을지도 모르죠. 이곳에는 마물밖에 없지만, 안쪽에는 아마 인체 실험의 증거가 있을 겁니다."

"이, 이런 건…… 악마나 할 짓이잖아요. 어떻게 이런 끔찍한 짓을 할 수 있죠?!"

"사람을 구하는 기술도 악용하면 악마의 기술로 변해요. 반대로 이런 실험에서 많은 사람을 구할 기술이 탄생하기도 하죠. 세상만사에는 양면성이 있어요. 이건 나쁜 면이지만."

"구시대는 기술을 고도로 발전시킨 위대한 문명이라고 생각했는데 이런 비윤리적인 짓을 하고 있었을 줄은……. 우리도 이대로 가면……."

츠베이트와 세레스티나는 마법과 기술의 미래를 엿보고 창백한 표정으로 고개 숙였다. 어지간히 충격을 받았나 보다.

정신을 차리자 옆에 있었을 에로무라가 보이지 않았다.

"어라? 에로무라 군은 어디에……."

"이봐, 아저씨! 여기 엄청난 게 있어!"

"뭘 발견했는지 원……. 둘은 이 이상 따라오지 않는 편이 좋겠어요. 저는 에로무라 군에게 갈 테니까 먼저 전이 게이트가 있던 연구실까지 돌아가있으세요. 더 봐서 좋을 거 없습니다."

"……그렇게 할게."

"……솔직히 더는 못 견딜 거 같아요."

일시적으로 두 제자와 헤어진 제로스는 서둘러 에로무라가 부른 곳으로 달려갔다.

아니나 다를까, 양 측면에 진열된 배양 포드 안에는 인체 실험의 피해자가 떠 있었다. 무심결에 『판타지 세계는 어디로 사라졌냐』고 한탄하고 말았다.

마치 근미래 호러 액션 세계관으로 잘못 들어온 기분이었다.

"오, 왔다왔어. 제로스 씨, 이거 봐. 엄청나."

"……으엑."

에로무라가 발견한 것은 거인족을 사이보그로 만든 생체 병기였다.

거인의 원형은 간신히 유지했지만, 오른팔이 거대한 검이고 왼팔이 에너지 병기 같은 포신, 흉부와 등에 박힌 기계와 튜브들이 섬뜩함을 더해주고 있었다.

심지어…….

"뭐야……. 이거, 살아있어?"

이 생체 병기는 살아있었다.

여기에서 제로스는 새로운 던전의 비밀에 부닥친 것이다.

솔리스테어 마법 왕국이 있는 북대륙에서 바다를 끼고 멀리 남쪽으로 내려가면 열사의 대지라고 불리는 남대륙이 있다. 그곳 내지에 위치하는 산맥을 하늘에서 내려다보는 자가 있었다.

3천 미터 상공에서 대지를 내려다보는 자는 눈도 한 번 깜빡하지 않고 산맥의 한 지점만을 응시했다.

"흠…… 이곳은 아직 기능이 정지하지 않았나 보군. 아니, 휴면 상태에서 갑자기 마력을 잃은 탓에 비상사태로 판단하고 일부 기능이 깨어난 건가."

들는 이 없는 말을 중얼거린 자는 한때 사신이라고 불린 존재,
지금은 【알피아 메이거스】라는 이름을 쓰는 고차원 생명체였다.

그녀의 기본적인 역할은 한 차원 세계의 관리지만, 최근까지 그
능력을 행사하지 못하고 오랜 시간 봉인되어 있었다.

지금은 관리 권한의 약 절반을 되찾았다. 그래도 이 세계를 관리
할 자격은 얻지 못했고, 매일 행성 밖에서 지상을 감시하며 4신의
움직임을 조사했다.

그렇지만 남은 4신— 플레이레스와 아쿠이라타가 움직이지 않
는 한 권한은 해방할 수 없고, 능력이 불완전한 지금은 할 수 있는
일도 많지 않았다.

그래서 남은 신의 수색을 일시 중단하고 세계를 재생하기 위해
움직이기로 했다.

알피아는 행성 방방곡곡을 날아다니며 창세기부터 남아있는 시
스템을 찾아 조금이라도 기능하지 않는지 조사했다.

결론부터 말하면 대부분 활동을 완전히 멈춘 화석 상태로 발견
됐다.

그래도 포기하지 않고 신중하게 조사를 계속하던 중, 마침내 기
능이 살아있는 하나를 찾아 냈다.

"……하지만 그 활동도 미약하구먼. 뭐, 내가 힘을 불어넣으면
어떻게든 될지도 모르지."

알피아가 바라보는 곳은 사막 중심에 있는 거대한 산맥.

아니, 산맥이라고 부르기에는 이상한 형태였다.

바위로만 이루어진 거대한 산맥이 사막 중심에 덩그러니 존재하는 것이다. 심지어 하늘에서 보면 조금 비뚤지만 무섭도록 거대한 원을 그리고 있었다.

이것이 진짜 산맥의 일부라면 부자연스러운 형태였다.

"우선 결계를 펼쳐서 살아있는 곳만 활성화한다. 잘 풀리면 급속도로 성장할 테지."

그녀가 느낀 것은 본래 물질세계에는 존재하지 않는 힘이었다.

성질상으로는 알피아에 가까웠다.

그러나 그 힘의 광채는 너무나 약했다.

바람이 불면 꺼질 듯한 그 힘이 더 이상 흩어지지 않게 알피아는 반경 200미터의 결계를 펼치고, 고차원에서 유입되는 에너지를 신중하게 흘려보냈다.

'음…… 지금 나로선 힘 조절이 어려워. 본체도 억눌러주고 있지만, 역시 불완전한 상태로는 애를 먹는군…….'

힘겹게 고차원의 에너지를 짜내 동조하고, 본디 있어야 할 기능을 활성화했다.

한 번 활성화하자 그 후에는 폭발적으로 재구축과 증식을 시작했다.

이변은 금방 눈에 보이는 형태로 나타났다.

바위산이 난데없이 무너지며 산의 표면을 뚫고 생명력 넘치는 나무들이 급속도로 성장했다. 흡사 번데기의 우화였다.

실제로는 나무들이 아니라 전부 하나의 거대한 나무에서 자란 가지였다.

광대한 사막 한가운데에 갑자기 펼쳐지는 녹지대.

무지개색으로 빛나는 어린잎은 방대한 마력을 방출해 결계 내부를 짙은 마력으로 채워 나갔다.

"깨어났는가…… 행성 환경 제어 시스템, 【위그드라실】이여."

그것은 세계 재생의 신호탄이었다.

 ## 제5화 아저씨, 생물 병기를 처분하다

유달리 기이한 거대 배양조에 유달리 기이한 거인 생체 병기가 떠있었다.

믿어지지 않지만 이 생체 병기는 살아있었고, 기계 눈으로 제로스 일행을 확인하는지 렌즈에서 수시로 붉은빛이 깜빡였다.

하지만 이건 이상해도 너무 이상하다.

애초에 이 시설은 던전이 복제한 곳이다. 비유하자면 영화를 주제로 한 테마파크인 셈이다. 결국은 복제품이니까 배양조의 생체 병기가 살아있을 리가 없었다.

반대로 생체 병기가 살아있다고 가정할 경우, 던전 코어는 생물마저 복제할 수 있다는 뜻이다.

'아니, 잠깐! 생각해보면 던전 코어는 식물을 복제했어. 차원에서 벗어난 아공간에 광대한 세계를 구축하는데 처음부터 식물을 소환해서 번식시키는 건 비효율적이야. 그렇다고 구역을 구축한 다음에 번식하려면 아무리 생각해도 시간이 부족해. 설마 처음부

터…… 생물을 낳는 힘이 있었나?!'

넓은 의미에서는 식물도 생물이었다.

그렇다면 마물도 복제할 수 있다는 가설이 성립한다.

하지만 생물 복제가 가능하다면 왜 굳이 마물을 소환해서 번식하는지 알 수 없었다.

"왜 생체 병기가 복제됐지? 던전은 바탕이 된 거인족을 어떻게 분류한 거지?"

"음, 생각해도 소용없지 않을까? 초월적 존재 같은 게 개입했을 텐데."

"에로무라 군…… 인생 편하게 사네요. 어떤 의미로는 부러워요."

"그거 욕이지?!"

제로스가 부럽다고 생각하는 것은 사실이었다.

사람은 성장하는 과정에서 다양한 지식을 배우고, 그 지식은 세상을 인식하는 지표가 된다. 그것은 게임 지식이 실체화한 듯한 이 세계에서도 예외가 아니다.

때로는 논리적으로 설명할 수 없는 현상을 목격하더라도 자신의 지식으로 현상을 분석한다. 이해할 수 없는 이유는 정보가 부족하기 때문이라고 제로스는 생각했다.

하지만 에로무라는 그런 어려운 생각을 하지 않는다.

고찰은 대부분 남한테 맡기고, 수동적으로 상황에 끌려다닌다. 스스로 할 수 있는 일이 아니면 아무것도 하지 않으니까 스트레스를 받지도 않을 것이다.

"부러워요. 정말로…… 진지하게 살아가는 입장에서 보면."

"왜 나를 불쌍한 사람처럼 쳐다봐? 애초에 아저씨도 진지하게 살아간다고 할 수 없거든?!"

"사람을 뭐로 보고. 저는 언제나 진지합니다. 1분 1초, 모든 순간을 열과 성을 다해 살아간다고 단언할 수 있어요."

이 아서씨의 경우, 열과 성을 쏟는 방향성이 남들과 크게 달랐다.

상식적인 언행을 보일 때도 있지만, 기본적으로는 하고 싶은 건 다 하고 사는 자유로운 영혼. 누가 봐도 괴짜로 분류될 인간이었다.

길을 똑바로 걷다가 기분 따라 갑자기 유턴하고, 도중부터 직각으로 꺾을 정도로 성격이 배배 꼬였다. 이런 인물이 진지하다고 말한들 누가 믿으랴.

"에효…… 됐어. 어차피 말로는 못 이기니까……."

—딸깍!

"에로무라 군, 지금…… 뭔가 누르지 않았어요? 이상한 소리가 났는데……."

"엥?"

에로무라가 제로스와 말싸움하기를 포기하고 우연히 손을 짚은 곳에 스위치가 있었다. 스위치 위에 있는 패널에서 카운트다운이 시작됐다.

두 사람의 얼굴에 식은땀이 흐른다.

두 사람은 쭈뼛쭈뼛 주변을 돌아보는데, 거인 생체 병기가 들어 있던 배양조 내부에 격렬한 기포가 일었다.

게다가 주위 파이프에서 증기가 분출하거나 압력으로 나사가 튕겨 날아가고 다른 파이프에서는 정체불명의 액체가 흘러넘쳤다.

"……설마, 실수했나?"

"했네요. 저 녀석, 여길 보는데요? 우호적이면 좋을 텐데~."

"나올까?"

"나오겠죠……. 아주 살기등등하네요."

"개조당한 데다가 이런 곳에 갇혀있으면 누구든 화나겠지……."

배양조 내부에 발생한 기포와 주변의 증기 때문에 안쪽을 볼 수 없지만, 배양조가 바깥쪽으로 우그러지는 것만은 간신히 보였다.

아무래도 생체 병기가 밖으로 나오려고 날뛰는 모양이었다.

"저거…… 해치울 수 있을까?"

"오른팔에 있는 검은 피하면 되지만, 왼팔은 아무리 봐도 레이저 병기네요. 레이저를 쏜다면 에너지는 어디서 공급받는 거지?"

"흔한 패턴은 등에 달린 기계 아니야? 아저씨가 챙기던 기계 같은 게 몇 개 붙어 있는데……."

"절반은 생물이니까 활동 한계 시간이 있으면 좋겠네요~."

"공복으로 자멸한다거나? 기대하지 않는 편이 좋지 않을까. 밖으로 나오면 먹을 거 천지야."

"역시 여기서 숨통을 끊어야 하나……. 자, 이걸 쓰세요."

제로스는 에로무라에게 M16 소총과 탄창을 몇 개 건네고 자신은 밀코 MGL 두 정을 양손에 들었다.

"그거, 그레네이드 런처 아니었어?"

"영화에 자주 나오는 것처럼 먹이를 잡아먹고 재생하면 큰일이

잖아요? 전부 남김없이 소각하려고요. 시험 사격을 안 해서 위력
은 알 수 없지만."

"그래, 사람을 잡아먹고 재생하는 패턴도 게임에서 자주 나오
지……."

주위 배양조 안에는 인간뿐 아니라 수인이나 엘프, 드워프 등 여
러 인종이 보였다.

아무리 이 시설이 복제품이라도 인체 실험을 당한 비참한 모습
으로 현대에 남겨지고 싶지는 않으리라.

그중에는 어린아이나 갓난아기까지 있었다. 던전이 복제한 가짜
인 줄 알면서도 차마 눈 뜨고 보지 못할 참상이었다.

소각하고 싶은 제로스의 마음도 이해할 수 있었다.

"슬슬 나오려나? 에로무라 군은 후퇴하면서 놈을 견제하세요…….
거리를 두면 저도 공격하죠."

"폭발에 휘말리진 않겠지?"

"마법 장벽 정도는 쓸 줄 알잖아요? 그리고 혹시 모르니까 신체
강화 마법도요. 가능한 건 다 해둬요…… 나옵니다."

거인형 생체 병기가 검으로 금속 배양조를 찢고 그 틈을 억지로
벌려 상체를 내밀었다.

다만, 무슨 화학 반응을 일으켰는지, 바깥 공기에 닿은 거인의
피부는 불탄 것처럼 짓무르고 악취 섞인 연기가 피어올랐다.

"……썩었어. 너무 일렀군.[#3]"

"부녀자의 뇌가 썩긴 했죠."

#3 **썩었어. 너무 일렀군.** 만화 「바람 계곡의 나우시카」에 등장하는 대사. 주로 일본에서는 BL을 즐기
는 사람은 뇌가 썩었다는 의미의 밈으로 사용된다.

"아니, 여자 말고!!"

"이 상황에 무슨 소리예요? 저는 그쪽(BO)에 관심 없습니다. 미안하지만 그런 이야기는 때와 장소를 가려서 해야 하지 않을까요. 그보다 사격 준비나 해주세요. 쏘는 법은 알죠?"

"농담도 못 받으면서 잘못을 고치려고도 안 해?! 젠장!!"

에로무라, 분노의 M16 난사.

모든 총알을 꽂아줄 생각이었지만, 보이지 않는 벽에 막혀 총알이 튕겨 나오는 것을 눈치챘다.

체내에 박힌 총알도 근육의 팽창과 재생으로 상처에서 밀려 나오고 있었다.

"뭐야, AT필드인가?!"

"에이, 저건 그냥 다중 마법 장벽이죠. 혹시 그냥 말해보고 싶었어요?"

"그보다 이제 곧 빠져나올 것 같은데 제로스 씨는 그거 안 쏴?"

"출구까지 물러나서 한 번에 쏠 겁니다. 제법 위력이 강할 테니까."

자욱한 증기 속에서 거인이 일어섰다.

키는 5미터에 가까우며 머리에 안구 대신 센서가 들어간 기계가 부착되었고 체형은 근육질 노인 같았다. 몸에 파묻힌 기계가 무거운지 자세가 구부정하여 아저씨는 허리가 아프겠다는 엉뚱한 생각을 했다.

오른팔에는 살벌하면서도 투박한 검, 왼팔에는 포신이 융합됐고, 등의 대형 기계와 튜브로 연결되어 있었다. 아마 마력을 보내는 장치가 아닐까.

부패해서 흘러내린 살이 바닥에 떨어지며 질퍽질퍽 불쾌한 소리를 냈다.

신경 쓰이는 점은 흉부에 묻힌 기계로, 중앙의 크리스털에는 심장 같은 것이 보였다.

아무리 봐도 그곳이 약점 같지만, 방금 에로무라의 총격을 막은 것처럼 총알로 꿰뚫기는 쉽지 않을 듯했다.

심지어 몸이 부식됐는데 재생 능력이 이상하게 빨라서 금방 제로스와 에로무라를 향해 돌진해왔다. 경이로운 생명력과 강인함이었다.

『Gwaaaaaaaaaaaaaaaaah!!』

거인은 증오의 불꽃이 깃든 기계 눈으로 제로스와 에로무라를 노려보며 분노로 포효했다.

"맙소사…… 벌써 움직여?"

"어떻게든 움직임을 막아야겠구만."

제로스는 밀코 MGL을 손에서 놔버리고 허리 양쪽에 찬 쇼트 소드를 뽑았다. 그리고 돌진해 오는 거인을 향해 달렸다.

거인이 주위 배양조까지 휩쓸며 오른손의 대검을 휘둘렀다.

실험 피해자의 잔해와 배양액을 사방에 뿌리며 무시무시한 기세로 제로스에게 다가오는 대검.

그 속도보다 빠르게 뛰어오르자 거의 동시에 제로스 아래로 대검이 통과했다.

"지금!"

즉시 양손의 검으로 연속 공격을 가했다.

머리, 어깨, 가슴, 팔에 신속의 참격을 퍼붓지만, 거인의 몸은 제로스가 생각하던 것 이상으로 단단하고, 그리고 튼튼했다.

근육에 유연성이 있다고 믿기 힘들 만큼 칼이 들어가지 않았다. 이건 생물을 베는 감촉이 아니라며 아저씨는 혀를 찼다.

살가죽 정도밖에 베지 못한 상처에서 은색 체액이 튀었다.

"인체와 생체 금속의 융합 실험이라도 했나?! 이 감촉은 정상이 아냐…… 그렇다면."

몸을 돌리며 거인의 등 뒤에 착지했다. 이번에는 인체의 약점을 노리고자 땅을 미끄러지다시피 달려 한 지점에 쇼트 소드를 전력으로 휘둘렀다.

『Gwah?』

"피부와 근육은 안 베여. 하지만 팽팽하게 당겨진 아킬레스건은 어떨까?"

칼끝 한 점에 마력을 응축한 칼날이 거인의 두 아킬레스건을 베었다.

돌아보려던 거인은 똑바로 서 있지 못하고 맥없이 그 자리에 쓰러졌다.

"불쌍하다고는 생각하지만, 네 원한을 받아줄 생각은 없어. 에로무라 군, 이 틈에 거리를 벌립시다. 문까지 달려요!"

"공격해오진 않겠지?!"

"에로무라 군, 그건 부활의 주문이라네……."

검을 거둔 아저씨는 달리면서 밀코 MGL을 회수하고 안전거리를 확보하기 위해 왔던 길을 되돌아갔다.

밀코 MGL의 유탄은 위력이 강하지만, 한정된 공간에서는 폭발이 더 멀리 퍼지기 때문에 제로스와 에로무라까지 말려들 위험이 있다.

특히 통로처럼 좁고 길쭉한 곳이라면 더더욱.

이곳에서 가장 유효한 수단은 문까지 대피해 격벽을 폐쇄하는 동시에 유탄을 쏘는 것이라고 판단했다.

"문으로 나가면 양쪽으로 숨는 거야."

"아뇨, 저 녀석…… 왼팔을 이쪽으로 들고 있는데요?"

"뭣?!"

생체 병기가 왼팔을 들어 포신으로 겨누고 있었다.

통로는 제법 넓은 편이지만, 양쪽에는 배양조가 주르륵 늘어서서 도망칠 곳이 거의 없었다.

포신 안쪽이 붉게 빛나는 것을 본 순간, 두 사람은 말을 걸지 않고 제자리에서 몸을 날렸다.

그와 동시에 엄청난 크기의 레이저가 통로 중앙을 통과했다.

통로가 녹은 흔적이 일직선으로 뻗고 열기가 피부를 찔렀다.

"주, 죽을 뻔했네……."

"저런 고출력 무기…… 생체 병기에 붙이는 건 무리가 있죠. 소체를 상하게 할 뿐이잖아요. 게다가 격벽 조작판이 증발했어요……."

제로스 말대로 거인형 생체 병기의 왼팔을 대신하는 레이저포 연결부부터 고기 타는 연기가 나고 있었다.

공격하면 자신이 피해를 입는 양날의 검이었다.

하지만 거인의 재생 능력이 그 화상을 치유하더니 안쪽부터 살이 꾸물거리며 부풀어 올랐다.

"연발은 할 수 없나 보군요. 그럼 이 틈에……."

"역시 생물에 기계를 집어넣는 건 현실적이지 않나. SF영화처럼은 안 되나 봐."

"전략적 후퇴!"

제로스와 에로무라는 달렸다. 다행히 격벽은 하나만이 아니었다.

그 뒤에서는 거인형 생체 병기가 추적하려고 하지만, 방금 레이저 공격으로 인한 자해와 기형적 재생 능력 때문에 움직임이 둔해져 쫓아오지 못했다.

두 사람은 격벽을 빠져나와 각자 양쪽으로 숨었다.

제로스는 쫓아오는 거구를 슬쩍 엿보며 격벽 조작판을 두드렸지만, 이대로는 격벽이 닫히기 전에 따라잡힌다는 결론을 내렸다.

"좋아, 밀코 MGL이 나설 차례구만. 박살내주마!!"

"아저씨…… 괜찮은 거 맞지? 우리까지 박살나는 거 아니지?"

"몰라!"

실험한 적이 없으니까 물어도 답할 수 없다.

심지어 이때는 이미 유탄 한 발을 발사한 뒤였다.

딱히 노리지는 않았으나 그것은 거인의 발치에 떨어졌고, 유탄이라고 부르기에는 너무 강한 폭발을 일으켰다. 폭발의 화염이 통로와 배양조를 전부 불사르며 제로스 쪽으로 역류해왔다.

두 사람은 격벽 앞 사각에 숨어있었지만, 통과하는 불길에 휩싸였다.

서로에게 마법 장벽을 쓰지 않았다면 숯덩이가 되었을 것이다.

"……위력이 무식하게 강한데?"

"작약 대신 익스플로드 술식을 넣었을 뿐이니까요. 위력을 나름 대로 줄인다고 줄인 건데 의외로 강하네요. 뭐, 이런 일도 있죠."

"그보다도 놈은…….."

불타는 연구 시설 안쪽, 격렬한 불길 속에서 움직이는 거구를 보고 두 사람은 『아…… 역시』라고 중얼거렸다. 마법 방어력도 제법 높은 것 같았다.

최대한 타격을 주려고 오른손 밀코 MGL에 있는 유탄 다섯 발을 전부 쏴버리고, 동시에 조작판으로 비상용 방벽을 닫았다.

"엄마야?!"

갑자기 좌우에서 격벽이 닫히자 에로무라가 화들짝 놀라며 뒤로 폴짝 뛰었다. 그 꼴이 몹시 우스꽝스럽다.

'남은 탄은 왼손의 여섯 발……. 끝장낼 수 있으려나?'

"격벽을 닫을 거면 미리 말해줘……. 깜짝 놀랐네."

"그냥 해 본 겁니다. 작동할지 안 할지 도박이었는데, 운이 좋았네요."

"이걸로 놈이 죽어주면 좋겠는데."

"그러니까 그건 복선…… 으억?!"

격벽 너머에서 붉게 달아오른 검이 불쑥 튀어나왔다. 하마터면 아저씨의 머리가 뚫릴 뻔했지만, 무사히 옆으로 굴렀다.

격벽도 검이 관통한 곳부터 열에 녹아내리고 있었다.

"이런 것까지?! 히트 소드가 기본 장비라니……. 판타지 세계에서 바이오 병기와 싸운다는 얘기는 듣도 보도 못했어!!"

"판타지에도 비슷한 건 있잖아요. 호문쿨루스라거나."

"그런 건 됐고, 이 녀석 어떻게 해치워?! 익스플로드 여섯 발을 맞았는데 쌩쌩하잖아?!"

건너편에서 공격하는지 격벽에는 무수한 균열이 생겼고 생체 병기는 소각로로 변한 연구 시설에서 나오려 하고 있었다.

이런 적은 자유롭게 놔두면 고전하는 법이라고 게임에서 배운 아저씨는 적을 묶어두고 패기로 했다. 하지만 기회는 한 번뿐.

"에로무라 군, 한 번만 공격을 막아줄래요?"

"어떻게 하게?"

"에로무라 군이 막은 순간 구속 마법을 걸 겁니다. 아무리 튼튼해도 근거리에서 머리를 날려버리면 죽겠죠."

"OK, 해보자……."

에로무라는 인벤토리에서 대방패를 꺼냈고, 제로스는 구속 마법 【어둠의 박쇄】와 【은백의 신벽】을 시전해 지연 술식으로 유지해뒀다.

격벽이 갈라지고 건너편에서 짓무른 생체 병기가 나타났다.

『Guoooowaaaaaaaaaaa!!』

"기어코 빠져나오네……."

그래도 익스플로드 여섯 발의 열량을 뒤집어쓴 탓에 근육은 제법 떨어져 나갔고 두 팔의 무기도 기계 부품으로 간신히 이어진 상태였다.

하지만 어디서 파워를 끌어오는지 거대한 도끼 같은 대검을 치켜들고 정면에 있던 에로무라를 내리쳤다.

"덤벼, 짜식아!!"

에로무라가 방패로 받아낸 순간을 노려 제로스가【어둠의 박쇄】
를 발동해 칠흑의 사슬로 거인을 옭아맸다.

그리고 즉시【백은의 신벽】을 원뿔형으로 만들어 거인의 입에 박
고, 그곳으로 밀코 MGL의 총구를 쑤셔 넣었다.

"체크메이트."

한마디 중얼거리고 백은의 신벽을 해제해 방아쇠를 당긴다.

그와 동시에 생체 병기의 입에 유탄이 전부 처박히고 내포된 익
스플로드 술식이 발동했다. 대폭발은 거인의 머리뿐 아니라 전신
을 날려 버렸다.

그 충격으로 제로스와 에로무라도 멀찍이 튕겨 날아갔다.

하지만 방패에 특수 효과가 부여됐는지, 대미지는 크지 않은 모
양이었다.

폭발에 휘말릴 줄 알고 마법 장벽을 펼친 덕에 다치지는 않았지
만, 너무 잔인하게 해치운 탓에 살짝 죄책감이 들었다.

"으으…… 놈은, 놈은…… 해치웠어?"

"야아, 화려하게 터졌네요. 상체까지 전부 날아갔어요. 이 상태
에서 재생하면 진짜 괴물이죠."

"제발 그만하자, 나는 평화롭게 살고 싶을 뿐이라구. 크리처랑
데드 오어 얼라이브하고 싶지 않아."

"파라호모랑 이거, 어느 게 나아요?"

"둘 다 싫어어어어어어어!!"

거인형 생체 병기는 기계 부품만 남기고 던전에 흡수되어 갔다.

던전은 이것을 어떻게 분류하는지 정말로 모르겠다.

"……돌아갈까요."

"더는 이런 곳에 있고 싶지 않아. 당분간은 얌전히 호위 임무에 전념할래."

"가랑이에 버섯을 키우는 사람이 잘도 일에만 전념하겠네요. 언젠가 『내 바주카는 더 대단하다구』라고 말했다가 성희롱으로 고소당할 게 뻔해요."

"아저씨한테 나는 음담패설 담당이야?!"

"바주카라고 하니까 컨테이너를 뒤질 때 바주카도 있었지. 판처파우스트 같은 것도 있었고~."

"대화를 해, 대화를!!"

결론. 제로스에게 에로무라는 막 대해도 되는 장난감이었다.

자신의 취급에 불만을 느낀 에로무라는 거듭 항의하지만, 이 아저씨는 귓등으로도 듣지 않는다. 마치 악덕 사장처럼…….

이렇게 무시당하는 것은 에로무라 본인에게도 책임이 있다는 사실을 슬슬 깨달아줬으면 좋겠다.

남은 배양조에 떠 있는 실험체를 모조리 마법으로 불사르며 두 제자와 합류했는데 왠지 그 둘도 온몸이 검댕투성이였다.

아마 환기구를 통해 익스플로드가 역류했나 보다.

"환기구…… 맹점이었군요."

"……그거, 역시 스승님 짓이었어?!"

"큰일 날 뻔했어요, 갑자기 천장과 벽에서 불이 뿜어져 나와서…….
대체 뭐랑 싸우신 거예요?"

""뭐긴…… 생체 병기…….""

정확히 말하면 싸우지 않았다. 제대로 붙기 전에 단기 결전으로
끝냈으니까.

그저 츠베이트와 세레스티나가 피난한 곳까지 익스플로드의 여
파가 밀려왔을 뿐이었다.

"그건 이 세상에 남아있으면 안 될 것이었어요. 철저하게 불살
라야 했죠. 이곳이 알려지면 여기 전시된 샘플을 직접 만드는 자
들이 나올지도 몰라요."

"아무리 그래도 그런 비인도적인 짓을 할 녀석이 있으려고."

"순진하네요. 그 샘플들도 전부 인간이 저지른 짓이에요. 지식
탐구와 연구라는 명목이 생기면 그런 위험한 자들이 적잖이 나타
나게 마련입니다. 이 시설은…… 지금 시대에 어울리지 않아요."

"선생님도…… 선생님도 이런 비인도적 실험을 하신 적이 있나요?"

"하는데요? 주로 에로무라 군에게."

""아아…….""

"결국 자기 입으로 인정했어, 이 인간! 동지랑 티나도 왜 수긍하
는 거야?!"

아저씨는 한없이 떳떳했다.

에로무라는 다루기 쉽고 조금만 유도하면 원하는 대로 움직여준다.
더불어 놀리는 맛도 있다.

에로무라가 있어서 다른 피해자가 나오지 않는다고 생각하면 세

상에 공헌하고 있다고 말해도 무방할 것이다. 본인은 원치 않았겠지만…….

"다른 사람에게 하면 죽을지 몰라도 에로무라 군이라면 어느 정도 버티거든요. 기대하는 바가 큽니다."

"그런 기대 받고 싶지 않았어! 제일 해로운 건 이 아저씨잖아!!"

"어허, 저는 실험할 때 버틸 만한 사람을 제대로 고릅니다. 무차별적으로 사람을 실험에 이용하는 정신 나간 인간과 똑같이 취급하지 마십쇼."

"내 입장에서는 둘 다 똑같거든?!"

고향으로, 지구로 돌아가고 싶다.

에로무라는 이때 진심으로 그렇게 생각했다.

"어쨌든 에로무라 군은 알 바 아니고, 두 사람은 위험하지 않았나요?"

"딱히. 굳이 꼽자면 방금 불길이 제일 위험했지."

"그러게요. 선생님이 전에 만드신 애뮬릿 덕분에 그 불길에도 견딜 수 있었지만요."

"애뮬릿? 그런 걸 만들었던가……."

【수호의 애뮬릿】─ 제로스는 까먹었지만, 전에 이스톨 마법 학교의 실전 훈련 때 제자들을 지키기 위해 만든 아이템이었다.

【소드 앤 소서리스】에서는 대량 생산해서 팔던 물건이라 본인은 신경 쓰지 않는 모양이지만, 이 세계에서는 아티팩트에 버금가는 성능으로 고액에 거래되었다.

츠베이트와 세레스티나도 한 시도 몸에서 떼지 않고 지니고 다녔다.

다만, 사용 횟수가 정해져 있어서 한 번 더 발동하면 아마 망가져 버릴 것이다.

"일단 이 시설에서 나갑시다. 나가서 이곳을 즉각 처분해야겠어요."

"처, 처분……?"

"스승님, 뭘 어쩌려고……."

"파괴해야죠……. 던전이 이 시설을 복제했다면 비인도적인 연구 자료도 그대로 재현했을지 모릅니다. 그건 너무 위험해요."

"그런 악마의 연구에 관심을 가질 인간이 세상에…… 있군. 크로이사스……."

"마도사의 본질은 진리의 탐구자입니다. 국가가 부추기면 극비리에 위험한 연구에 손댈지도 몰라요. 사람이 군사주의에 물들면 강력하고 지칠 줄 모르는 병기를 이상적이라고 여기게 되죠. 범죄자로 그런 연구를 할 수도 있어요."

국가는 병력으로서 기사와 마도사에게 높은 지위를 부여하지만, 장비와 식량을 대고 규모를 유지하려면 돈이 든다.

전쟁에서 다치거나 사망할 경우에도 위로금을 지급해야 한다.

이런 문제를 극복하기 위해서 생체 병기 연구를 추진할 가능성은 크고, 방향성을 바꿔서 세균 병기라도 만들었다가는 무슨 참사가 벌어질지 모른다.

이 시대에 어울리지 않는 유물은 당장 말소하는 편이 낫다.

"아저씨도 위험한 물건을 주머니에 챙겼잖아. 그런 말 할 자격 있어?"

117

"그건 그거고 이건 이거죠. 애초에 저는 대량 생산할 생각도 없고 나 자신만 만족하면 그만이에요. 국가에 팔 마음도 없고요."

"'……이 사람이 제일 위험하지 않나?'"

위험한 물건을 만든다는 관점에서는 제로스도 연구자와 똑같다.

하지만 제로스의 경우 대량 생산하지 않고 취미로 만족하는 선에서만 행동한다.

이 오타쿠 같은 습성은 최근까지의 마도사 파벌도 마찬가지지만, 결정적인 차이는 자기 성과를 과시하지 않고 자기만족으로 끝낸다는 점이다.

애초에 파벌의 마도사들과는 기술력이 천지 차이여서 재현하려고 한들 부품을 만들 수 없다. 따라하려면 시간이 수십 년은 걸릴 것이다.

아저씨는 마법이라는 학문과 기술 발전에 관여할 마음이 없어서 자료를 후세에 남길 생각도 없었다.

다만, 드워프들의 손으로 전차나 비행기 제작 기술이 확립되는 것은 시간문제 같지만.

"요컨대 대규모 피해를 가져오는 과거의 유물은 존재하면 안 된다, 이 말입니다~. 그 점에서 이 아저씨는 취미로 하나만 만드니까 안전하겠죠~?"

"선생님…… 동의를 바라셔도 곤란한데요."

"아저씨 본인이 최종 병기나 다름없으니까 그에 비하면 안전……한가?"

"시설 인멸에는 동의해……. 그런데 던전이 또 복제하면 어떡해? 또 스승님이 파괴하러 올 거야?"

"그때는…… 흘러가는 대로 살아야죠. 저는 고대의 위험한 물건을 찾아내서 봉인하는 특수 부대원이 아니에요. 우연히 눈앞에 있어서 위험하다고 판단하고 파괴할 뿐이지."

던전이 위험한 시설을 복제할 때마다 일일이 돌아다니며 파괴할 마음은 없었다.

델사시스 공작이나 용병 길드가 지명 의뢰를 맡긴다면 모를까, 자원봉사 정신으로 그런 책임을 떠맡을 이유도 없었다.

그런 이야기를 하면서 시설 밖으로 나오자 후덥지근한 열기가 살에 들러붙었다.

"에로무라 군은 두 사람과 먼저 돌아가 줄래요? 저는 이 시설이 제대로 파괴됐는지 확인하고 쫓아갈게요. 거하게 날려버릴 거니까 3층까지는 가주세요."

"알았어. 그나저나 밖은 푹푹 찌네……. 시설 안은 시원했는데."

"아마 에어컨이 돌아가서 그래요……."

"아저씨…… 적당히 해야 한다? 진짜 부탁할게……."

"거하게 날려버리지 않으면 지하까지 파괴되지 않잖아요. 일단 조절은 하겠지만……."

에로무라는 일말의 불안을 느끼면서도 츠베이트와 세레스티나를 데리고 발전소의 냉각탑으로 추정되는 건물로 걸어갔다.

한가해진 제로스는 그들이 걷는 속도와 원래 왔던 길의 대략적인 거리로 마법을 쓸 최적의 시간 계산식을 바닥에 끄적이며 조용히 기다렸다. 그 계산도 금방 끝났지만.

심지어 이 구역은 열대우림. 지하의 광대한 공간인데 스콜까지 내렸다.

갑작스러운 폭우에는 제로스도 자리를 피할 수밖에 없었다.

비가 지나가는 동안 폐허 안에 방치된 탁상 위에 앉아서 회중시계만 멍하니 바라보며 시간을 보냈다.

기다리는 동안 시간이 몹시 느리게 흐르는 기분이었다. 『빗속에서 화려한 마법을 날릴 때까지 가만히 기다리는 마도사, 뭔가 그림 같아서 멋있지 않나?』라는 쓸데없는 생각을 하기도 했다.

'슬슬 시간이 됐나.'

회중시계를 닫고 일어난 제로스는 폐허에서 나와 가랑비가 내리는 정글을 걸었다.

사용할 마법은 위력이 상위에 속하는【폭식의 심연】.

중력 붕괴로 넓은 범위를 소멸시키는 강력한 마법이지만, 동종 마법인【어둠의 심판】에 비하면 양반이었다.

다만, 이 아공간 던전에서 중력 붕괴 마법을 쓰면 어떤 결과가 나올지 미지수라는 불안이 남았다.

"그리고 마법이 지하 깊은 곳까지 미칠지…… 뭐, 해보지 않으면 모르는 거지. 그럼 시작해 보실까.【어둠 까마귀의 날개】……."

제로스는 비행 마법으로 날아올라 힘 조절 따위 생각하지 않고 마력을 끌어모았다. 그리고 연구 시설의 구조상 가장 큰 효과를 낼 시설 중앙을 노렸다.

중요한 시설은 지하 깊은 곳에 있으므로 확실하게 붕괴시키려면 지상 부분까지 모조리 소멸시켜야 한다. 크레이터 정도로 끝나면 다행이지만, 최악의 경우 던전에 거대한 구멍이 뚫릴지도 모른다.

이 아열대 아공간이 무너지지 않기를 바랄 뿐이었다.

'쏘고 바로 튀는 거야. 내 마법에 말려들면 나라도 무사하긴 힘들어.'

발동할 때까지 조금 시간이 걸리지만, 한 번 발동하면 무시무시한 파괴력을 낳는다. 다른 마법에 비해 이 【폭식의 심연】은 위력의 차원이 다르다.

발동하면 사용자도 확실하게 파괴 범위에 들어오기 때문에 쓰자마자 전속력으로 도망쳐야 해서 자폭 마법이라고 불러도 과언이 아니었다.

"지하 깊은 곳까지 닿으려면 마력이 얼마나 필요하려나? 실패해도 지상에서 들어갈 수 없으면 그만인가. 그 뒤에는 정글에 묻히기를 기도하자."

결국 마지막에 믿을 것은 운이다.

손에 마력을 집중하고 잠재의식 영역에서 압축된 술식을 꺼냈다. 칠흑의 큐브가 나타나자 술식이 기동했고, 큐브는 서서히 푸르스름하게 빛나기 시작했다.

불어넣을 마력을 신중하게 계량해 위력을 조정하지만, 어떤 결과를 낳을지는 발동하기 전까지 알 수 없었다. 이것만은 감각적으로 해결할 수 있는 부분이 아니었다.

"이걸 쓰는 게 몇 번째더라……. 가라, 【폭식의 심연】!"

복제 시설을 향해 칠흑의 큐브를 던지고 즉시 비행 마법을 해제해 지상으로 낙하했다.

그리고 땅에 착지하자마자 위층으로 가는 길을 향해 전력 질주했다.

그 직후, 찬란하게 빛나는 큐브는 정해진 술식에 따라 마법을 발동했다.

바닥의 흙뿐 아니라 주변 나무들과 건물까지 집어삼키며 초중력장은 급속하게 성장해 지하 깊이 가라앉았다.

제로스는 그 광경에 눈길 한 번 주지 않고 쏜살같이 도망쳤다.

이윽고 빛마저 빠져나오지 못하는 초중력장은 중력 붕괴로 수축했고, 주변을 소멸시켜 버릴 정도의 충격이 지하 열대우림에 휘몰아쳤다.

"빨리…… 빨리! 더 빨리이이!!"

등 뒤로 쫓아오는 충격파.

아저씨는 필사적으로 원자력 발전소 냉각탑 같은 건물로 뛰어들어 위층을 향해 가는데— 그러던 중 엄청난 진동이 건물을 흔들었다.

천장과 벽에서 잔해가 떨어진다.

이미 건물 외부가 붕괴하고 있는지도 모른다.

나선 계단의 난간을 차고 뛰어오르며 최단 거리로 도망치던 중, 제로스는 봤다.

건물뿐 아니라 이 공간 자체가 붕괴해 가는 광경을.

모든 것이 슬로 모션으로 움직이는 가운데, 제로스만 고속으로 움직이는 감각이었다.

그런데 죽기 살기로 위층에 도달한 순간, 보이지 않는 벽이 존재하는 것처럼 폭식의 심연이 일으킨 파괴의 해일이 뚝 멎었다.

마치 1밀리미터 앞과는 다른 세계처럼, 어떤 경계로 나뉜 것 같았다.

'뭐, 뭐야…… 이 현상은……?'

던전의 구역은 갱도와 통로 따위로 이어졌고, 그 경계선에서 폭발이 일어나도 충격파는 위층과 아래층 양쪽으로 퍼진다. 쉽게 말해 단순한 터널이다.

하지만 이번 충격파는 보이지 않는 경계에 막히고 있었다.

아마 이 경계에 한 발이라도 들이면 폭식의 심연에 말려들 것이다.

'이건 던전의 자기방어인가? 【연옥염 초멸진】은 이러지 않았는데……. 내부의 이상을 차단하는 공간 단층? 말이 돼? 종이 한 장보다 얇다고.'

그야말로 신의 권능 같았다.

공간을 파괴하는 마법에 미리 대책을 세웠다고밖에 생각할 수 없었다.

"언빌리버블하구만……. 세상은 이해할 수 없구만."

대책을 세워뒀다면 아마 잠옷신의 부모라고도 할 수 있는 전임 관측자가 아닐까. 신이 어디까지 내다본 것인지 감히 헤아리기 어렵다.

그런 와중에도 제로스는 공간을 왜곡해 확장한 하나의 세계가 붕괴하는 모습을 코앞에서 바라보고 있었다.

"던전 안에서 중력 계열 마법은 자중하는 편이 낫겠어. 후환이 두려워……."

열대 정글 구역이 소멸해갔다.

붕괴하는 세계는 이윽고 수축하여 무로 돌아갔고, 공간을 가로막는 경계가 사라질 무렵에는 아래층으로 이어지는 경사진 갱도만이 남았다.

마치 열대우림은 처음부터 존재하지도 않았던 것처럼—.

'돌아가자……. 죄책감에 시달린다고 현실이 바뀌지는 않으니까.'

담배에 불을 붙이고 싫은 일을 외면하려는 것처럼 다시 발걸음을 옮겼다.

당분간 이곳에 오고 싶지 않다고 생각하며…….

사방이 돌벽인 동굴을 빠져나오자 순백의 미궁이 나왔다.

질서정연하게 늘어선 대리석 기둥은 지금도 관리하는 것처럼 깨끗했고, 가공된 석재가 쓰인 벽과 바닥에는 발달한 문명의 흔적이 명확하게 남아 있었다.

던전이 세계의 역사 정보를 이용해 구역을 구축했다면 이 구역은 어느 문명일지 궁금했다.

그런 아름다운 미궁에서 유일하게 상처처럼 난 길을 지나자 두 제자와 에로무라가 제로스를 기다리고 있었다.

"오, 제로스 씨가 왔어."

"스승님."

"선생님."

아저씨를 기다리던 두 명은 제로스에게 달려왔다.

에로무라만은 제로스를 걱정하지 않았나 보다.

"돌아왔습니다. 마물은 없었나요?"

"이 구역에는 고블린과 골렘이 많았어. 에로무라 혼자 전부 처리했지만."

"마석은 몰라도 돌이 남는 건 곤란하네요. 이걸 어떡하라는 거죠?"

"약한 골렘이어서 의외로 쉬웠어. 아저씨 쪽은 어때? 대지진이 일어난 것처럼 흔들리던데……."

"전부 탈 없이 끝냈습니다. 오래 기다리게 해서 미안한데 바로 지상으로 돌아갈까요. 많은 일이 있어서 지치네요……."

위험한 연구 시설을 없앤 것보다 광대한 세계를 하나 소멸시킨 것에 강한 죄책감을 느꼈다.

그리고 던전의 미스터리도 목격했지만, 지금은 아무래도 상관없었다.

"……무사히 돌아갈 수 있으면 좋겠네."

"에로무라, 그런 말 하지 마. 정말 못 돌아가면 어쩌려고 그래?"

"에로무라 씨가 말하면 정말 그렇게 될 것 같아요."

"복선 깔기가 특기 같으니까요."

"다들 나한테 너무하잖아……. 더 소중히 대해줘, 칭찬하고 오냐오냐해 달라고!!"

"""싫어(요)."""

에로무라를 소중하게 대해주는 사람은 없었다.

애수가 감도는 그의 등은 마치 장마철 습기를 머금은 듯 음울하고 끈적거렸다.

이리하여 네 사람은 왔던 길을 거슬러 올라갔고, 다행히 에로무라의 말이 씨가 되는 일 없이 무사히 지상으로 귀환했다.

제6화 아저씨, 에로무라의 칭호를 동정하다

아한 마을은 해가 저물어 이미 밤의 어둠에 싸여 있었다.

그런 시각에도 용병 길드는 던전에서 귀환한 자들이 구조 변화 소식을 알려 직원들이 분주하게 돌아다녔다.

며칠 전부터 던전을 조사하러 갔던 용병이나 침입 가능한 구역에서 구조 변화에 말려든 미귀환 용병이 많아서 지금도 생존 확인을 위해 우왕좌왕하는 상황이었다.

한발 앞서 돌아온 용사 2인조와 용병 세 명은 던전의 상황을 보고했고, 그 탓에 오랜 시간 조사를 받느라 진이 빠져 버렸다.

이런 대이변을 겪는 경우가 매우 드물어 길드도 미래에 대비해 질문 공세를 퍼부었다.

그 조사 강도가 범죄자 심문에 가까워 넌더리가 날 만도 했다.

"지쳤어……. 내가 왜 이런 취급을 받아야 해……."

"재수가 없어도 이렇게 없냐. 그냥 한탕 벌러왔을 뿐인데……."

【타나베 카츠히코】에게는 재수가 없다고 끝날 일일지 모르지만, 【이치죠 나기사】에게는 어처구니없는 재난이었다.

인재와 천재의 더블펀치.

이 아한 폐광 던전에 온 근본적인 이유는 카츠히코의 재산 탕진이었다.

나기사에게는 카츠히코가 재난의 근원일 뿐이었다.

"타나베…… 너, 킹사이즈나 몬스터급 역귀 아니야? 아니면 남을 불행하게 하는 데 특화한 사계친[#4]이거나…….."

"누, 누가 사계친이야! 운은 좋은 편이라고, 아마도……. 무엇보다 너랑 그런 관계도 아니잖아!"

"몇 번이나 말하지만, 너와 연관되고 좋았던 적이 한 번도 없어……. 제발 날 해방시켜줘. 더는 네 뒤치다꺼리하기 싫어."

"이번에는 자연 현상이지 내 책임이 아니잖아?!"

그야 던전의 대규모 변화는 천재지변이지만, 나기사는 그런 불행을 카츠히코가 몽땅 불러들인 게 아닌지 의심하고 있었다.

아니, 의심하기 싫어도 현실이 그랬다.

그리고 이렇게까지 말해도 『알았어. 나도 앞으로 이치죠와 엮이지 않을게』라고 답하지 않는 카츠히코는 인간 말종이라고밖에 생각할 수 없었다.

실수해도 진심으로 반성하지 않는 인간은 주위에서 뭐라고 말한들 스스로 개선하려고 하지 않는다. 이쯤 되면 남은 수단은 물리 치료밖에 없지 않을까.

"앗, 혹시 이치죠가 역귀 아냐?"

"……진심으로 하는 소리면 죽여버릴 거야. 나는 네가 돈을 날리는 바람에 여기 왔을 뿐이지, 저축이 제법 있어. 어디서 너 같은 쓰레기랑 같은 취급을 하려고 해!"

"그렇게 입이 험하면 너는 평생 노처……녀……."

#4 **사계친** 관계를 맺은 상대를 불행하게 하는 남성.

"엉? 지금 뭐라고 했어? 똑바로 말해. 야. 내가 누구 때문에 남자도 못 사귀는 줄 알아? 너 같은 쓰레기가 옆에 붙어 있으니까 다들 피하는 거야!"

"내, 내 탓이야?!"

멱살을 잡힌 채 프로레슬러도 실금할 얼굴로 노려보자 카츠히코는 간이 콩알만 해졌다.

분노에 차서 낮게 깐 목소리가 박력을 한층 키워주고 있었다.

이러다 진짜 죽이겠다는 생각이 들 정도였다.

그리고 당연히 나기사는 진심이었다.

"어, 어쨌든 질문 공세에서는 해방됐으니까 좋게 좋게 생각해……."

"안 좋아. 나는 당일치기로 돌아갈 예정이었는데 이 소란에 휘말려서 숙소를 빌려야 해. 쓸데없는 지출만 생겼어."

"이치죠…… 방 잡을 거지?"

"그래."

"그럼 내 숙박비도 내줘? 설마 같은 방에서? 캬아~!"

"너는 노숙이나 해. 내가 왜 네 숙박비를 내줘? 그리고 역겨운 말 그만해. 넌 존재만으로도 역하니까."

나기사는 카츠히코를 매정하게 차 버렸다.

그녀의 눈은 『네 묫자리나 찾아가라』라고 말하고 있었다. 순수한 멸시의 눈총이 카츠히코에게 쏟아진다.

나기사의 마음은 이미 돌이킬 수 없을 만큼 병들었다.

그 싸늘한 시선을 견디지 못했는지, 카츠히코는 도망치듯 용병 길드 쪽으로 눈을 돌렸다.

"……무사히 돌아온 용병도 있나 봐. 이런 시간에 보고하러 가나. 부지런도 하지~."

"새삼스럽게 뭘. 우리가 훈련하던 던전【시련의 미궁】도 가끔 내부 구조가 바뀌었잖아. 그때도 꼬박꼬박 보고했어."

"그랬어? 그나저나 생각해보면 지하에 그런 광대한 땅이나 미궁이 있는 건 물리적으로 이상하지 않아? 난 도중부터 몇 층에 있는지도 모르겠더라……."

"마법이 존재하는 세상인데 이제 와서 뭘 따져. 뭐, 어떤 원리인지는 나도 궁금하지만……."

용사들도 전생자들과 비슷한 인식을 가졌다.

예를 들어 탑 같은 던전 내부에 물리적으로 말이 안 되는 넓이의 토지가 펼쳐지면 누구나 이상하게 생각하게 마련이다.

과학자나 수학자라면 다양한 시각에서 그 현상을 규명하려고 하겠지만, 이 세계는 그런 학문이 미성숙했다.

마도사들조차 태반이 『원래 그런 것』으로 받아들였다. 누구나 그 정도 인식밖에 가지지 않았다. 던전이 무엇인지 진지하게 고민하는 사람은 일부 연구자 정도일까.

불가사의한 존재인 던전을 편의상 『필드형 마물』로 정의한 것도 이 때문이며 실제로는 많은 수수께끼가 해명되지 않은 채 방치되어 있었다.

"우리가 이해할 수 없는 뭔가가 있어. 하지만 굳이 이해할 필요도 없어…… 그냥 그뿐이야. 실제로 우리는 아이템 박스라는 차원

수납 능력을 가졌지만, 이것도 원리를 모르는 건 마찬가지잖아?"

"그건 그렇지……. 같은 논리로 아이템 백도 이상하지 않아? 작은 공간에 아이템이 너무 많이 들어가."

"그건 용량에 한계라도 있지. 아이템 백을 만드는 사람도 있다고 하던데, 수제품은 굉장히 비싸다고 들었어."

"양산하면 떼돈 벌 수 있을 텐데~."

"제작법을 모르면 어림도 없고, 알아도 네가 만들 수 있긴 해?"

아이템 백을 만드는 장인은 있지만, 그런 구시대의 기술을 계승한 자들은 국가가 보호하는 경우가 많았다. 특히 전쟁의 판도를 단번에 뒤엎을 수 있는 기술로 여겨 숨기려고 했다.

고대 기술을 이어가기 위해서 합당한 지위도 보장되지만, 실제로는 작위라는 이름의 목줄을 채워 감시할 용도였다.

애초에 실패가 당연한 고난이도 제작품이라서 양산은 되지 않았다.

시장에 있는 대부분의 아이템 백은 던전에서 발견된 물건이란 점도 그 제작이 얼마나 어려운지 짐작게 한다.

"그 게을러 빠진 성격을 고치지 않는 한 장인은 턱도 없어. 기생충이 독립해서 살아갈 수 있을 리 없지."

"기생충은 너무했다……."

"하아…… 배고프네. 카레 먹고 싶다. 함박스테이크 들어간 거."

"화제가 맥락도 없이 바뀌네……. 이럴 때 찾는 건 보통 일식 아니야?"

"일식은 가끔 먹어. 간장이나 된장은 비싸지만, 구할 수는 있으니까. 다만, 미림이나 일본주는 소량도 너무 비싸."

"······엥?"

카츠히코의 눈이 둥그레졌다.

용사들은 하나같이 고향의 맛에 굶주려 있었다.

전에 카레를 먹었을 때 분명 쌀을 봤는데 왠지 시장에는 유통되지 않았고, 메티스 성법 신국에 있는 용사들도 모두 혈안이 되어 찾아다닐 정도였다.

그런데 나기사는 가끔 일식을 먹는다고 한다.

그 말이 의미하는 바는······.

"파, 팔아? 간장이랑 된장을? 정말로······ 어디서?!"

"갑자기 다가오지 말아줄래? 옮으면 어쩌려고 그래."

"하겠냐! 됐고, 간장이랑 된장은 어디서 구해?"

"솔리스테어 상회. 이 일대를 다스리는 공작님이 운영하는 무역상에서 팔아. 외국에서 기술자를 고용해 국내 생산한다고 들었어. 아직 전국 각지에서 팔 만큼 양산되지는 않았나 보지만. 참고로 쌀은 제로스 씨가 싸게 팔아줘."

"지, 진짜냐······. 이렇게 가까운 곳에 간장과 된장이······. 젠장, 창관이나 카지노에서 놀지만 않았어도!!"

······후회했다.

이 세계는 서양 문화에 가까웠다.

주식은 빵이고 고기 요리는 대부분 향신료를 듬뿍 넣어 맛을 낸다. 수프 같은 국물 요리도 고기나 뼈로 우리므로 누린내가 심하고, 냄새를 잡으려고 더 많은 향신료를 넣는 탓에 맛이 너무 강해진다.

하지만 그것도 비교적 부유한 집안이나 중산층에나 해당하는 이야기다.

일반 백성의 식사는 염장한 고기로 맛을 낸 묽은 소금 수프가 주류고 채소로 필요한 영양소만 채우는 빈곤한 요리가 대부분이다.

이세계 출신은 이 극단적으로 맛이 진하거나 연한 식사에 도저히 만족하기 어려웠다. 식사할 때마다 스트레스가 쌓인다고 말해도 과언이 아니었다.

아니, 이건 이세계인의 입맛이 너무 까탈스럽다고 보는 편이 옳을지도 모른다.

솔리스테어 공작령은 무역 도시라서 향신료를 다른 곳보다 싸게 구할 수 있고 제법 맛있는 가게가 많기로 유명하다.

솔리스테어 공작령과 왕족의 식사를 제외하면 다른 귀족령은 어디든 식탁 사정이 열악했다.

"타나베, 너 요리할 줄 알아? 지금까지 야영할 때조차 도와준 적 없잖아."

"고기를 굽거나 된장국 정도는 만들 줄 알아. 초등학교 때 배우잖아. 그보다 왜 안 알려줬어!!"

"나도 제로스 씨한테 배웠을 뿐인데……. 식당 요리를 하나 사주기로 약속하고 얻은 정보야."

"그 아저씨, 정보를 그냥 알려주는 법이 없네……."

"정보는 때때로 금보다 귀해. 쉽게 알려줄 리 없지."

통신망이 발달하지 않은 문명권에서도 정보는 무척 중요하다.

아니, 통신망이 발달하지 않았으니까 신선한 정보가 목숨과 직결되기도 하며 사람들은 다양한 수단으로 정확한 정보를 얻으려고 한다.

특히 타국의 정세나 물류 유통 정보는 나라의 운명이나 생활에도 영향을 준다. 그 가치를 알기 때문에 정보 제공자는 대가를 요구하는 것이다.

어디 사는 공작님도 더 신선한 정보를 얻으려고 스스로 상회를 세웠을 정도였다.

그게 지나쳐서 지금은 일반 백성부터 암흑가까지 모르는 사람이 없을 정도의 국내 유수의 대상회가 되어 버렸지만…….

"타나베는 상인도 못 되겠네. 정보를 가볍게 보는 건 치명적이야. 첩보부가 필사적으로 모은 정보도 활용하지 못하잖아. 이건 재능이 없는 수준을 넘어서 그냥 멍청한 건가……?"

용사라는 지위가 카츠히코 같은 바보를 낳았다고 나기사는 생각했다.

나기사는 이세계로 끌려온 탓에 지금까지 정보를 중요하게 여겼고, 조금이라도 정확한 정보를 조금이라도 많이 얻으려고 노력했다. 하지만 카츠히코는 달랐다.

그는 메티스 성법 신국이 시키는 대로 하며 그들에게 의존해 스스로 생각하기를 포기했다. 천성이 게을러서 쉽게 이용당한다고 말할 수도 있겠다.

주어진 특권에 익숙해져 막상 바깥 세계로 나오자 제대로 된 생활은커녕 낭비벽도 고치지 못했다.

심지어 본인은 반성할 마음도 없어서 구제불능이었다.

"너는 생각 없이 살아서 용병도 못 하겠다…….."

"저기요, 저 어엿한 용병이거든요…….."

"돈과 정보를 소중히 다루지 않는 사람이 이 세계에 적응할 수 있을 거 같아? 그리고 자각 없이 남을 이용하려는 버릇도 고쳐. 네가 달라붙으면 짜증 나."

"윽…….."

"윽, 은 무슨……. 거기다 뭘 알려줘도 금방 까먹는 닭대가리. 그 모양인데 앞으로 살아갈 수 있다고 진심으로 생각해?"

신뢰를 잃은 쓰레기만큼 비참한 자도 없었다.

처음부터 없는 것은 비참함을 넘어서 불쌍할 지경이지만, 아무도 도와주려고는 하지 않았다.

지금까지의 삶을 돌아본 카츠히코도 『그렇게 말하면 나도 힘들어……』라며 말끝을 흐렸다.

뭐든 남에게 맡기기 일쑤인 그의 곁에 언제까지나 정보를 모아서 알려주는 사람이 있을 수는 없다. 실제로 정보를 수집해 오던 신관들은 이곳에 없다.

스스로 정보를 모아서 판단하는 능력과 지식을 배우지 않으면 언젠가 가혹한 현실에 짓눌리는 날이 올 것이다. 이곳은 어리석은 자가 살아가기 힘든 세계다.

"나한테는 보여. 다리 아래 쓰레기 더미에서 술병을 끌어안은 채 썩은 시체로 발견될 네 모습이."

"단언할 정도야?!"

소리치는 카츠히코를 무시하고 나기사는 용병 길드 안을 돌아봤다.

여전히 직원들과 용병들이 분주하게 오가고 있었다.

긴박한 소란 속에서 나기사는 그 모습을 남의 일처럼 무심하게 바라봤다.

"바잔 파티는 돌아왔어?"

"아니, 아직이야."

"처음 보는 구역이 갑자기 나타났어. 나는 위험하다고 느끼고 철수했지만, 【금빛 술】 녀석들은 안으로 들어가 버렸지. 나는 말렸다고. 그런데 그 녀석들은……."

"그것들은 돈이 목적이었으니까. 아직 돌아오지 않았다면 지금쯤……."

"동료가 버섯 인간으로 변해서 공격해 오길래 죽자 살자 도망쳤어……. 내가 버린 게 아니야. 그건 다른 방법이 없었어……."

"기껏 지도를 샀는데 헛돈 날렸어. 적자야, 적자!"

"또 처음부터 탐색해야 해? 못 해먹겠네……."

용병들에게도 이번 대규모 구조 변화는 날벼락이었다.

지금까지 조사하던 내용이 쓸모없어지고, 클랜을 운영하는 용병은 파견한 인재를 잃고, 피해를 복구하는 데도 시간이 걸린다.

그럭저럭 실력 있는 용병은 많지만, 그중에서 신뢰를 쌓아 온 사람은 적다. 지금부터 치열한 스카우트 전쟁이 시작될 것이다.

그만큼 인재의 빈 자리를 메우기란 쉽지 않다.

이런 이야기도 나기사의 귀에는 들어왔다. 전문 용병이 되지 않아서 다행이라고 새삼스럽게 생각했다.

'슬슬 숙소로 갈까…….'

나기사는 아한 마을에 도착하자마자 숙소를 예약했다.

예정은 당일치기였지만, 카츠히코와 있으면서 일이 예정대로 진행된 적이 없어서 경험상 대책을 마련해둔 것이었다. 대신 주머니 사정에는 타격을 입었지만.

어느샌가 에일을 주문해 마시는 카츠히코를 무시하고 나기사는 조용히 자리에서 일어나 떠나려고 했다. 그런데 그때, 낯익은 인물을 발견했다.

그 인물도 나기사를 알아봤는지, 수상한 웃음을 실실 흘리며 다가왔다.

"이거이거, 이치죠 양 아닙니까. 무사히 돌아오셨나 보군요."

"제로스 씨도 무사하셨네요. 여긴 아직 귀환하지 못한 용병이 많아서 혼란스러운 상황이에요."

"마물에게 습격받아 던전에 먹힌 희생자도 봤습니다. 살아서 돌아온 것만으로도 감사히 여겨야죠. 그나저나 당일치기로 돌아갈 생각으로 숙소를 잡지 않은 게 문제네요. 이러다 노숙하게 생겼어요."

"피해자가 있었어요?"

"네…….(정확히는 무인 병기한테 죽은 것 같지만.)"

무서운 이야기를 들은 것 같지만, 나기사는 구태여 추궁하지 않았다.

더 들으면 귀찮은 일에 휘말릴 것 같아서 직감적으로 피한 것이다.

"오늘은 운수가 안 좋네요. 돌아오는 도중에도 산불이 난 것처럼 홀랑 타버린 구역이 있었어요. 거길 넘느라 고생했어요."

"아…… 네. 그런 곳도 있었죠……. 아저씨도 나이가 있어서 넓은 구역을 돌아다녔더니 지치네요. 하하하…….

제로스가 뭔가 얼버무리는 눈치지만, 이것도 무시했다.

이 수상쩍은 아저씨가 무슨 사고를 쳤는지 몰라도 알게 되면 후회한다고 직감이 말해줬기 때문이었다. 대단한 위기 회피 능력이었다.

"이 던전, 조만간 폐쇄한다는 이야기도 나왔어요."

"안전을 생각하면 그래야겠네요. 탐색은 길드가 고용한 용병이 맡겠지만, 과연 빈곤한 용병들이 지시에 따를지 의문이네요~."

"규칙을 어기는 사람은 언제 어디에나 있으니까요. 지금부터 보고하러 가세요?"

"문제가 생기지 않는 범위에서 정보를 정리해 보고하려고요. 던전에 관한 의문도 생겼지만, 전문가가 아니라서 두 손 들었어요."

"던전은 여러 법칙들이 망가져 있죠."

"그러게 말입니다. 그럼 귀찮은 보고를 하고 올게요~. 학생들도 편하게 쉬세요."

손을 흔들며 떠난 제로스를 바라보다가 나기사는 카츠히코를 용병 길드에 남겨둔 채 얼른 예약한 숙소로 향했다.

혼자 남은 카츠히코는 잠시 뒤 나기사가 사라졌다는 사실을 깨닫고 필사적으로 그녀가 머무는 숙소를 찾아냈지만, 수상한 인물로 찍혀 쫓겨나는 사건이 있었다.

1인실에 숙박하는 나기사에게 『동료니까 같이 묵게 해줘! 노숙하기 싫단 말이야~』라고 울며 소리쳤다가 여관 주인에게 쫓겨났다고 한다.

카츠히코는 역시나 반성할 줄 모르는 인간 말종이었다.

보고를 마친 제로스 일행은 아한 마을 외곽에 있는 공터에 텐트를 치고 하룻밤을 보내기로 했다.

태생이 귀한 츠베이트와 세레스티나를 위해 근처 숙소에서 목욕탕을 빌리고 제로스와 에로무라는 텐트 주위에서 경비를 섰다. 당연히 목욕은 하지 못했다.

일본인으로서 목욕하지 못하는 것이 다소 아쉬웠지만, 이런 시골 마을에서 목욕탕은 숙박비가 비싼 여관에나 있고 한 번 사용하는 데도 꽤 큰 돈이 든다.

작은 사우나 정도는 있어도, 그곳은 마을 주민도 많이 이용해서 언제나 순서를 기다려야 했다. 지쳐서 돌아왔는데 줄을 설 마음은 들지 않았다.

제로스와 에로무라는 저녁 준비를 하면서 느긋하게 두 사람이 돌아오길 기다렸다.

"……목욕, 하고 싶었는데~."

"에로무라 군은 목욕탕에 가면 엿볼 거잖아요. 또 죄를 늘리려고요?"

"그 이야기를 아직도 해……? 좀 봐주라."

"모르나요? 죄는 죽을 때까지 사라지지 않아요……. 기록으로 남아 있으면 몇 년 후에도 누군가가 보겠죠. 그리고 또 이야깃거리가 되는 겁니다."

"최악의 경우, 죽은 뒤에도 입에 오르내리겠네⋯⋯."

"만화나 애니도 아니고 웃으면서 용서해줄 일이 아니잖아요. 에로무라 군, 현실이 장난 같아요?"

찍소리도 못할 일침이었다.

놀림받기 싫으면 조금 더 생각하고 행동하라는 충고였지만, 국가의 감시망도 법률도 엉성한 이 세계에서 사기적인 능력을 가진 이들이 상식적으로 행동할 수 있을지 의문이었다.

애초에 지구와 상식이나 가치관이 달라서 평범하게 행동해도 문화적 차이로 비상식이 되는 경우 또한 많다. 이 차이를 아느냐 마느냐로 이세계 출신의 운명이 갈리기도 한다.

방정맞은 에로무라는 바로 자폭할 타입이었다.

"자각합시다. 과학 수사가 발달하지 않은 이 세계는 구술 증언만으로 사형을 내릴 수도 있어요. 노예로 그친 게 어디예요?"

"그 후에 암흑가로 팔려갔는데⋯⋯."

"그런 꼴을 당하고 또 까불다가 죄를 지어요? 학습 능력이 없다는 생각밖에 안 드는데요? 오늘도 가랑이에 버섯을 달고 시답잖은 농담이나 하고 말입니다. 그거 평범하게 성희롱이에요."

"그건 내 탓 아니지⋯⋯."

"설마 싶지만, 에로무라 군⋯⋯ 이상한 스킬이나 칭호가 생기진 않았죠?"

"그럴 리가 없⋯⋯을걸⋯⋯.(혹시 모르니까 스테이터스를 확인해 볼까.)"

불행이 이어지는 에로무라는 아저씨에게 불길한 말을 듣고 오랜 만에 스테이터스를 확인했다. 짐작 가는 바가 너무 많았기 때문이었다.

그 결과, 스킬에는 거의 변화가 없지만, 칭호라는 부분에서 이상한 것을 발견했다. 에로무라는 놀란 나머지 『으아아!!』라고 소리칠 것 같은 표정으로 굳었다.

그 모습을 보던 제로스는 자기 지적이 들어맞았다고 깨달았다.

"에로무라 군, 역시 이상한 스킬을 얻었나요?"

"……스킬이 아니야. 칭호가 생겼어."

스킬은 특정 기능이나 기술의 능력을 보정하거나 성공 확률을 높인다.

그에 비해 칭호는 보정 효과만 있고 레벨 업 혜택이 없으며 특정 조건에서 영향을 주므로 경우에 따라서는 불행한 저주가 되기도 한다.

"칭호인가……."

"【색마 광대】와 【하지 않겠는가】……."

"……네?"

"【색마 광대】는 조건이 갖춰졌을 때, 낮은 확률로 성희롱에 가까운 행동을 강제로 실행한대. 주변 사람도 말려들고."

"……정말로?"

"그리고 【하지 않겠는가】는……."

"아…… 말하지 않아도 돼요. 왠지 효과를 알 것 같으니까……."

에로무라의 울먹이는 얼굴이 전부 말해 주고 있었다.

칭호【하지 않겠는가】는 자신을 중심으로 일정 범위에 그쪽 취향이 있으면 발동하고, 낮은 확률로 유인하는 효과가 있었다. 【매료】에 가까운 효과였다.

즉, 그쪽 취향인 자라면 마물이든 호모든 관계없이 만나게 되고, 본인의 의지와 무관하게 쥬뗌~므한 세계에 빠져드는 것이다.

벌칙이라도 이건 너무 심하다.

"……그러니까 발동하면 도망칠 수 없다. 이거네요?"

"싫어어어어어어어어어어어어어어어!!"

에로무라, 절규. 그리고 통곡.

어떻게 보면 그의 운명이 결정된 셈이었다.

제로스도 이런 웃기지도 않은 칭호를 얻으면 에로무라처럼 울부짖고 싶을 것이다.

알고 싶지 않은 이야기지만, 그 심정은 절실하게 이해할 수 있었다. 동정할 만한 불운이었다.

"이런 무서운 칭호를 봤나……. 아~, 그래서 호머미 무리한테 둘러싸였었나."

"내 탓 아니지?! 내 의지로는 어떻게 할 수 없으니까!"

"에로무라 군만 다른 세계에서 살고 있네요. RPG가 아니라 주로 여성 잡지나 부녀자 콘텐츠에 나오는 BL 개그의 세계……."

"너무해, 내가 대체 뭘 했다고 이러는 거야!! 내 청춘의 빛과 그림자를 가지고 놀다니, 저주할 테다아아아아~!!"

"누구를요?"

이것이 운명이라면, 너무 잔혹하다.

이것이 신의 안배라면, 에로무라에게 신은 틀림없이 적이다.

'앗, 그래도 그 녀석들이 신이니까 에로무라 군의 처지도 이해가…….'

이 세계를 주름잡는 4신이 원인이라면 묘하게 납득할 수 있었다.

녀석들은 무책임하고 인간 따위 어떻게 되든 상관하지 않는다. 인간 따위 어떻게 되든 상관하지 않는다는 점은 정통 후계자인 사신 아가씨도 마찬가지지만.

결국 이상한 칭호를 획득한 원인은 에로무라 자신의 행실에 있다고 생각하고, 아저씨는 혼자 납득한 뒤 아무 말도 하지 않았다.

귀 따갑게 울부짖는 에로무라에게서 시선을 돌리자 마침 츠베이트와 세레스티나 남매가 여관에서 돌아오는 중이었다.

"선생님, 오래 기다리셨죠?"

"후우, 물 좋더라……. 근데 스승님, 에로무라는 왜 울고 있어?"

"물으면 안 됩니다, 츠베이트 군……. 에로무라 군은 지금 삶의 부조리에 고통받는 중이니까요."

""……?""

에로무라가 비통한 표정으로 홀로 몸부림치지만, 남매는 『어차피 별일 아니겠지』라고 넘겨 버렸다.

평소 행실이 낮은 결과였다.

"세레스티나 양과 츠베이트 군은 빨리 쉬세요. 불침번 교대 시간이 되면 에로무라 군과 제가 교대할 테니까. 아니, 에로무라 군에게 불침번을 맡겨도 될까? 범죄 경력이 있어서 모르는 사이에 장난을 칠 가능성도……."

"에로무라를 혼자 두면 세레스티나에게 해를 끼칠 우려가 있나……. 믿음이 전혀 안 가는군."

"그럼 저랑 오라버니도 불침번을 설까요? 특별 취급을 받기도 부담스럽고요."

"음, 크레스톤 씨에게 들키면 목숨이 위험하니까 불침번은 남자끼리만 설까요? 시간을 어떻게 배정하지……."

"세 시간마다 교대하면 되지 않아? 점심 전에 마을을 나오면 되니까. 그리고 나를 성범죄자처럼 취급하지 마."

남자가 세 명이나 모였는데 여자애인 세레스티나를 경비로 세우자니 체면이 서지 않아 불침번은 남자들끼리 하기로 했다.

세레스티나도 자기만 특별 취급을 받으면 거북하다며 물고 늘어졌으나, 세 남정네는 그녀의 등 뒤로 웬 노인의 모습이 어른거려 제발 자달라고 열심히 설득했다.

야영에서 불침번을 시켰다고 알려지면 크레스톤이 잔소리할 게 뻔했다.

손녀만 연관되면 성가신 노인이었다.

"둘 다 돌아왔으니까 저녁을 먹죠. 와이번 베이컨이 들어간 채소 수프와 빵 반죽을 가마에 펴서 구운 난입니다."

"달걀프라이도 있네요. 이 베이컨은 뭐죠?"

"용왕 고기로 만든 부드러운 육포……. 난에 채소와 계란을 싸서 【사나이 마요눼~즈】를 뿌려 먹어라해."

"웬 어설픈 외국인 말투야? 그 말투는 편견이라고 하더라."

"사소한 건 따지지 마시고~. 먹어먹어, 헤이~."

밤하늘 아래, 네 사람은 텐트 앞에서 저녁을 먹었다.

그런데…….

"이 육포, 맛있긴 한데…….."

"마요네즈의 뒷맛이 너무 강하네요…….."

"아저씨…… 역시 이 마요네즈, 위험한 맛이 나. 상품화하면 날개 돋친 듯 팔리지 않을까……?"

"이 육포로도 맛을 이기지 못했나……. 나는 이 마요네즈로 세계를 제패할 수 있을지도 몰라. 뇌가 살살 녹는 마약 같은 임팩트로."

오늘, 두 번째 【사나이 마요눼~즈】는 강력한 식품 병기라는 인상밖에 남지 않았다.

이 마요네즈의 맛만으로 오늘 하루 무슨 일이 있었는지 잊어버릴 정도였다.

너무나도 강렬한 맛이 엄청난 중독성을 주지만, 과식만 하지 않으면 건강에는 어떤 해도 주지 않는다. 그런데도 모든 요리를 맛만으로 능가하는 파괴력을 지녔다.

솔직히 말해서 요리사 킬러라고 말해도 과언이 아니었다.

"팔면 안 된다? 절대로 팔면 안 된다? 타국에 팔아서 마요네즈 전쟁을 일으킬 수 있는 수준이니까."

"에로무라 군, 그건 팔아달라고 어필하는 건가요? 흠…… 일단 델사시스 공작님께 상담해서—."

""""하지 마(세요)!""""

마요네즈를 이용한 침략 전쟁. 이만큼 평화롭고 골치 아픈 전쟁이 또 있을까.

그저 맛있을 뿐이거늘— 그야말로 죄악의 맛이었다.

"【전쟁도 불사할 맛】이라는 캐치프레이즈, 좋지 않아요?"

"스승님…… 그거 진짜 농담으로 안 끝난다니까—."

"시장에 풀려도 될 맛이 아니에요. 정말로 전쟁이 날지 모를 맛이니까."

"후세의 연극에서 마요네즈를 들고 『구축해 주겠어…… 모든 요리를, 하나도 남김없이』라고 말할 것 같아. 역사에 남을걸? 어떤 연극인지는 몰라도."

"그 기대에 부응하고 싶군요. 우선 옆 동네 종교 국가에 양산한 마요네즈를 풀어서……."

""""그만하라고!""""

옆에 당장에라도 멸망할 것 같은 나라가 있어서일까, 정말로 마요네즈로 일국이 무너질지 실험해 보고 싶었다. 델사시스 공작이라면 재미 삼아 저지를 만도 하다.

어차피 무책임한 여신을 신봉하는 나라니까 아저씨도 죄책감 따위 없지만, 재료인 꼬꼬의 알을 대량으로 구하기가 어려웠다. 와일드 꼬꼬는 약한 마물이지만 흉포하기도 했다.

주인과 꼬꼬 사이에서 처절한 달걀 쟁탈전이 발발해 우케이 같은 괴물이 늘어나도 곤란하다.

"장난입니다. 우리 꼬꼬들 같은 비상식적인 변이종이 늘어나면 위험하니까요. 굉장히 아쉽지만 포기해야죠. 아아…… 정말 아쉽네."

'스승님, 정말로 마요네즈로 나라가 멸망할지 궁금했나?'

'선생님, 정말 아쉬워 보여. 정말로…….'

'그런 꼬꼬가 늘어난다고? 무슨 라그나로크야? 그보다 이 아저씨…… 이웃 종교 국가를 멸망시키지 못해서 안달났나.'

제법 위험한 이야기를 하는 중인데도 제로스를 제외한 세 명의 손은 무의식적으로 마요네즈를 찾고 있었다. 자꾸만 손이 가는 맛이다.

"후후후…… 그래도 여러분을 보고 확신했습니다. 【사나이 마요네~즈】를 메티스 성법 신국에 팔면 언젠가『마요네즈를 줘……. 돈이라면 얼마든지 낼 테니까 그 마요네즈를 나한테 팔아줘……』라고 애원하는 인간이 양산될 거예요! 아주 클린한 침략 전쟁이네요. 상상하면 웃기지 않나요?"

"'포기한다며? 그나저나 비극적인 전쟁이네……. 피는 흐르지 않겠지만…….'"

좀비처럼 거리를 배회하는 마요네즈 중독자들.

마요네즈밖에 먹을 수 없게 되어 몸이 빼빼 마르지만, 곧 마요네즈 생산량에 한계가 와서 특권 계층이 마요네즈를 독점한다.

마요네즈 보유자가 발각되면 금방 폭도가 밀려오고, 민중은 저마다『마요…… 마요오……』라거나『마요…… 맛있……』이라고 중얼대며 마요네즈를 찾아 무기력하게 도시를 어슬렁거린다.

이윽고 국내는 황폐해지고 정치, 경제가 파탄나며 느리고 확실하게 멸망의 길을 걷는다.

그런 광경이 세 사람의 머릿속을 스쳤다.

"어디가 클린한 전쟁이야! 잘못하면 마요네즈를 구하러 우리한테 쳐들어오잖아?!"

"마요네즈 때문에 많은 피가 흘러! 아저씨는 생각이 너무 낙관적이야!!"

"안 돼…… 손이 안 멈춰요. 이대로 가면 우리도 마요네즈 중독자가 되어 버려요……."

"아무리 그래도 마요네즈만 먹다 보면 질리겠죠."

""""이 마요네즈의 파괴력을 너무 과소평가했어!!""""

아저씨에게 【사나이 마요눼~즈】는 맛이 자극적일 뿐인 평범한 마요네즈였다.

제로스는 익숙할지 몰라도 다른 사람은 인생을 파멸로 이끌 맛이었다. 한 번 맛보면 헤어 나오지 못할 것이 불 보듯 뻔했다.

그야말로 경국지미라서 빠져들면 지옥이 기다린다고 직감했지만, 그래도 세 사람의 혀는 계속해서 마요네즈를 핥고 있었다.

"그보다 빨리 식사를 마치죠. 뒷정리도 해야 하니까."

""""이 마요네즈 말고 아무것도 못 먹겠는데요?""""

이미 늦었는지도 모른다.

저녁 식사를 마친 세 사람은 먼저 쉬고, 제로스는 홀로 야영지를 지켰다.

불 옆에는 츠베이트와 에로무라가 침낭 속에서 잠들어 있고 세레스티나는 텐트 안에서 자고 있었다. 가끔 에로무라가 『호모가…… 호모가!』라고 잠꼬대를 중얼거린다.

대체 무슨 꿈을 꾸는지 궁금하다.

"아직도 땅이 흔들리네. 이곳 던전은 얼마나 구조가 바뀌는 건지 원……. 법칙성도 보이지 않고, 확실한 건 굉장히 불안정하다는 것뿐이야."

아직 지하에서는 변화가 계속되고 있으며 앞으로 어떤 문제가 발생할지도 미지수였다.

산토르에서 가까운 곳이니만큼 이 이상 사태가 빨리 수습되기를 바라지만, 자연재해를 해결해 주는 건 시간밖에 없다.

'시간이 전부 해결해준다……. 생각해보면 이 세계에 온 지 얼마 되지도 않았는데 너무 많은 일에 휘말리지 않나? 슬로 라이프와는 너무 거리가 먼 생활인데…….'

느긋한 농가 생활이 어느샌가 취미에 빠져서 창작 생활로 바뀌었다.

그리고 가끔 폭주한다.

어떻게 보면 보람찬 삶이지만, 객관적으로는 알바로 적당히 돈을 벌어서 취미 생활만 하는 한량이나 다름없었다.

나이 먹을 만큼 먹고 참 대책 없는 삶이었다.

'진지하게 인생 설계를 해볼까…….'

밤하늘을 올려다보며 입에 문 담배에 불을 붙였다.

제로스는 깨닫지 못했다. 자신이 취미 말고는 관심이 없는 인간임을…….

진지하게 장래를 생각하더라도 금방 다른 곳으로 눈길이 가서 방향을 휙 틀어버리는 성격임을…….

149

이 아저씨는 성취감 있는 사회인 생활보다 자급자족 생활에서 더 큰 보람을 느끼므로 이제 와서 사회라는 정글에 뛰어들 기력도 없었다.

아저씨는 자신의 게으른 성격을 깨닫지 못하고 지켜질 리 없는 얄팍한 미래 설계를 머리에 그려 보았다.

다음 날 아침, 용사【타나베 카츠히코】가 눈물을 흘리며 잠들어 있는 것을 발견했다.

에로무라가 밤에 불러들였다고 한다.

아침을 먹은 뒤, 제로스 일행은 용사 두 명과 함께 산토르로 가는 귀로에 올랐다.

제로스 일행이 야영하던 공터의 자히 깊은 곳…….

폐광 던전보다 더 깊은 곳에서, 그것은 움직이고 있었다.

지금까지 마력 공급이 끊긴 탓에 자신이 만든 영역의 구축과 확장에 차질을 겪었지만, 최근 며칠 사이 서서히 상황이 호전되는 것을 알아차렸다.

과거에 이어졌던 네트워크도 미세하게 회복되어 지금까지 활동 정지 상태였던 전 세계의 동료와 정보 공유, 교환, 조사가 이루어지기 시작했다.

아니, 그뿐 아니라 자신의 근간이 되는 존재가 활성화됐다는 사실도 이해했다.

오랜 세월 끝에 다시 눈을 뜬 그것— 정보 집합체【던전 코어】와
【세계수】라고 불리는 행성 환경 관리 시스템【위그드라실】은 공유
한 정보를 토대로 현재 상황을 타개하고자 필요한 프로세스를 산
출하며 최적의 계획을 수립했다.

훗날의 세계 재생과 대미궁 탄생으로 이어지는 사태의 태동이었
지만, 아직 지상에 사는 이들은 이 사실을 알아차리지 못했고 조
용히 시간만이 흘러갔다.

단, 관측자【알피아 메이거스】를 제외하고…….

 ## 제7화 아도, 백수 되다

아도는 마도식 모토르 캐리지 말고도 왠지 마도총 개발에 착수
했었으나, 일이 일단락 나면서 한가해졌다.

그는 탄환을 발사하는 장치 담당이어서 마도 술식을 새기는 금
속만 완성하면 달리 할 일이 없었고, 그것은 동시에 진행하던 마
도식 모터의 자력 발생 술식 기판도 마찬가지였다. 틀만 완성되면
나머지는 드워프들이 알아서 제작할 것이다.

심지어 개량까지 할지도 모른다.

아직 솔리스테어파 공방에서는 마도사들이 혹사당하고 있겠지
만, 아도는 그 가혹한 노동에 제 발로 뛰어들 생각이 없었다. 일에
서 쾌락을 느끼는 드워프들과는 앞으로 두 번 다시 엮이고 싶지
않았다.

그런 그는 딸 카논과 놀아주느라 여념이 없었지만, 리사와 샤크티에게 『대낮부터 팔자 좋네. 누구는 일하느라 바빠 죽겠는데……』라는 감정 담긴 눈총(무언의 압박이라고도 한다)을 받고 방에 있기가 거북해졌다.

그는 깨달았다. 『남자는 일이 없으면 가정에서 설 자리를 잃는다』라고―.

"에휴…… 나도 제로스 씨처럼 농사라도 지을까~. 자급자족 재미있어 보이던데."

같은 전생자인 제로스는 겉보기에 유유자적한 삶을 보내고 있었다.

원할 때 일하고, 원할 때 논다.

아도는 그 자유로운 생활이 부러웠다.

'생각해보면 우리는 이미 이 세계에 기술 혁명을 일으켜 버렸어. 기술 전파를 피하려던 노력은 다 뭐였지……. 자동차 특허료도 일부 들어온다고 하니까 머지않아 안정적인 수익이 생기겠지만, 복잡한 심경이야…….'

솔리스테어 공작가와의 뒷거래로 현재 이사라스 왕국에는 마도식 모토르 캐리지 부품 제조 공장이 드워프 건축가의 감수 아래 급속도로 건설되고 있었다.

향후 기술 발전이 나라에 미칠 영향이 신경 쓰이지만, 아도에게는 자신의 가정이 더 중요했다. 그래서 앞으로 어떻게 처신해야 좋을지 상담하려고 제로스의 집을 찾았다.

'언제 봐도 초현실적이야.'

닭이 무술 훈련에 몰두하는 광경은 봐도 봐도 익숙해지지 않았다.

병아리가 줄지어서 정권 지르기를 연습하는 모습을 상상해보라.

심지어 숙련자는 충격파까지 발생한다. 이런 위험한 닭이 늘어나면 어떤 소동이 벌어질지 상상되지 않는다.

주인도 재미가 들려서 훈련을 돕는 실정이니 웃어넘기지 못할 만큼 강해질 것은 이미 기정사실이었다.

인류의 적이 되지 않을지 걱정이다.

'그러고 보니 공방에서 별장으로 돌아가는 길에 민폐 끼치는 주정뱅이를 병아리들이 혼내주고 있었지……. 이 녀석들, 풀어놔도 되는 건가?'

아도는 전에 솔리스테어파 공방에서 귀가하던 도중, 병아리가 양아치를 집단 린치하는 장면을 목격했다.

그날은 드워프 장인이 억지로 술을 먹여서 당시에는 헛것이 보이나 싶었지만, 부정할 수 없는 증거가 지금 눈앞에 실존했다.

산토르 구시가지는 이미 맹수가 활보하는 데인저러스 존이었다.

닭이 격투가라면 병아리도 격투가.

이 새는 이미 약소 마물 따위가 아니었다.

생각에 잠긴 그의 눈앞으로 한층 큰 닭이 섀도복싱 달리기를 하며 지나갔다.

"오, 마침 잘됐어. 우케이."

"꼭?(이게 누구야. 사부의 친구분 아닌가.)"

"제로스 씨, 계셔?"

"꼬꼬.(사부라면 집에 계신다. 지하에서 무슨 작업을 하시는 것 같더군.)"

"지하? 아, 거기."

제로스의 집에는 몇 번 왔었고 알피아 때문에 지하실이 있다는 사실도 알고 있었다.

다만, 사신 아가씨가 부활한 지금 그곳에 무슨 볼일이 남았는지 모르겠다.

이제 숨어서 뭔가를 할 필요가 없지 않던가.

"꼬끼, 꼬끼꼬끼오.(애송이도 와서 함께 뭘 만드는 것 같았다.)"

"애송이? 누구지."

"꼬끼오.(아마 에로무라라고 했었나.)"

"아아⋯⋯."

에로무라. 제로스, 아도와 같은 전생자였다.

안즈와 함께 츠베이트를 호위한다는 이야기를 들었지만, 아도는 이야기를 나눈 적이 없었다.

애초에 에로무라는 이스톨 마법 학교에서 호위를 맡았을 뿐이라서 츠베이트가 집으로 돌아온 지금은 다른 기사가 호위를 맡고, 그는 공작가 저택에 대기하고 있었다.

아도와 달리 일시 휴직 상태라는 점이 솔직히 부러웠다.

"고마워. 땡큐, 우케이."

"꼬꼬.(천만에.)"

아도는 떠나는 우케이를 배웅했다. 그 뒷모습에는 묘한 풍격이 있었다.

문득 『나까지 저 녀석들의 말을 확실하게 알아듣게 됐어⋯⋯. 상식적으로 이게 말이 되나?』라고 생각하며 현실로 돌아왔다.

하지만 어차피 판타지 세계. 인간의 말을 이해하는 마물도 있으니까 깊이 생각하지 않기로 했다.

지금은 이 밥버러지 처지에서 벗어나는 것이 최우선이다.

철컥철컥 울리는 쇳소리.

거대한 금속 덩어리를 만지작거리는 아저씨 옆에 에로무라가 멍하게 서 있었다.

강제로 불러오기는 했지만, 아무것도 하지 않고 옆에 있으면 왠지 화가 났다.

그때, 에로무라가 입을 열었다.

"저기…… 제로스 씨."

"왜요, 에로무라 군……."

"저 파워드 슈트 같은 거랑 훈련용 골렘, 왜 방구석에 버려져 있어?"

에로무라의 시선이 가리킨 곳에는 파워드 슈트 뼈대가 아무렇게나 팽개쳐져 있었다.

완성할 생각이라면 주위에 부품이 있을 법도 하지만, 파워드 슈트에는 살짝 먼지가 쌓였고 군데군데 녹까지 슬었다.

"파워 제어가 어렵다고 밝혀져서요. 저번 폭주 이후 못 써먹겠다고 결론 내렸어요. 아이젠리터도 관절부에 무리가 갔고요. 역시 즉흥적으로 만들면 안 돼요. 처음부터 제대로 설계해야죠."

"저걸 보면 왜 서글퍼질까? 녹까지 슬고, 무용지물 취급이잖아."

"……딱히 무용지물은 아니에요. 적어도 못 써먹겠다는 결과를 알아냈으니까."

"……."

어떤 발명가는 실험에 실패해도 그 사실을 알아내는 데 성공해서 기뻐했다고 하지만, 그 결과가 완성되지 못하고 녹슨 채 방치되는 것이라면 너무 불쌍하지 않은가.

에로무라는 왠지 울고 싶어졌다.

"그보다 손을 움직여줄래요? 이 다족 보행 전차에서 포만 분리하고 싶어요."

"왜 포만 분리해?"

"……포가 아흐트-아흐트예요. 완전 자동화 로봇 병기에 탑재해두기는 아깝잖아요."

"요컨대 직접 장전해서 쏘고 싶을 뿐이잖아. 왜 군이 불편한 무기로 되돌리는 거야? 편리한 상태로 두면 안 돼?"

"안 돼요…… 병기란 말이죠, 피가 끓어야 해요. 달리는 관짝이라는 부분에 로망이 있잖습니까? 에로무라 군도 뭘 모르네."

에로무라의 입장에서는 제2차 세계대전의 전차와 완전 자율 기동 다족 보행 전차 사이에 차이가 없었다. 어느 쪽이건 포탄을 쏘는 무기라는 인식밖에 없기 때문이었다.

오히려 자동으로 적을 처리하는 무인 병기 쪽이 낫다고도 생각했다.

"언제 폭주할지 모르는 병기는 무서워서 끌리지 않아요. 역시 수동 조작이 제일이죠."

"그래도 말야, 이걸 분리해서 어떡하려고? 아저씨라면 보나 마나 전차를 만들 생각이겠지만."

"당장은 전차나 자주포로 만들 계획입니다. 동력도 다족 보행 전차에서 그대로 재활용하고요."

"그게 가능해?!"

"중장비 구조를 쓰면 돼요. 같은 기술이 사용됐으니까 가능합니다."

"중장비 구조는 또 어떻게 알았대. 일반적으로 배우는 지식이 아니잖아."

"대학에서 중고 굴착기를 해체한 적이 있거든요~. 훗…… 옛날 친구들은 위험한 녀석들이었지. 치하땅[#5] 정도라면 만들 수 있었을 겁니다."

"중고라도 중장비를 분해할 수 있는 대학…… 어지간히 돈이 많았나 봐."

제로스가 다닌 공과 대학은 상당히 자유로운 강의를 하는 곳으로 유명했다.

기술을 키우기 위해서라면 컴퓨터 바이러스 제작도 허용될 정도로 주체성을 중시해서 제로스 본인도 친구들과 마음껏 다양한 일에 도전했다.

지식과 기술을 배운다는 명목으로 오토바이부터 중장비에 이르기까지 분해한 전적이 있으며, 전차의 구조도 어렴풋이 이해할 정

#5 **치하땅** 97식 중전차 치하.

도였다.

그리고 이 이세계에 와서 여러 실험을 거친 결과, 공작 기계를 이용하지 않아도 전차 정도라면 만들 수 있다고 확신했고 『그럼 안 만들면 손해지』라고 뻔뻔한 생각을 품은 것이다.

참고로 아흐트-아흐트의 구조는 취미의 일환으로 인터넷에서 조사해 공부했었다. 물론 실물이 눈앞에 있으니까 만들 필요도 없지만.

"그래도 이건 엄밀히 말하면 아흐트-아흐트가 아니지 않아?"

"88밀리면 아흐트-아흐트죠. 구 독일군 무기가 아닐 뿐이에요."

"뭔가 석연치 않은데……. 그나저나 이 장갑은 어떻게 벗겨내?"

"그게 문제예요……. 차라리 칼로 썰어버리는 게 빠르려나?"

"부품 교환은 어떻게 했지……."

"제 생각에는 무장을 전부 분리하고 정비했을 겁니다. 포탑도 포함해서요."

"뺄 수 있어?"

아저씨는 당연히 빠진다고 답하지만, 에로무라는 『방수 가공은 어떻게 했지? 도하할 때 물이 들어가면 승무원이 익사하지 않나……』라고 혼자 중얼거렸다.

이 다족 보행 전차는 쓸데없이 크면서 승무원이 두 명으로 한정되고, 포탑 지붕의 해치를 열어 안으로 들어오는 방식이었다. 내부는 상상 이상으로 좁았다.

다리를 움직이는 동력과 탄약고, 자동 장전 장치, 더불어 커다란 마도력로(爐)와 후방 상부에 탑재한 미사일 포드 가동부가 공간을 대부분 차지하고, 내부는 정체불명의 계기판으로 가득했다.

친절하게도 냉난방 시스템까지 완비했다.

탑승하는 병사에게는 쾌적하겠지만, 제로스는 그 점을 용서할 수 없었다.

'에어컨? 그래, 달 수도 있지. 하지만 이건 내가 아는 전차가 아니야. 그리고 레이저가 나가는 작업용 암이 왜 필요해?'

아저씨는 전차에 이상한 고집이 있었다.

여기서 설명해 두자면 다족 보행 전차는 엄밀히 말해 전차가 아니라 전차 형태의 로봇이다. 덤으로 유인 조종도 가능하게 프로그램된 자율가동 무인병기다.

전차에서 파생한 로봇 기술의 집대성으로, 그 설계 사상은 쓸데없는 인력을 감축한다는 점에 쏠려 있고, 그 대신 정비성이 열악하다.

한 번 정비하려면 장갑을 전부 벗겨야 하는데 어디서부터 손을 대야 할지 모르겠다. 지식 없이 분해할 수 있는 부분은 다리 정도였다.

"미사일 포드는 떼어냈지만, 포탑은 어떡한다?"

"이거 제법 무겁지 않아? 딱 봐도 우리끼리는 힘들겠는데."

"안의 전자기기부터 빼는 편이 무난한가? 빈 공간에서 88밀리 포를 분해하면…… 어떻게든 될 거 같은데."

"장갑을 전부 벗기는 게 확실하겠지만, 나사 구멍도 없고 탈착 부위도 전혀 안 보여어어~. 우리만으로는 못 한다니까아아~."

"역시 무리가 있나……. 그런데 보통은 정비하기 위해서 장갑을

벗길 수 있을 텐데 이 다족 보행 전차는 이음매조차 안 보이는군
요. 어떻게 된 구조일까요?"

보통 어떤 기계든 정비하기 쉽게 설계하는 법이다.

자동차나 전차도 그렇지만, 엔진에 이상이 생기면 즉시 정비할
수 있도록 바깥에서 장갑을 열 수 있도록 만든다.

하지만 다족 보행 전차에는 그게 보이지 않았다.

열 배출구는 있어도 볼트나 리벳조차 없었다.

"안쪽에서 볼트로 고정한 줄 알았는데 안쪽도 비슷하단 말이죠~.
용접한 흔적도 안 보이고, 마치 마도 연성으로 만든 것 같은……
응? 잠깐만, 마도 연성……?"

"아저씨, 뭔가 깨달았어?"

"한 번 시험해 볼게요. 조금만 떨어져 있으세요."

"어? 응…….."

제로스는 다족 보행 전차의 장갑에 손을 대고 연성진과 연성대
를 쓸 때처럼 마력을 불어넣어 봤다.

그러자 장갑 곳곳에 빛이 선을 그리며 흘렀고 어떤 장갑은 저절
로 벗겨져 바닥에 떨어졌다. 게다가 전부 두 사람이 들 수 있을 크
기로 잘게 분리되면서.

"뭐, 뭐야?!"

"장갑 안쪽에 간이 마도 연성진의 술식이 새겨져 있어요. 장갑
을 붙이고 마력을 불어넣으면 술식이 발동해서 용접한 것처럼 금
속이 결합하는군요. 그래서 이음매가 보이지 않았던 거예요."

"그러면 적이 외부에서 마력을 불어넣으면 장갑이 떨어지는 거

아니야?"

"아뇨, 그걸 막는 역할이 강화 마법 술식이에요. 결합한 장갑은 안쪽에 있는 마도력로에서 상시 마력을 공급받아 강화 마법으로 경도를 유지합니다. 즉, 다른 마법으로 코팅했으니까 동력이 살아 있는 한 적이 장갑을 떼어내는 건 거의 불가능해요. 더군다나 무섭도록 경도가 높아요. 머리 잘 썼네요."

떨어진 장갑을 조사해보자 장갑은 3중 구조였고 술식은 중간 금속에 새겨진 것으로 추측됐다.

희귀 금속이 들어간 합금으로 내구성은 높지만 의외로 얇았고, 마법 강화에 중점을 뒀는지, 아니면 경량화 때문인지 몰라도 장갑판은 생각보다 가벼웠다.

"이 다족 보행 전차, 덩치에 어울리지 않게 가벼운가? 그러고 보면 레일건 한 방에 다리가 날아갔었죠~."

"아니, 그냥 레일건까지 상정하지 않았겠지. 내가 볼 때 그 위력이면 티거의 장갑도 두부처럼 뚫을걸……."

"이게 어느 시대에 만들어졌는지 몰라도 마도 문명 전성기가 아닌 것만은 확실하네요. 고출력 레이저 위성을 만드는 시대의 물건 치고는 조종석이 쓸데없이 복잡해요."

"어느 시대에 만들었건 위험한 병기란 점은 변함없는데요?"

에로무라의 말도 맞지만, 제로스가 신경 쓰는 점은 그게 아니었다.

다각 보행 전차가 마도 문명 초기에 개발된 병기라면 거기서 파생한 후계기는 어떻게 진화했을까. 기술 발전에 따라서는 전차가 저공 비행했을 가능성도 생각해 볼 수 있다.

【에어 라이더】라고 불리는 비행 바이크가 있을 정도니까.

'……하늘을 나는 포대를 전차라고 불러도 될지 모르겠구만.'

실제로 존재했을지는 알 수 없지만, 완전한 컴퓨터 제어로 비행하는 전차를 아저씨는 전차라고 부르고 싶지 않았다.

그냥 단순한 고집이었다.

"우오?! 이, 이게 뭐야! 전차……야?"

"어라, 아도 군이잖아? 무슨 일 있어?"

"내가 할 소리예요. 이런 건 또 어디서 주웠어요?"

"던전에 떨어져 있더라."

"와…… 판타지 분위기 박살났네."

"마법이 과학에 가까운지, 과학이 마법에 가까운지 이제는 모르겠어. 앗, 한가하면 도와줄래?"

불에 뛰어든 나방이었다.

어슬렁어슬렁 나타난 아도를 보자마자 다족 보행 전차의 분해 작업에 끌어들였다.

이리하여 88밀리 포는 분리됐고, 제로스의 취미 생활은 브레이크가 망가진 폭주 기관차처럼 더욱 가속했다.

이 아저씨는 이제 아무도 멈출 수 없다.

"그런데 이 녀석은 누구예요?"

"이 녀석이라니…… 우리 초면이죠? 안녕하세요, 공작가에 신세를 지고 있는—."

"아아, 츠베이트 호위? 이름이…… 에로무라였나?"

"……결국 그 이름이 정착했구나. 나는 안 울어! 그래도 눈물이

나와버려. 나두 어쩔 수 없는 남자아이인가 봐."

"아니, 평범하게 울고 있잖아. 그건 그렇고 구석에 있는 판잰드
럼은 뭐예요?"

"심심해서 만들었는데 해체하기 아까워서."

""…….""

멈출 생각은 처음부터 없었는지도 모른다.

◇　◇　◇　◇　◇　◇　◇

『옆집 숟가락 숫자도 안다』라는 말이 있다.

지금은 몰라도 옛날 일본에서는 이웃 간의 교류가 개방적이었고
이웃이 남의 집 사정을 잘 알고 있었다.

사후 승낙으로 물건을 빌리고, 심지어 그게 쉽게 용서받고, 지금
은 도를 넘은 참견이라고 생각하기 쉬운 교류가 당연하게 이루어
지던 시대다.

이제는 끊어진 지 오래인 정이 넘치던 시절, 이웃 사람과 거의
가족처럼 돕고 살던 아름다운 시절이라고도 할 수 있겠다.

물론 그럴 만한 양심과 상식이 있을 때의 이야기지만, 적어도 현
재의 갑질 엄마나 혼자 착각에 빠져 시비를 거는 이웃은 적었다.

왜 이런 이야기를 하느냐면 교회 사람들과 비상식적인 마도사의
관계가 바로 그『아름다운 시절의 이웃』에 해당하기 때문이다.

"크어어…… 시원하다."

욕조에 몸을 담근 쟈네는 그 열기로 하루의 피로를 풀고 있었다.

평소의 털털한 성격에서 상상하기 힘든 무장해제된 표정, 다르게 말하면 칠칠찮게 늘어진 표정이었다.

온천 여행을 다녀온 후, 쟈네는 입욕에 푹 빠졌다.

교회의 젊은 처자들끼리 가끔 제로스의 집에 있는 목욕탕을 빌리러 올 정도로.

당연히 제로스도 용인했다.

"쟈네…… 말투가 아저씨 같아요."

"그래도 이런 목욕은 쉽게 할 수 없잖아. 이 쾌락을 알아버린 나는 이제 욕조 없는 생활을 버틸 수 없어."

"일단 여기는 제로스 씨네 집이니까 너무 뻔뻔하게…… 아, 우리 둘은 제로스 씨랑 결혼할 거니까 상관없겠네요."

"에엥?!"

루세리스의 허를 찌르는 발언에 쟈네가 욕조 안으로 미끄러지듯 가라앉았다.

그런 쟈네를 보고 루세리스는 재미있다는 양 미소 지었다.

"무, 무무, 무슨 소리야!"

"네? 그래도 결혼하면 이곳이 우리 집이 되잖아요. 제가 틀린 말 했나요?"

"결혼이라는 말을 어떻게 그렇게 쉽게 꺼내? 그야 나도 결혼하고 싶은 마음은 있지만……."

"쟈네…… 이미 프러포즈도 받았는데 아직 제로스 씨를 남자로 의식하지 않고 도망칠 생각이에요? 더 강한 치료가 필요한가……."

"하지 마! 마비되고 밧줄로 묶였을 때 얼마나 힘들었는 줄 알아?

그…… 생리 현상으로……."

"궁지에 몰리면 혼인 신고를 승낙할 줄 알았는데 더 완강하게 저항하다가 화장실 핑계로 도망칠 줄은 몰랐어요. 며칠은 감시할 예정이었는데."

"내 의지는 전부 무시했잖아!"

"처음부터 둘 다 발가벗기고 화장실이 있는 밀실에 감금할 걸 그랬어요."

"악마냐!"

치료 수단이 너무 무자비했다.

그날 이후 쟈네는 루세리스에게 협력한 이리스에게도 의심의 눈초리를 보내게 되어 계획을 세워도 강경 수단에 나서기 어려워졌다.

"루…… 너는 어떻게 그렇게 결혼에 긍정적이야? 나이 차이로 고민하거나 하지 않아?"

"반대로 물을게요. 발정기 증상이 나타났는데 고민할 필요가 있나요? 우리 본능이 제로스 씨를 바라고 있는데."

"발정기라고 하지 마……. 아무리 그래도 좀 더…… 뭐랄까, 단계라는 게 있잖아? 그…… 예를 들면 데, 데이트……를 한다……거나……."

"제로스 씨한테 바랄 걸 바라세요."

"은근히 신랄해?!"

젊은 여성 두 명이 목욕탕에서 나누는, 연애 이야기라고 해도 될지 모를 내용의 대화.

이런 대화는 교회에서 자주 나눠서 특별할 것도 없지만, 여름이

점차 다가올수록【연애 증후군】증상도 강해져서 루세리스는 쟈네의 소심한 성격이 걱정이었다.

인간 발정기라고 할 수 있는【연애 증후군 연모 폭주 현상】시즌이 찾아와서 본능대로 고백 절규를 할까 두려운 것이다. 친구의 사회적 죽음을 누가 보고 싶어 하겠는가.

경우에 따라서는 시집갈 수 없을 만한 추태를 만천하에 드러낼 수도 있다. 그만큼 머릿속이 핑크색으로 도배되는 위험한 현상이었다.

"그러니까 단계를 차근차근 거치면 된다는 말이네요. 좋아요, 내일 셋이서 데이트해요."

"가, 갑자기?! 아저씨한테도 예정이 있을 거 아냐. 지하에서 뭘 하는지는 몰라도."

"하아, 그렇게 미루고 미루다가 최악의 사태가 벌어지면 어쩌려고 그래요? 자기 몸에 일어나고 있는 일인데."

"나도 알아……."

쟈네도 딱히 결혼이 싫지는 않았다.

나이 차이를 핑계로 대지만, 사실 이 세계에서 나이 차이가 큰 부부는 드물지 않았다. 길거리에만 나가도 얼마든지 보인다.

그럼 무엇이 문제인가…… 사춘기 소녀 같은 쟈네의 내면 때문이었다.

"그보다 아저씨 예정을 마음대로 정해도 돼? 나도 생활비를 벌어야 하는데……."

"가끔 푹 쉬지 않으면 피로로 일에 지장이 생겨요. 일주일에 한 번은 휴일을 가져야죠."

"그게 말처럼 쉬운 줄 알아? 좋은 의뢰는 빠른 사람이 임자야. 더 많이 벌려면 용병 길드 게시판을 항상 감시해야 해. 매일 확인하지 않으면 기회를 놓쳐."

"이동하기만 해도 돈이 드는데 장비 관리비에 약값, 식비에 숙박비까지 포함하면 돈이 물처럼 세겠죠. 웬만큼 효율적인 의뢰가 아니면 적자만 나니까 거기에 매달리는 마음도 이해해요."

"알면 방해하지 마. 공동 자금이 떨어지면 이제 정말 전직을 생각해야 해."

용병은 수십 명이 효율적으로 의뢰를 받는 클랜에라도 소속하지 않는 한, 보통 생활이 궁핍하다.

쟈네 파티도 포션이나 간단한 약 정도라면 만들 수 있게 되어서 생활에 다소 여유가 생겼지만, 그래도 장비 관리로 나가는 돈이 더 많았다.

의뢰를 계속 받지 않으면 공유 자금까지 바닥나므로 매일 용병 길드 게시판 앞에서 처절한 의뢰 쟁탈전을 벌여 근근이 생활을 이어가는 실정이었다.

"차라리 약 가게라도 차리면 안 돼요? 전직하는 편이 안정적으로 돈을 벌 수 있지 않나……."

"내 실력으로 무슨 가게를 차려. 포션은 제작자의 기량으로 효능과 보존 기간에 차이가 생겨. 이미 신뢰를 쌓은 연금술사한테는 못 이겨."

"괜찮아요. 그때는 제로스 씨가 성심성의껏 일거수일투족까지 알려줄 거예요."

"그게 목적이냐! 나는 중혼이라는 말에 거부감이 있다고."

일부 국가를 제외하면 이 세계에서는 중혼이 일반적으로 인정된다.

루세리스처럼 중혼을 당연하게 받아들이는 사람도 있지만, 소녀 감성 쟈네는 일편단심인 사랑을 동경했다.

그 외에도 다른 이유로 결혼이나 부부 관계에 거부감이 있었고, 어릴 적 아버지에게 학대당한 트라우마 때문에 거절까지는 아니어도 남성을 기피하는 경향이 강했다.

더욱이 그 원인이 바람기 많은 어머니가 다른 남자와 눈맞아 도망간 탓이라서 중혼에 거부 반응을 일으키는 것이었다.

사정을 아는 루세리스도 억지로 강요하고 싶지는 않지만, 연애 증후군이라는 괴병의 무서움을 알기에 강경하게 나갈 필요가 있었다.

하지만 막무가내로 밀어붙이기는 어렵고, 용병은 일이 언제 들어올지 모르는 불안정한 직업이기도 하여 제로스와 쟈네 사이에 접점을 만들어주기도 어려웠다.

너무 귀찮게 굴면 쟈네가 도망칠 테고, 어떻게 해야 좋을지 하루하루가 고민이었다.

아름다운 우정이다.

"저는 제로스 씨에게 더 다가가야 한다고 생각하는데요."

"루는 진찰하러 갈 때 빼고는 거의 교회에만 있지만, 나는 생활하려면 의뢰를 받고 각지를 돌아야 해. 하루만 쉬어도 며칠간 벌이가 끊겨."

"그러니까 지금 데이트해야죠!"

"그러니까 왜 그렇게 막무가내야?!"

"전에도 말했다시피 저는…… 쟈네가 기괴한 행동으로 사회적 죽음을 맞이하는 모습을 보고 싶지 않아요."

"으…… 그것도 알아. 걱정해주는 건 솔직히 기쁘지만……."

쟈네도 사실은 알고 있었다.

용병 활동으로 이동이 잦지만, 산토르에 돌아온 제로스를 볼 때마다 그녀의 심장은 자기 의지에 반하여 요동쳤다.

지금까지 생각하지 않으려고 했지만, 최근에는 제로스의 얼굴을 조금만 떠올려도 심장 고동이 빨라졌다. 그 빈도도 점점 늘어나서 제로스를 발견하면 무심코 숨어 버릴 정도였다.

'……이게 정말 사랑인가? 뭔가 소설에서 느낀 두근거림과 달라.'

사랑의 두근거림이라고 하기에는 너무 꿈도 낭만도 없었다. 소녀 감성 쟈네에게는 받아들이기 힘든 현실이었다.

쟈네에게 사랑이나 연애는 소설 속 이야기. 꿈꾸는 소녀가 막상 현실을 직면하자 편향된 지식으로 이를 받아들이지 못했고, 직감이나 본능에서 비롯된 충동에 거부감을 느꼈다.

하지만 지금은 방치하면 언젠가 기행으로 이어질 끔찍한 시한폭탄을 끌어안은 상태다. 서둘러 대책을 세워야 한다.

"지금 본능에 몸을 맡기는 편이 편할걸요?"

"글쎄, 나는 그렇게 분위기에 휩쓸리는 게 싫다니까!"

이 세계에는 본능에서 비롯된 충동에 몸을 맡기고 결혼하는 사람이 많고, 의지의 힘으로 그 충동을 거부하는 사람이 소수파였다.

그리고 연애 증후군의 충동에 거슬러 억누르려는 사람일수록 험한 꼴을 당한다.

아마 쟈네의 사고방식에 동조하는 사람은 제로스 같은 이세계인 정도일 것이다.

이세계인이라면 이리스도 있지만, 그녀는 쟈네의 결혼에 긍정적이라서 상담 상대로 적합하지 않았다. 그 이전에 내면이 꼬맹이였다.

"하, 하지만…… 갑자기 데이트는 난이도가 높지 않아?"

"저도 같이 갈테니까 그렇게 부담 가질 필요 없어요. 쟈네가 제로스 씨와 단둘이 대화할 수 있다고 생각하지도 않아요."

"은근히 심한 말을 하네……."

제로스와 간혹 물건을 사러 나가는 루세리스는 둘만 남아도 전혀 어색하지 않았다.

그에 비해 쟈네는 이성과 단둘이 거리를 걸은 적도 없고, 더구나 상대는 아버지라고 해도 이상하지 않을 연장자였다. 대화가 이어질 것이라고 생각하기 어려웠다.

물론 제로스와 쟈네만큼 나이가 떨어진 부부는 이 세상에 많지만, 막상 자신이 당사자가 되면 주눅 들어버린다. 그 이전에 문제는 하나 더 있다.

어떻게 보면 이게 가장 큰 원인일 것이다.

"그래그래, 인정할게. 나는 그 아저씨한테 끌려. 하지만 나도 마냥 좋아할 수 없는 이유가 있어."

"소녀 감성 때문이죠?"

"남이사! 그야 나도…… 결혼은 하고 싶어. 그래도 그 아저씨는 무드도 뭣도 없이 성희롱 같은 말이나 연발하잖아."

"그냥 부끄러워서 그럴걸요?"

"그래도 그렇지……. 그리고 그…… 가능하면 상황에 휩쓸리지 말고 진지하게 프러포즈해줬으면…… 싶기도 하고……. 나도 꿈이 있는데……."

"쟈네……."

쟈네는 완강하게 거부했지만, 사실 아저씨를 싫어하지도 않았다.

딱히 원하지 않아도 본능에서 오는 충동으로 궁합은 저절로 알 수 있었다.

하지만 그래도 양보할 수 없는 것이 있었다.

그렇다. 소녀 감성인 쟈네가 바라는 것은 바로 낭만 넘치고 달콤한 프러포즈였다.

루세리스도 쟈네와 오래 알고 지낸 사이라서 그건 이해하지만―.

"포기하는 게 좋지 않을까요?"

"조금만 긍정해주면 어디 덧나?!"

―딱 잘라 말했다.

"제로스 씨도 어떤 면에서 쟈네랑 같아요. 우리와 나이 차이도 나니까 대화 사이에 은근슬쩍 프러포즈할 수밖에 없겠죠."

"그럼 이번에는 우리가 대답해줘야 해……?"

"저번 혼인 신고서는 아직 남아 있어요. 저는 당장에라도 제출하러 가고 싶어요."

"그 혼인 신고서, 누가 준비했어? 너도 신관 일과 애들 뒤치다꺼리로 가지러 갈 시간은 없었을 텐데……."

"준비한 사람은 멜라사 사제장님이에요. 정기 보고회에서 사제장님이 제 앞으로 들이밀고 『루…… 쟈네랑 같이 발정기가 왔다지~?
심지어 그 마도사한테 끌리다니, 참 사이도 좋아~. 히히히……』라
고 말하면서 주셨어요."

"누구야…… 사제장님한테 알려준 사람……. 부탁이니까 아직
제출하지 마."

고집을 피워서 즉흥적으로 결혼하지 않고 넘어간 것은 지금도
옳았다고 생각한다.

하지만 정식으로 프러포즈를 받았다면 직접 대답하는 것이 예의
고, 이미 연애 증후군이 궁합을 보장해 버려서 거절할 명분도 부
족하다.

그렇다고 시간을 끌면 최악의 사태가 점차 현실로 다가온다.

"쟈네, 그만 마음을 정하세요."

"조금만 더 시간을 줘……. 남이 뭐라고 한다고 정할 수 있는 문
제가 아니잖아."

"어쩔 수 없네요. 그래도 우리에게 유예가 얼마 없다는 건 기억
해 두세요."

"으으……."

평소 행동으로는 보이지 않는 쟈네의 순진한 일면을 루세리스는
솔직히 귀엽다고 생각했다.

부럽다고도 생각했다.

하지만 그 이상으로—.

"이건 다른 얘기인데요, 쟈네……."

"뭐야?"

"또 가슴이 커지지 않았나요?"

"흐엥?!"

—쟈네의 가슴 성장이 신경 쓰였다.

루세리스도 몸매는 상위에 속하지만, 쟈네는 그것을 크게 웃돌았다.

여성도 눈길을 빼앗길 정도로 군살 없이 탄탄한 몸매에, 무엇보다 갈색 피부가 숨이 멎을 만큼 아름다웠다.

솔직히 질투심마저 들었다.

"만져봐도 돼요? 가슴⋯⋯."

"잠깐, 대화가 갑자기 어디로 튀는 거야?!"

"아뇨, 쟈네를 보고 있으니까 왠지, 몸이 뜨거워져서요."

"머, 멈춰⋯⋯ 왜 다가와? 그리고 너도 충분히 예쁘잖아. 가슴도 딱 보니까 평균 이상이라고!"

"쟈네⋯⋯ 사람은 말이죠, 자기에게 없는 것을 원하는 존재예요. 예를 들어, 나에게 없는 그 풍만한 부피감⋯⋯."

"잠깐, 기, 기다려, 루⋯⋯. 너 지금 무슨 소릴⋯⋯. 그보다 그렇게 작지도 않잖아! 오히려 너도 큰 편이야! 아, 안 돼, 흐아아악?!"

욕실 안에서 젊은 처자의 비명이 울려 퍼졌다.

다행인지는 모르겠지만, 제로스가 있는 지하에는 들리지 않았다고 한다.

# 제8화 아저씨, 다족 보행 전차 해체 중

제로스 집 지하에서는 세 남자가 다족 보행 전차를 해체하고 있었다.

분리한 88밀리 포는 아무렇게나 천장에 매달아 뒀고, 본체는 전자 기기를 제거해 다리를 움직이는 마도력 모터와 원통형 마도력 기관이 훤하니 드러나 있었다.

제로스와 아도의 해체 작업은 무섭도록 빨랐다. 에로무라가 뭉그적대는 사이에도 프레임 외의 부품이 차례차례 해체되었고, 에로무라는 그것을 보고 마치 개미에게 파먹힌 것 같다고 느꼈다.

"……두 사람 다 작업이 이상하게 빠르지 않아?"

"에로무라 군이 느릴 뿐입니다."

"느리다니! 내가 이래 봬도 정비 공장에서 일한 사람이야! 그런 나보다 기계를 잘 아는 두 사람은 대체……."

"나는 그냥 생각 없이 분해하고 있을 뿐이야."

"아도 군, 가능하면 감정을 쓰고 분해해줄래? 표찰에 어디 부품인지 써주면 고맙겠는데."

"미리 말하시지. 이미 늦었어요."

소 잃고 외양간 고치라고 한다.

물론 아도도 감정하면서 해체했지만, 알아낸 것은 의미 모를 번호뿐이고 그 외의 상세한 정보는 보이지 않았다.

아도는 고개를 갸웃거리면서도 떨어진 기계를 손으로 잡았다.

"부품 번호 같은 건 알겠는데, 이게 무슨 기계지……?"

"나한테는 화기 관제 유닛으로 보이는데?"

"저는 정체불명의 번호밖에 안 보여요. 제조 번호, 아니면 상품 등록 번호인가?"

"나는 감정해도 아무것도 안 나와……. 아저씨랑 아도 씨는 보이지?"

"번호만. 감정 스킬의 정밀도는 제로스 씨가 뛰어난가. 우리, 스킬 레벨은 비슷했죠?"

"사람에 따라서 감정 스킬에 차이가 있나? 혹시 성격 문제?"

"앗, 감정됐다…… 【승무원이 남긴 성인 화보 데이터 디스크】는 또 뭐야!!"

에로무라의 감정 스킬은 주로 야한 방면으로 반응했다.

아무래도 감정 스킬은 사용자의 내면에 크게 좌우되나 보다.

"그나저나 용케 이런 걸 주웠네요. 던전에는 이런 병기가 아무 데나 버려져 있어요?"

"아니, 이런 병기는 던전이 이계를 구축할 때 우연히 재현될 뿐이라는 게 내 생각이야. 던전에게 병기를 복제할 의도는 없지 않았을까."

"그건 던전이 사물에서 과거 환경 정보를 본다는 뜻이에요? 감정 스킬처럼."

"감정 스킬보다는 지형 데이터를 원상태로 재구성하다가 우연히 거기에 병기 정보가 포함되어 있던 게 아닐까. 결과적으로 병기도 만들어졌을 뿐이겠지."

"어디까지나 우발적이고 악의는 없다고요? 그게 사실이라면 던전 코어에 외부 정보를 모아서 이용하는 능력이 있다는 말인데…….”

"역시 그렇게 생각하지?"

지금까지 알려진 던전의 형성 과정은 지하 깊은 곳의 마력 웅덩이에서 던전 코어가 탄생하고, 시간을 들여 미궁을 구축한다는 것이다.

하지만 구시대 유물을 재현한다는 새로운 사실로 미루어 보아던전은 미궁을 구축할 때 과거에서 현재까지의 정보를 모으거나어딘가에서 정보를 제공받을 가능성이 크다.

"……소박한 의문인데, 던전이란 뭘까요?"

"나한테 물어봐도 몰라. 정보가 없어서 추측할 수도 없어."

"생체 병기도 복제했었잖아. 판타지 세계는 상식을 뛰어넘는 신비로 가득하다는 뜻 아니겠어?"

"왤까, 에로무라 (군)이 말하는 순간 믿음이 안 가…….”

생물도 뚝딱 복제하는 던전이 제로스와 아도에게는 너무나도 비정상적으로 느껴졌지만, 거기에 에로무라의 한마디가 더해지자 갑자기 허황된 이야기로 들렸다.

특히 그의 입에서 환상이나 신비라는 말이 나올수록 신기하게길거리에 굴러다니는 돌멩이처럼 무가치한 것으로 들린다.

쉽게 말해 설득력이 없다.

이것도 에로무라의 평소 행실이 나쁜 탓이었다.

"에로무라…… 너, 조금 더 성실하게 사는 편이 나아.”

"에로무라 군이 신비라느니 환상이라느니 말하면 무슨 미신 같은 소리로만 들리네요. 신기하죠~, 하하하.”

"너무해! 난 나름대로 진지하게 대답했는데?!"

""진지하게 대답해도 바보같이 들리는구나…….""

그만큼 에로무라가 바보라는 인상이 정착됐다는 뜻이었다.

이 확고하게 굳어진 불신은 쉽게 불식할 수 없다.

"뭐, 알 만한 인물은 있지만, 요즘 안 돌아오네요. 우리 먹보 식객 몬스터."

"인간을 하인 취급하는 그 녀석이요?"

"누구? 그 인물이 누군데? 내가 아는 사람?"

""모르는 편이 나아. 평범하게 살고 싶으면.""

사신이 부활해 민가에서 밥을 얻어먹는다는 사실을 알면 에로무라가 어떤 반응을 보일지 궁금하지만, 행성 하나를 간단하게 소멸시키는 존재와 굳이 만나게 할 필요는 없으리라.

오히려 모르는 게 약이다.

"그나저나 제법 많이 해체했네……. 아무리 능력치가 사기인 나라도 지쳐."

"아도 군, 그건 그냥 운동 부족 아닌가?"

"그보다도 이 제일 큰 기계가 동력인 건 알겠는데, 이 크고 작은 검은 금속은 뭐예요?"

"감정 결과를 보면 내부에 현자의 돌을 이용한 집적 회로가 들어간 제어 장치라고 하지만, 나도 자세하게는 몰라. 어떻게 분해하는 거지? 장갑판처럼 마도 연성 술식을 이용하는 것 같지도 않고, 망가지면 이걸 통째로 교체하나……."

비밀이 많은 블랙박스.

이 검은색 정육면체 금속에는 배선을 연결하는 구멍이 여러 개 뚫려 있고, 그 외에 표면에는 나사 하나 사용되지 않았다. 알 수 있는 것은 다족 보행 전차의 기계 전체가 이것과 연결되어 있다는 점뿐이었다.

"마도력 기관은 겉으로 봐도 동력이라고 알 수 있어. 거기서 나온 배선이 이 상자로 이어지고 계측기를 거쳐 다리 모터를 가동하는 구조인가……."

"정말 어떻게 만들었지? 그냥 금속 상자로밖에 안 보이는데……."

"【에어 라이더】 블랙박스도 비슷했으니까 놀랍지는 않지만, 내부 구조를 알 수 없어서 답답하구만~. 이 상자가 시스템 전체를 총괄한다고 봐야 하나?"

이 상자의 내부 구조를 알아내지 못하는 한 복제는 사실상 불가능했다. 하지만 난감하다고 중얼거리는 제로스는 그다지 난감해 보이지 않았다.

오히려 흥미를 느낀 쪽은 장갑이었다.

"뭐, 동력은 디젤 기관이라도 쓰면 되겠지. 하지만 이 장갑에 쓰는 술식 정도는 응용하고 싶은데……. 강화 마법으로 장갑 강도를 얼마든지 바꿀 수 있으니까 차체 자체를 경량화할 수 있어. 마도력 기관에서 직접 마력을 보내면 오리지널 전차보다 가볍고 튼튼한 걸 만들 수 있을 텐데~."

"마력은 만능이구나……."

"아도 씨…… 만드는 건 아저씨야. 장담하는데 사고 친다."

"나를 뭐로 보고. 이 마도력 기관을 써서 마력을 저장하고, 장갑

179

강도를 높이는 방법만 응용할 겁니다. 아차, 이 세계에는 경유가 없었지~. 피마자기름이나 알코올로는 안 되나?"

""우리한테 묻지 마요. 그리고 승무원은 어떡하고?""

전차는 혼자 움직일 수 없다.

운전, 통신, 포수, 장전으로 역할이 나뉘며 소형이라도 적어도 두 명이 필요하다. 제로스가 구상하는 전차는 아마 네 명이 필요할 것이다.

달리기만 한다면 운전 외의 담당은 필요 없겠지만, 공격까지 하려면 그렇지 않다.

"승무원? 음…… 두 명만 있으면 충분하지 않나? 통신수는 필요 없고, 장전도 포수가 하면 되니까 충분할 거 같은데."

"아니, 제로스 씨? 전차 포탄은 제법 무겁지 않아……?"

"마법으로 폭발을 일으키니까 작약도 안 들어가. 탄두만 장전하는 방식이고 충분히 경량화할 수 있어. 군이 탄약수가 필요하다고 생각해?"

""그럼 전차일 필요가 없지 않아?""

"괜찮아, 문제없어."

제로스는 자신만만하게 웃었다.

이 아저씨는 처음에 전차 제작을 포기하고 자주포를 만들 생각이었다.

하지만 지금은 구축전차로 계획을 변경하려고 하고 있었다.

마도 연성이나 강화 마법을 이용하면 튼튼하면서 가벼운 장갑을 만들 수 있고, 겉모양뿐이라면 중전차도 가능할 것 같았다.

아저씨의 머릿속에 스치는 티거와 판터의 용맹한 모습이 로망을 자극했다.

"독일의 기술력으으은, 세계 제이이이이이이이이이일!!"

""마법을 쓰는 시점에서 독일의 기술력은 관계없어!!""

아저씨에게 누군가가 빙의한 것 같았다.

하지만 제로스가 일을 벌이고 예정대로 진행한 역사는 거의 없다.

"그보다 배가 고프네……."

"잠깐……. 작업에 몰두해서 몰랐는데 벌써 저녁이잖아."

"집중하면 하루가 정말 빨리 가네~. 어때, 지금부터 한잔하고 갈래?"

""빈속에 술을 마시려고?!""

소리치는 아도와 에로무라에게 『그럼 뭐라도 만들게』라고 대답하며 세 사람은 지하 창고를 뒤로했다.

이렇게 취미가에게 감화된 남자들의 전차 제작이 시작됐다.

지하에서 돌아온 제로스는 그대로 부엌으로 가서 저녁 준비를 시작했고, 아도와 에로무라는 의자에 앉아서 그 모습을 구경했다.

하지만 에로에 한해서는 후각이 예민한, 불명예스러운 칭호의 소유자 에로무라는 독신 남성이 혼자 사는 이 집에서 이상한 느낌을 받았다.

비유가 아니라, 말 그대로 『여자』의 냄새를 맡은 것이다.

181

"아도 씨…… 제로스 씨는 독신이지?"

"그렇게 들었는데 그걸 왜 나한테 물어?"

"집 안에서 여자 냄새가 나. 그것도 왔을 때는 맡지 못한 비교적 신선한 냄새가."

"네가 개냐!"

어처구니없는 소리를 하는 에로무라에게 아도는 질린 표정이었다.

하지만 에로무라의 어이없는 발언을 긍정하는 것처럼 부엌 옆의 문이 열리더니 여성 두 명이 나왔다.

루세리스와 쟈네였다.

"오잉? 루세리스 씨와 쟈네 씨, 계셨어요?"

"앗, 제로스 씨. 목욕탕을 빌렸어요."

"늘 쓰게 해줘서 고마워. 후우, 개운하다."

"별말씀을. 기껏 목욕탕을 만들었는데 저만 쓰는 건 아깝죠. 그나저나 쟈네 씨는 언제나 기분이 좋아 보이네요. 아이들은 들어가려고도 안 하는데 말입니다."

"그 녀석들은 목욕을 싫어하니까. 적어도 카에데와 안제만이라도 들어가면 좋을 텐데."

교회의 파워풀 칠드런스는 제멋대로 부엌을 뒤지지만, 목욕탕에는 들어가지 않았다.

듣기로는 옷을 갈아입기 귀찮다나.

"그 아이들, 어린애다운 구석이 있긴 했구나."

"하지만 곧 성인이에요. 이젠 차림새에도 신경을 써야할 텐데……."

"애들한테는 먹을 게 최고지. 그보다…… 뒤에서 거친 숨을 몰아쉬는 녀석이 신경 쓰이는데."

"에로무라 (군)……."

목욕을 마친 두 미녀 앞에서 색마 광대 에로무라는 사춘기 소년과 같은 풋풋한 욕망을 참고 있었다.

얼굴은 이미 성희롱 수준이지만…….

"……그, 그야 두 분 다 미인이니까요. 이 나이대 남자애한테는 자극이 강하겠죠."

"아이참, 미인이라뇨……."

"아, 아니…… 자극만으로 이렇게 흥분한다고? 여자라서 잘 모르겠어……."

목욕하고 나온 붉은 머리와 갈색 피부를 가진 모델 체형 미녀와 나긋나긋한 분위기의 성녀 같은 여성 앞에서 에로무라의 하트는 불타버릴 만큼 버닝.

아저씨조차 『패서 기절시켜야 하나?』라고 생각할 정도의 흥분 상태였다.

그런 그의 어깨에 아도가 손을 올리고—.

"에로무라…… 그렇게 밝히니까 여자친구가 안 생기는 거야."

—라며 동정 어린 시선을 보내면서 치명적 일격을 가했다.

그것도 처자식 있는 남자의 발언이었다.

"크학!!"

"이것도 이상한 칭호가 붙은 탓인지, 아니면 원래 성격 때문인지 모르겠구만. 뭐, 나랑은 상관없는 일이지만~."

"푸혁!!"

"칭호? 이 녀석, 이상한 칭호가 있어?"

"그만, 묻지 마!! 내 라이프는 이미 0이라고오!!"

역시 미녀 두 명 앞에서 【색마 광대】와 【하지 않겠는가】라는 칭호가 알려지면 에로무라는 경멸의 눈초리를 받으며 사회적으로 매장될지도 모른다.

전생자 팀은 깜빡했지만, 애초에 이 세계는 현실이라서 능력치에 영향을 주는 【칭호】 따위 존재하지 않는다.

칭호란 어떤 업적을 이룩한 자에게 부여되는 명예다. 그 칭호에 영향을 받는 것은 전생자뿐이지만, 그들은 그 진실을 깨닫지 못했다.

"저기…… 아직은 물도 따뜻하니까 제로스 씨도 씻고 나오시면 어떤가요?"

"으음, 그래도 저녁 준비를 해야 해서요. 거기 둘은 어때?"

"나는 됐어요. 저 두 명이 들어갔던 물이잖아요. 유이한테 들키면 죽어요."

"……병이다, 병. 진짜 그럴 것 같아서 무서워."

"그렇죠? 그러니까 나는 별장으로 돌아갈게요. 그 녀석…… 내가 관련된 일에는 감이 좋을 뿐 아니라 후각도 예민하니까."

"얀데레 스토커 기질이 그 정도로 강하다니……. 물을 끓여줄 테니까 수건으로 몸이라도 닦고 가. 여기저기 더러워졌잖아."

"그럴게요."

아도에게는 목숨이 걸린 문제였다.

그에 비해 에로무라는—.

'뭐, 뭐라고?! 이, 이런 미녀가 들어갔던 목욕물……?!'

─아니나 다를까, 에로에 관해서는 누구보다 빠르게 반응했다.

그 감정이 입 밖으로 꺼내는 것조차 꺼려질 만큼 뚜렷하게 표정으로 드러나 있었다.

그림으로도 그리지 못할 범죄 수준의 얼굴이었다.

""…….""

""……에로무라 (군). 설마 이 정도일 줄은…….""

묘한 칭호가 붙은 원인은 성격 때문이라고 판명된 순간이었다.

쟈네와 루세리스는 얼굴을 새빨갛게 물들여 경멸 어린 시선을 보내고, 그에 비해 제로스와 아도는 기가 차서 이마를 짚었다.

변명하려야 할 수 없는 상황에 빠져 버렸다.

그리고 무거운 침묵이 흘렀다.

"헉?! 아, 아니야…… 이, 이건…….."

"에로무라, 포기해. 변명의 여지가 없어."

"들어줘, 이건 칭호 때문이야!!"

"아뇨, 칭호는 어디까지나 보조적인 역할에 지나지 않아요. 즉, 원래 이상한 인간이었다는 뜻이죠. 가엾게도……."

"거, 거짓말……. 그럴 리, 그럴 리가…… 우와아아아아아아아아아앙!!"

견디다 못한 에로무라가 전속력으로 도망쳤다.

아저씨는 살짝 죄책감을 느꼈다.

"혹시 몹쓸 짓을 했나?"

"마무리한 건 맞지만, 자업자득 아니에요? 그럼 나도 돌아갈게요."

"수고했어. 내일도 잘 부탁해. 그런데 안 닦고 가도 되겠어?"

"그 저택에도 목욕탕은 있고 나도 빌릴 수 있어요. 그보다 이렇게 오래 일하고 일당도 안 나오는 게 더 힘들어요."

"응? 줄 건데? 아무리 그래도 무급으로 착취하진 않아."

"정말로요?! 좋았어, 당분간 할 일이 생겼다! 이얏호~!"

"아도 군?! ……아, 갔네."

아도는 일시적으로나마 일이 생겼다고 기뻐하며 제로스 집을 떠났다.

일단 무직 백수에서 탈출하여 리사와 샤크티에게 백안시당하지 않는 것이 어지간히 기쁜가 보다.

"……뭔가 저 두 사람…… 아저씨 지인답네."

"그게 무슨 뜻이죠?"

"개성적, 이라고 해야 할까요……? 어딘지 모르게 우리와는 사고방식부터 다른 느낌이에요. 그런 점이 제로스 씨와 비슷해요."

"머리의 나사가 한두 개쯤 풀리긴 했죠. 상식적인 척해도 유별난 구석이 있어요, 저 둘……."

""댁이(제로스 씨가) 제일 이상해(요).""

"네에에~?"

상식적인 척한다는 점에서는 제로스도 똑같았다.

누워서 침 뱉기가 따로 없다.

"저녁은 1인분이면 되겠구만. 그러고 보니 두 분, 저녁은 드셨나요?"

"지금 아이들이 직접 만들어주고 있어요. 야영에서도 맛있는 식사를 먹을 수 있게 연습한대요."

"그 부분은 나도 본받아야겠어. 호위나 토벌 의뢰 때는 항상 마른고기만 씹으니까……."

"그건 영양이 치우치겠군요. 채소 절임 정도는 준비하는 편이 좋을 겁니다. 쉽게 만들 수 있고 얼마 걸리지도 않아요."

용병은 식사를 대충 때우는 경향이 있다.

특히 호위 의뢰에서는 항상 마물이나 도적을 경계해야 하고, 야영 중에도 다른 용병과는 전투 외에 협력하지 않는다.

파티에 따라서 다르지만, 식사를 중요시하는 사람은 적다. 필연적으로 간단하게 먹을 수 있는 음식이 선호되고, 누가 피로를 풀어줄 달콤한 과자라도 들고 있으면 싸움이 벌어질 정도다.

"꿀에 절인 감귤류도 좋죠."

"그런 걸 가지고 다니면 다른 용병이 눈독 들여. 가뜩이나 여자라는 이유만으로 눈에 띄는데."

"밤중에 덮치려고 하는 용병도 있다고 해요."

"루세리스 씨, 직설적이군요. 쟈네 씨 얼굴이 홍당무가 됐는데요?"

"어머?"

덮친다는 말만으로 얼굴을 붉힐 만큼 쟈네는 숙맥이었다.

그런 그녀를 보고 묘하게 심장 고동이 빨라졌다.

"쟈네 씨……."

"뭐, 뭐야."

"지금 당장 혼인 신고를 하지 않을래요? 그리고 오늘 밤은 그대와 폴 인 러브."

"무슨 헛소리야?!"

"이 아저씨는 지금 당장 쟈네 씨를 침대에 자빠뜨리고 싶습니다. 뭐랄까…… 귀여워서 못 참겠어요."

"제로스 씨…… 그런 말을 하니까 쟈네가 점점 더 거부하는 거예요."

루세리스의 말을 듣고 아저씨는 잠시 생각에 빠지더니 손뼉을 쳤다.

"그럼 단계적으로 자빠뜨리죠. 그리고 오늘 밤은 세 명, 흔들거리는 침대 위에서 레츠 파뤼."

"제, 제로스 씨…… 저도 각오는 했지만, 오늘 밤은 너무 갑작스러워요. 게다가 세 명이라니……."

"그 부분?! 루가 신경 쓰는 건 그 부분이야?! 무엇보다 오늘 밤이면 단계고 나발이고 없잖아!!"

"목욕하고 나온 미녀 앞에서 흥분하지 않는 남자는 없어요. 저도 에로무라 군을 본받아서 성욕에 솔직해지렵니다!"

"본받지 마!! 장난치는 거지? 지금 날 놀리는 거지?!"

당연히 아저씨는 쟈네의 반응을 즐기고 있었다.

잊히기 일쑤지만, 이래 봬도 사디스트 주임이라고 불린 경력의 소유자로 성격이 고약했다.

심술궂은 말에 일일이 반응해주는 쟈네가 귀여워서 무심코 본성이 나오고 말았다.

하지만 연애 증후군 때문에 슬슬 진지하게 거리를 좁히지 않으면 폭주할 우려가 커지므로 루세리스가 제안한 데이트도 좋은 방법이라고 생각했다.

"진지하게 말하면 데이트 제안에는 찬성합니다. 백 보 양보해서 절규 고백은 괜찮더라도 정신 폭주로 벌이는 기행만은 사회에서도 받아주지 않으니까요……."

"아니, 나도 사회적으로 매장당하기는 싫어. 그래도 세 명이서 데이트는 이상하잖아."

"그런가요? 세 명이 거리를 걷고, 가게를 돌아보고, 식사하면서 잡담을 나눌 뿐인데요?"

"그걸 데이트라고 할 수 있어? 그, 극장에서 연극을 보거나 하지 않나?"

"일반인에게 연극은 부담스럽죠……. 입장료도 제법 비싸요."

"으……."

극장에서 열리는 연극이나 가수의 콘서트는 평민이 감상하기에는 너무 비쌌다. 그 이전에 평민 중에는 예술을 이해하는 사람이 비교적 적어서 자연스럽게 고객층은 부유한 상인이나 귀족으로 한정됐다.

물론 평민도 티켓을 사면 볼 수 있지만, 티켓 한 장 가격이 그들의 며칠 분 생활비에 버금갔다. 평민에게는 인연이 없는 세계였다.

특히 용병인 쟈네와 가난한 종교인인 루세리스는 엄두도 내지 못했다.

"그 정도는 제가 내겠습니다. 데이트라면 남자가 내야죠."

"뭐? 아, 아니…… 나도 그냥 해 본 말이야. 애초에 연극을 봐도 난 예술이 뭔지 몰라."

"저도 사양할게요. 신관 수행 시절에 한 번 오페라를 감상한 적이 있는데 금방 잠들어 버렸어요."

"아~, 루 성격에는 안 맞겠지. 비극적인 연극을 보고 박장대소할 거 같아."

'외모만 보면 반대일 것 같지만, 실제로는 쟈네 씨가 소녀 감성이고 루세리스 씨가 현실주의자에 솔직한 성격이지.'

외모와 성격이 이만큼 일치하지 않는 경우도 드물다.

제로스도 두 사람과 교류하면서 알게 됐지만, 모르는 사람은 이 둘의 성격에 당황할 것이다.

"그나저나 데이트라……. 젊을 때 한 번 하고, 그 뒤로는 인연이 없었지~."

"아, 아저씨…… 그 성격으로 여자랑 데이트한 적이 있어?!"

"학생 때 이야기입니다. 지금은 몰라도 옛날에는 성실했어요. 누나 때문에 성격이 꼬였지만."

""아아…… 이해했어(요).""

제로스─ 오사코 사토시가 아직 소년이었을 무렵, 친구 이상 연인 미만인 소꿉친구가 있었다.

당시에는 평화로운 일상 속에서 천천히 그녀와의 인연을 쌓아갔다.

하지만 그 관계도 골칫덩이 누나─ 레미의 개입으로 가정째 파탄 났다.

결국 소꿉친구 소녀와는 멀어졌고, 그 후 친구를 통해 그녀의 소식을 접했을 때는 이미 교통사고로 세상을 떠난 뒤였다.

그날부터 제로스는 레미─ 샤란라를 쭉 증오했다.

설령 이 세상에서 사라졌다고 하더라도 그 증오는 사라지지 않는다.

감수성 풍부하던 시기의 아련한 사랑이 비참하게 끝나버려서, 어쩌면 나는 행복해질 자격이 없는 게 아닌가, 라는 생각이 마음 속 어딘가에 있었는지도 모른다.

"두 분도 당해봤으니까 알죠? 그런 여자가 근처에 있으면 애인은 못 사귀어요. 언제 집안 사람을 속여서 돈을 훔칠지 모르니까요."

""……(그런 누나가 있으면 다시는 애인을 못 사귀겠지. 불쌍해……)""

아저씨의 불우한 인생에 동정하는 가운데, 루세리스는 제로스의 말에서 한순간이지만 슬픔을 느꼈다. 하지만 그 후 제로스의 태도는 평소와 다를 바 없어서 『착각인가?』하고 속으로 중얼거렸다.

"하지만 저에게도 평범하게 결혼하고 싶은 욕망은 있어요. 그 인간 때문에 이 나이까지 독신이었지만."

"그 마음도 알 것 같아요……"

"남에게 기생하는 여자였지. 심지어 빨아먹고 바로 도망치는 점이 진드기랑 똑같아."

전에 레미— 샤란라가 양육원에 들어와서 모습을 위장하는 마도구로 두 사람에게 빚을 지우려고 했지만, 제로스 덕분에 화를 면했다.

귀찮은 가족이 얼마나 스트레스를 주는지 생각하면 이 아저씨도 불쌍한 인생이었다. 성격이 비뚤어질 만도 하다.

"언제 나타날지 모를 누나를 쭉 경계하셨군요."

"하지만 그 인간은 이제 없어요. 슬슬 제 인생을 진지하게 생각할 때가 왔는지도 모르겠네요. 저는 이대로 결혼해도 상관없지만, 역시 젊은 두 분에게는 나름대로 절차가 필요하겠죠. 좋습니다, 당장 내일이라도 데이트하러 갑시다!"

"이야기를 갑자기 틀지 마! 판단이 너무 빠르잖아!!"

아저씨는 데이트에 굉장히 적극적이었다.

"에스코트를 잘할 수 있을지는 모르겠지만요."

"앗, 저…… 데이트에 입을 옷이 없는데 어쩌면 좋죠?"

"나도 없어. 애초에 그런 거 살 돈도 없고."

"평소대로 입으면 되지 않나요? 두 분 같은 미인은 뭘 입어도 어울리니까 꾸밀 필요도 없다고 생각하는데요."

"……은근슬쩍 점수 따려고 하네."

"진지한 표정으로 미인이라고 하시니까 쑥스럽네요……."

부끄러워하는 두 명에게 아저씨는 나잇값도 못 하고 가슴이 설렜다.

그건 그렇고 제로스에게 루세리스의 데이트 제안은 때마침 좋은 기회였다. 그 이유는―.

"전에 제가 프러포즈했을 때 말인데요. 쭉 충동적으로 행동했다고는 생각했지만, 지금 돌이켜보면 너무 갑작스럽고 막무가내였어요. 그런데 그걸 **이상하다고 생각하지 않았죠.**"

""응? 무슨 말이야?(이죠?)""

"그러니까, 연애 증후군 징후가 나타났다는 건 심박수로도 알았지만, 두 분과의 거리는 차근차근 줄여나갈 생각이었어요. 그런데 쟈네 씨를 놀리다가 무심결에 『결혼해 주세요』라는 말이 튀어나온 겁니다······."

""······네?""

"냉정하게 대화도 했었고, 저 자신도 그게 내 의지라고 생각했어요······."

"아니라는 말씀인가요?"

"그때는 두 분이 받아들일 수 있는 방식으로 결혼에 골인할 수 있도록 상담할 생각이었습니다. 그런데 갑자기 회까닥한 것처럼 프러포즈한 거예요. 그게 이상한 행동이었다고 깨달은 건 사실 어제 자기 전이에요. 당시 기억이 있는데도 저는 쭉 이상하다는 생각조차 하지 못했어요······."

"잠깐 기다려! 그 말은, 설마······."

연애 증후군 증상은 자각 없는 돌발 행동으로 나타나며 중증으로 발전하면 절규 고백이나 기행을 벌이는 경우가 많다.

그런데 이런 행동을 하고 본인은 이상하다는 생각조차 하지 못한다면? 이만큼 무서운 병도 없을 것이다.

심지어 본인에게는 폭주 당시의 기억이 남아 있다.

"아시겠어요? 정상이라고 생각하던 내가 사실 이상 행동을 하고 있었다는 사실. 더구나 그때 행동이 선명하게 기억에 남아 있어요······. 이러니까 죽고 싶어지죠."

"자기 기행을 이상하다고 생각하지 않는다······. 아니, 당사자는 이상하다고 인식하지 못하는 거네요. 생각보다 사태가 심각해요. 지금 당장 우리 세 명의 거리를 좁혀야 하는데······."

제로스와 루세리스는 쟈네를 봤다.

물론 쟈네도 위험한 상황이라고 이해하고 있었다.

제로스의 말이 사실이라면 쟈네와 루세리스의 행동에도 증상이 나타나고 있다는 뜻이다. 그것도 너무 자연스러워서 판별하기 어려운 형태로.

"본인도 알 수 없다면 조심해봤자 의미가 없네요⋯⋯."

"그래서 데이트하자는 제안, 저는 찬성입니다. 이런 건 막을 방도가 없어요."

"으으⋯⋯ 잘 알았어. 데이트, 할게⋯⋯."

세 사람은 이미 한배를 탄 운명 공동체였다.

연애 증후군 증상이 나온 순간부터 미래는 확정된 것이나 마찬가지였다.

하지만 그 증상을 무시하고 이대로 있으면 무자각하게 정신 폭주가 일어나 어떤 짓을 벌일지 알 수 없고, 더욱이 폭주 후 기억이 남는 점이 무서웠다.

"이성조차 침식하는 것으로 보이는 증상에, 말기에는 성적 충동도 추가돼요. 빠르게 결단하지 않으면 최악의 사태는 반드시 일어납니다. 쟈네 씨, 잘 결정하셨어요."

"다른 방법이 없잖아⋯⋯ 내 행동도 의심스러워지니까."

"훗⋯⋯ 저는 두 분을 행복하게 해줄 수 있다고 장담할 순 없습니다. 하지만 행복해지도록 모든 노력을 다할 생각입니다. 서로 차근차근 관계를 쌓아나갈 시간도 없고, 괴상한 병에 쫓기다시피 말하는 건 저도 매우 유감스럽지만, 구태여 말하겠습니다. 저와 결혼해 주십시오."

"그, 그건 진심으로 하는 프러포즈야?! 아니면 괴병의 폭주야?!"

"어느 쪽이라고 생각하시나요? 안타깝게도 저도 모르겠군요."

제로스가 진지한 얼굴로 되묻자 쟈네의 얼굴이 순식간에 달아올랐다.

입을 금붕어처럼 뻐끔거리더니 『으햐아아아아악~!!』이라고 외치며 도망쳤다.

역시 본성은 순정 소녀였다.

"제로스 씨…… 지금 자연스럽게 쟈네를 놀렸죠?"

"아, 들켰나요? 반응이 귀여워서 그만."

"나쁜 사람이네요. 여자의 마음을 갖고 노는 건 부끄러운 짓이에요! 제가 제로스 씨 입장이라면 좀 더…… 똑같이 했겠죠. 자신 있게 말할 수 있어요."

아저씨와 루세리스, 두 사람이 어느 부분에서 서로에게 끌리는지 알 수 없지만, 적어도 감성은 비슷한 것 같았다.

물론 루세리스가 『짓궂은 사람』인데 비해 제로스는 『나쁜 사람』이라는 차이는 있지만…….

"그런데 루세리스 씨가 결혼에 적극적인 이유는 무의식중에 폭주한 탓일까요?"

"후후, 어느 쪽이라고 생각하시나요?"

"판단할 수 없으니까…… 지금은 보류하겠습니다. 그나저나 데이트 일정을 정하지 않았는데 어떡한다……."

"내일 오전 중에 가도 되지 않을까요? 어차피 쟈네도 한가할 테고."

본인이 없는 곳에서 일정을 정해도 될지 일단 물어봤으나, 루세리스는 기다려봤자 쟈네는 계속 도망칠 뿐이니까 억지로 끌고 가는 편이 낫다고 대답했다.

외모와 반대로 자비가 없다.

이리하여 쟈네의 의지를 무시한 채 데이트 날짜는 다음 날로 정해졌다.

아저씨는 루세리스가 교회로 돌아가는 모습을 바라보며 『아……오전 해체 작업은 아도 군과 에로무라 군끼리 하라고 전해 둬야겠다』라고 중얼거렸다.

두 사람이 헤어진 뒤, 교회에서—.

"그런 이유로 내일 데이트하기로 했어요."

"너무 갑작스럽잖아, 내 의지는 완전히 무시해?! 게다가 데이트할 때 입을 옷도 없다고."

"그건 괜찮아요. 돌아오는 길에 믿음직한 아군을 만났으니까."

"……안녕하세요. 신출귀몰 속옷 상인입니다."

루세리스가 데리고 온 사람은 가슴이 묘하게 건강하게 자란 닌자 소녀 안즈였다.

손님이 있는 곳이라면 그녀는 어디든 나타난다.

"안즈 양, 쟈네에게 어울리는 옷이 있을까요?"

"요즘 속옷만 만들어서 질린 참이야……. 가끔은 이런 것도 좋아……."

그러면서 안즈는 어디선가 다양한 여성복을 꺼냈다.

캐주얼한 오피스룩부터 코스프레 의상까지 없는 게 없었다.

"끄으으으……."

도망칠 곳이 없다고 깨달은 쟈네는 모든 것을 체념하고 옷 입히기 인형이 되었다.

그리고 루세리스에게 돈을 조금 빌려서 재킷을 구입했다.

밤의 어둠이 깔린 초원에서 그것은 목적도 없이 배회하고 있었다.

생물이라는 분류에서 벗어난 그 존재는 비축한 마력이 고갈되면서 서서히 힘을 잃어 갔다.

그래도 살기 위해서 인간이 사는 곳으로 가려고 했으나, 야생 동물이나 마물만 먹어서는 이동조차 쉽지 않았다. 존재를 유지하려고 할수록 마력을 잃기 때문이었다.

그것은— 흉측한 살덩이에 팔이 없는 여성의 상반신과 여섯 개의 인간 다리가 자란 기괴한 모습을 하고 있었다.

배가 세로로 크게 찢어져서 난 입이 눈에 띄며 그것 말고도 등이나 옆머리에도 크고 작은 입이 나 있었다. 심해어 같은 눈알은 옆구리와 등에서 바쁘게 움직이며 잡아먹을 먹잇감을 찾는 중이었다.

『……누님. 나는…… 여기서 끝인가 봐.』

『잠깐, 또야?!』

『더는, 의식을…… 유지할 수 없어…….』

『네가 사라지면 남은 건 나뿐인가……. 먼저 가 있어. 나도 곧

197

갈 테니까.』

『헤헤헤…… 마지막까지 개똥 같은 인생이었어. 먼저 간다……
친구야…….』

또 한 명, 도적의 혼이 소멸했다.

잡아먹은 인간과 동물의 살로 구성된 괴물 안에는 샤란라를 포
함한 도적들의 혼이 있었지만, 마력 고갈과 함께 그 영혼들도 하
나씩 승천하고 있었다.

그것은 남은 영혼들에게 죽음이 가까워졌음을 알리는 잔혹한 현
실이었다.

『……나랑 너만 남았네.』

『누님…… 이제 포기하자. 어차피 우리는 죽은 사람이야. 아무리
발버둥 쳐도 되살아날 수는 없어.』

『싫어, 나는 살아있다고!! 좋은 남자를 붙잡아서 이 세상의 모든
사치를 누리고, 돈을 물처럼 쓰면서 남을 깔보며 살아갈 거야!!』

『감탄스러울 정도의 집착이네……. 알고는 있었지만.』

도적의 혼은 이미 삶을 포기하고 윤회의 굴레로 돌아가기를 바
랐지만, 샤란라만은 욕망이라는 쇠사슬을 붙잡고 삶에 집착했다.

도적의 혼은 그런 샤란라가 기가 막히면서도 한편으로 존경스럽
기까지 했다.

『나도 이미 의식을 유지하기 어려워. 이렇게 이야기하는 것도 마
지막이겠군.』

『그럼 당장 사라지든가! 나 혼자서라도 살아남고야 말겠어.』

『이미 죽었다고 몇 번을 말해…….』

몇 번을 말하든 샤란라는 인정하지 않는다.

자신이 사라져봤자 남는 것은 괴물이 된 샤란라뿐.

도적의 혼은 작은 살덩이가 되어 떨어져 나가기로 결심했다.

『나도 이제 간다……. 누님도 재주껏 살아보셔.』

『네가 말하지 않아도 그럴 거야.』

『그래……. 에휴, 누구 말마따나 개똥 같은 인생이었지. 부모님한테 사과하지 못한 게 마음에 걸리지만, 너무 늦었군……. 쓰레기한테 어울리는 최후야. 그럼 잘 지내, 누님…….』

흰 살점이 툭 떨어졌다.

살점은 마력 확산과 함께 입자로 변했고, 마지막 도적의 혼은 육체의 속박에서 해방되어 윤회의 굴레로 돌아가려고 했다.

미련은 있지만 수많은 악행을 저지른 벌이라고 받아들이고, 그는 홀로 남을 샤란라를 연민의 눈길로 바라봤다.

도적은 몽롱해지는 의식 속에서 행복했던 시절의 추억을 떠올리고 쓸쓸하게 이 세상에서 떠났다.

그러자 샤란라는…….

『우후후…… 드디어 사라졌네. 당분간 마력 소비가 줄어들겠어.』

샤란라는 도적들의 혼이 사라질 때마다 자신이 다루는 마력량이 늘어난다는 사실을 알고 있었다.

다른 혼이 사라지면 소비되는 마력이 줄어들고 샤란라가 이 세상에 머물 수 있는 시간은 늘어난다. 그것이 퇴화인지 진화인지는 알 수 없지만…….

"아하하하하, 나는 절대 안 죽어! 그 드래곤한테도 다시는 먹히

나 봐라! 지금까지 그래왔듯이 멍청한 남자들을 홀려서 간이고 쓸개고 다 빼먹은 다음 걸레짝처럼 버려주겠어! 내가 바로 이 세상의 여왕이야!!"

샤란라는 평원 한가운데서 실성한 것처럼 웃으며 쓰레기 같은 발언을 쏟아냈다.

그녀는 알아차리지 못했다.

자신이 지금까지 흡수한 생물의 영향으로 이미 인간에서 멀리 벗어난― 요컨대 괴물이 되었다는 것을.

자신이 이미 인간과 교류할 수 없을 만큼 추악해졌다는 사실이 머리에서 빠져나가 있었다.

 ## 제9화 솔리스테어 남매의 마도 연성 풍경

""거짓말, 이지……?""

아도와 에로무라는 오늘도 다족 보행 전차 해체 작업을 이어가려고 제로스의 집을 방문했다가 아침 댓바람부터 충격적인 이야기를 들었다.

"나랑 에로무라가 해체 작업을 하는 건 좋다, 이거야. 그보다 믿기지 않는 건……."

"아저씨가 데이트를 이유로 작업에서 빠진다고……? 심지어 상대가 어제 그 두 명?! 거짓말이라고 해줘……."

"에로무라 군이 믿지 못하는 심정은 이해하지만, 그래도 사실인 걸 어쩌겠습니까."

"혹시【연애 증후군】이라는 발정기 때문이에요?"

"맞아……. 이대로 가면 나는 정신 폭주로 기행과 절규 고백을 벌이며 사회적 죽음을 맞이할지도 몰라. 내게 남은 시간은 길지 않아."

【연애 증후군 연모 폭주 현상】은 아도도 소문으로 들어 알고 있었다.

설마 근처에 그 징후가 나타난 사람이 있을 줄은 몰랐지만, 제로스가 독신이라는 점을 고려하면 『결혼하면 사람이 좀 얌전해지려나?』라는 생각도 들었다.

그리고 아도의 입장에서는 연애 증후군으로 발생하는 폭주보다 제로스의 취미가 폭주하는 쪽이 훨씬 무서웠다. 언제 어처구니없는 실험에 휘말릴지 알 수 없기 때문이었다.

그에 비해 에로무라는 제로스에게 끌리는 여성이 있다는 사실에 놀라고 있었다.

"어, 어떻게 이런 아저씨를 좋아할 수 있지……. 심지어 두 명…… 어제 본 성녀님과 누님이 상대라고?! 남자 취향이 너무 고약하잖아……."

"에로무라 군, 본인 앞에서 할 소리입니까? 저도 평범하게 여성에게 관심이 있다고요."

"문제는 당신 성격이야, 크레이지 다이너마이트인 성격!!"

"너무하네…… 한 대 맞을래요?"

"솔직히 에로무라 말도 이해해. 자기 취미를 위해서 남을 이용해 먹잖아. 나도 한두 번 말려든 게 아니야."

제로스에게는 짚이는 구석이 너무 많았다.

다만, 얀데레 연하 여성과 결혼한 아도나 성욕에 솔직한 비인기 남 에로무라에게만은 듣고 싶지 않았다.

이 둘도 평범함과 거리가 멀었다.

"이 세계에는 인간한테도 발정기가 있나. 그럼 나한테도 아직 기회가⋯⋯."

""아⋯⋯ 없을걸?""

"너무해! 세계는 넓어. 이런 나한테도 궁합이 좋은 사람이 있을지 모르잖아."

"아뇨, 연애 증후군은 정신 파장과 마력이 작용해서 일어나는 공명 현상입니다. 잠들어 있던 야생의 직감이 반강제로 상대와 동조하죠. 그러면 정신 하울링 현상으로 뇌파가 증폭되어 정신 폭주가 일어나는 겁니다⋯⋯."

"즉, 주정뱅이처럼 자각 없이 기행을 펼치니까 눈을 떴을 때는 감옥행인 거지. 내가 제로스 씨에게 들은 이야기로는, 에로무라는 순수하게 폭주하는 느낌인데⋯⋯."

"나를 기행종 취급 하지 마!!"

이세계에 오자마자 노예 하렘을 만들려고 한 에로무라의 행동이 폭주가 아니면 뭐란 말인가. 명명백백한 기행이었다.

연애 증후군 환자와 이세계에서 오자마자 노예 하렘을 만들려고 노력한 괴짜. 폭주한다면 어느 쪽이 나을까.

"에로무라 군, 저는 아직 사회적으로 매장되기 싫어요. 그 두 사람도 마찬가지고요. 어쩔 수 없는 일입니다."

"그렇다고 갑자기 아내 후보가 두 명인 건 너무 부럽잖아! 이런 일이 용납된다고?! 나는 노예로 전락했는데!!"

"이 세계에서는 어떤 종교 국가나 일부 소국을 제외하면 일부다처나 일처다부가 합법이야. 설마 에로무라…… 지금까지 몰랐어?"

"……그게, 노예 하렘으로 머리가 꽉 차서……."

에로무라는 당시 정보의 중요성을 이해하지 못했는지, 정보 수집을 게을리하고 『노예 제도가 있다=노예한테 뭘 하든 OK』라고 해석해 버렸다.

성격상 생각이 짧다고 말해도 무방할 것이다.

가끔 진지한 이야기를 할 때도 있지만, 그 자리에서 생각나는 대로 말할 뿐이지, 실제로 깊은 생각이 있는 것 같지는 않았다.

"……에로무라 군, 프라모델을 설명서 없이 바로 조립하는 성격이죠? 학교에서도 시험 직전에야 허둥지둥 공부하고. 될 대로 되겠지, 라는 생각으로."

"어, 어떻게 알았어?!"

"부품 수가 안 맞으면 그제야 설명서를 읽어? 정말로 그런 사람이 있었다니. 게다가 시험 전날에 벼락치기를 한다고 뭐가 바뀌어?"

"설명서는 모르는 게 있을 때나 보면 되잖아. 참고서도 인생과 마찬가지야!!"

에로무라는 시험 전날에 벼락치기 하는 타입이었다.

평소에는 수업을 진지하게 듣지 않고, 곤란한 일이 생겨야 겨우 진심으로 움직인다.

하지만 보통은 이 시점에서 이미 늦은 경우가 대다수다.

학습은 비단 학교에서만 하는 것이 아니며 사생활에서도 적잖게 이루어진다. 타성에 젖어 사는 인간이 성장할 리 없다.

에로무라의 경우, 남들보다 성에 대한 우선도가 훨씬 높기 때문에 행동이 충동적인 듯했다. 그래도 극단적인 악인은 아니니까 구제할 여지는 있을지 모르지만.

"에로무라…… 정말로 조금만 더 성실하게 살아봐."

"내 인생을 지적하지 마!!"

"앗, 저는 이만 가 볼게요. 분해 작업, 잘 부탁합니다."

"혼자서 행복해질 셈이야?! 누구든 좋으니까 한 명만 소개해줘, 제로스 씨이이이~!!"

에로무라의 절실한 외침을 들으며 아저씨는 교회 뒷문으로 향했다.

"일당도 나오니까 빨리 일이나 하자."

"세상은…… 불공평해."

인생은 그런 법이다.

솔리스테어 공작가 별장. 웬일로 세 남매가 한 방에 모여 있었다.

아니, 정확하게는 조금 다르다.

크로이사스는 제로스에게 지도를 받고 싶어서 엊저녁에 별장을 방문했지만, 다음 날 아침 【연성대】에서 마도 연성을 하는 츠베이트와 세레스티나에게 관심을 가졌고, 구경만 하기는 지겨웠는지 자신도 참여한 것이다.

흥미가 동하면 처음 목적은 새까맣게 까먹는다. 그것이 지식욕에 솔직하며 탐욕스러운 크로이사스라는 청년이었다.

"……흠, 마도 연성은 평범한 금속보다 미스릴이 더 다루기 쉽군요. 마력 전도율 때문인가?"

"하지만 두 금속을 합성하면 어려워져요."

"서로 다른 금속을 융합하면 특성이 반발하기 때문일까요? 흥미롭군요."

"그건 관심 없고, 내가 쓸 연성대나 빼앗지 마."

연성대 위에서 종류가 다른 금속들이 기괴하게 춤추고 있었다.

마치 슬라임을 연상케 하는 유연한 움직임이었다. 하지만 이런 모양이 되어도 강도는 그대로 보존된다. 물리 법칙을 무시하는 마도 연성의 효과는 알쏭달쏭할 따름이었다.

이렇듯 마력이라는 에너지는 대단히 흥미로운 성질들을 가졌다.

"곧 창고에서 다른 연성대를 가지고 오니까 형님은 그때까지 쉬고 계세요. 그나저나 마도 연성은 정말 재미…… 아차, 벌써 마력이……."

"너는 수련이나 더 해. 나나 세레스티나보다 보유 마력이 적은 거 아냐?"

"연구를 게을리할 수는 없어요. 마력을 빠르게 올리는 방법이 있으면 좋으련만."

"그럼 강화 마법을 항상 걸면 되지 않나요? 처음에는 마나 포션을 많이 준비해야 하지만, 이 방법이라면 크로이사스 오라버니라도 훈련이 될 거예요."

"고민되네요."

크로이사스는 마법 연구라면 분야를 가리지 않고 무차별적으로 건드린다.

그 대부분이 마력을 사용하지만, 보통은 연구원이 옆에 대거 대기하면서 교대로 조사와 실험을 진행하기 때문에 마력 고갈 상태에 빠지는 일은 거의 없다.

반대로 말하면 그 방식으로는 훈련이 되지 않아서 보유 마력이 늘지 않는다.

다른 사람이 있을 때라면 괜찮지만, 혼자 연구할 때는 보유 마력이 발목을 잡아서 연구가 뜻대로 되지 않는 경우도 종종 있었다.

"달리 마력을 늘릴 방법은 없나……."

"너…… 바라는 게 너무 많아. 무술의【연기법】이라도 배울래?"

"전승에 등장하는【정령수의 씨앗】이나【세계수의 열매】에 그런 효과가 있다고 들었지만, 실물은 본 적이 없네요. 선생님이 알 것 같기도 한데……."

"발견해도 진짜인지 판별이 어렵겠죠. 제로스 님은 가지고 있지 않을까요?"

"아니면 아도가 가지고 있을지도 모르지. 스승님과 모험한 적도 있다고 하니까."

"아도 님인가요…… 흠."

마력을 쓸 기회가 많은 만큼 보유 마력은 많을수록 좋다.

하지만 크로이사스는 훈련할 마음이 없었다. 훈련에 시간을 쓸 바에는 연구나 실험에 집중한다.

하지만 보유 마력이 적은 것은 큰 고민이었다.

"음…… 아도 님에게 직접 물어봐야 할까요."

"스승님이 아니라?"

"제로스 님에게 상담하면 이상한 곳으로 끌려가서 가혹한 훈련을 받을 거 같아요. 저는 그런 쓸데없고 바보 같은 육체노동은 하고 싶지 않아서요."

""그건 우리가 바보 같다는 말이냐?(말인가요?)""

크로이사스의 생활에서 연구의 우선도는 무엇보다 높았다. 식사와 수면 등 생존을 위한 필수 행동조차 제쳐 놓을 정도로.

설령 자신의 건강에 악영향을 끼치더라도 개의치 않는다.

그래서 크로이사스는 관심 없는 훈련에 시간을 할애할 생각도 전혀 없었다.

물론 누가 무슨 훈련을 하든 편견은 없지만, 그의 쿨한 외모와 말투 때문에 츠베이트, 세레스티나에게는 빈정거리는 말로 들렸나 보다.

"하아…… 이 녀석은 옛날부터 이랬지."

"나쁜 뜻이 없는 건 알지만, 자연스럽게 남을 불쾌하게 하는 재능이 있어요. 우리가 아니라면 무시한다고 생각했겠죠. 크로이사스 오라버니, 조심하셔야 해요."

"흠? 제가 무슨 불쾌한 말을 했나요?"

자각이 없으니까 주의를 주기도 어려웠다.

주위에서 아무리 지적해도 본인이 이해하지 못하면 아무 소용이 없다. 크로이사스의 친구들도 고생이 많을 것이다.

"그나저나 곤란하네요……. 마력이 얼마 남지 않아서 미스릴이 불안정한 모양으로 굳었어요."

"크로이사스 오라버니는 어떤 모양을 원하셨나요?"

"제로스 님에게 받은 반지처럼 만들려고 했습니다. 이렇게 조작이 어려운 줄은 몰랐군요."

""반지?""

츠베이트와 세레스티나는 연성대를 봤다.

그곳에는 데포르메한 선인장 같은 못생긴 캐릭터 인형과 너무 강한 독기에 기형적으로 뒤틀린 나무 같은 미스릴 세공품이 디오라마처럼 놓여 있었다.

전자가 크로이사스 작품이고 후자가 세레스티나의 작품이었다.

연성대 전체를 보면 마치 선인장 인형이 수상한 숲으로 도망치는 코미디 호러 세계관이 펼쳐져 있었다.

""…….""

"너희, 미니어처를 만든 거 아니지? 노리고 만든 거 아니지?"

"저, 저는…… 팔찌를 만들…… 생각이었어요…….."

"세레스티나의 손재주가 없는 건 알지만, 크로이사스…… 너마저?"

"저는 도중에 마력이 떨어졌을 뿐이에요. 마력이 조금만 더 많았으면 제대로 완성했겠죠. 그래요, 무조건 성공했을 겁니다."

누구에게 부리는 허세일까.

크로이사스는 어떻게든 쿨하게 얼버무리려고 하지만, 아쉽게도 숨길 수가 없었다.

세레스티나도 쥐구멍에라도 숨고 싶은 심정이었다.

"마나 포션 줄테니까 마시고 한 번 더 해봐."

"이런 건 계속 도전하지 않으면 성공할 수 없으니까요. 좋습니다, 이번에는 멋지게 성공하겠습니다."

"실패는 성공의 어머니라는 말이 있죠. 경험자인 제가 크로이사스 오라버니에게 질 수는 없어요. 이번에야말로 성공하고 말겠어요!"

"세레스티나…… 왜 나에게 경쟁의식을 갖죠?"

그렇게 다시 마도 연성이 시작됐다.

연성대 위에는 선인장이 창을 들고 무시무시한 그림자 마왕에게 맞서는 광경이 펼쳐져 있었다.

미스릴 선인장이 창을 내지를 때마다 미스릴 마왕이 피하며 반격한다.

손에 땀을 쥐는 스펙터클이었다.

"정말로 노리고 만든 거 아니지?! 왜 너희 마도 연성은 서로 합을 맞춘 것처럼 움직이냐고. 여기에 대사만 붙여서 애들한테 보여주면 인기 끄는 거 아냐?"

""이, 이럴 리가 없는데…….""

미스릴 인형은 마침내 피날레에 돌입한 것처럼 춤췄다.

그 움직임은 멋지게 조화를 이뤘고 일사불란한 댄스는 그야말로 예술이었다. 이곳에 제로스와 에로무라가 있으면 『Oh…… 마이키[#6]』라고 말했을지 모른다.

오늘 무대의 주역은 이 인형이었다.

"……마도 연성의 가능성, 잘 봤어."

#6 마이키 일본의 마네킹 드라마 「오! 마이키」. 한국에는 「무콘 가족」이라는 이름으로 방영됐다.

"아뇨, 형님! 이건 아닙니다. 마도 연성이 아니에요!"

"대체 왜……. 나는 어디서부터 잘못한 거지?"

"너희, 길거리에서 인형극이라도 해 봐. 무조건 성공할걸."

""이걸 의도하고 할 수 있을 리 없잖아요!""

마도 연성 인형극과 댄스는 우연의 산물이었다.

술자가 의도해서 조종하지 않고 우연히 이런 움직임이 되었을 뿐이라서 같은 움직임을 재현할 수 있을 리 없었다.

즉, 이곳에서만 볼 수 있는 기적의 엔터테인먼트였다.

그것을 알려주는 것처럼 두 미스릴 인형은 자랑스럽게 포즈를 잡았다.

"그러고 보니 학교에서 통지가 왔었지. 너희는 읽었어?"

"통지? 그런 게 왔었나요?"

"『성적 상위자는 돌아오지 않아도 된다』라는 내용의 통지 말이죠? 학교가 언제부터 이렇게 무책임해졌을까요."

"홋…… 지금 우리를 가르칠 수 있는 강사는 없습니다. 제로스 님 수준의 마도사라도 아닌 한 말이죠. 학교 강사는 고작해야 학교를 졸업했을 뿐인 사람들. 파벌끼리 발목 잡기에 바빠서 연구는 뒷전이었어요."

"네가 마법식 해독법을 공표한 뒤로 모든 상식이 뒤집힌 탓도 있지."

"흠? 그게 저 혼자의 탓인가요? 형님네 파벌의 전술 이론도 결정적인 원인 아닙니까. 그 덕분에 마도사단의 고름을 깨끗하게 짜내서 지금은 훌륭한 연구 조직으로 거듭났어요."

이스톨 마법 학교 안에 뿌리내린 파벌과 마도사단은 일부를 제외하고 줄줄이 해체했다.

물론 크로이사스의 연구 발표와 성적 상위자의 논문이 도화선이 되긴 했지만, 이전부터 파벌과 마도사단의 횡포는 문제시되었고 지금까지의 한을 풀려는 듯 개혁은 철저하게 이루어졌다.

그리고 남은 것이 크로이사스 같은 순수한 연구 중독자와 어떤 대산림 지대에서 철두철미하게 부딪히고 깨지며 전투 민족으로 다시 태어난 마도사들이었다.

그 외의 인물들은 생산직 부서나 상인에게 고용됐고, 부정부패를 일삼던 밥버러지는 일찌감치 국가 연구 기관에서 쫓겨났으며 권력을 등에 업고 떵떵거리던 자들은 인생이 나락으로 떨어지고 말았다.

참고로 지금까지 솔리스테어 마법 왕국에서는 로브 색으로 마도사의 계급을 나타냈지만, 그 제도도 폐지됐다. 이로써 완전한 능력주의 국가로 가는 발판이 마련된 셈이었다.

"용병 길드에도 마도사가 늘어난 건 결과적으로 좋은 일인가?"

"글쎄요? 연구에서도 실전에서도 도움이 안 되는 마도사가 용병으로 활약할 수 있을지 의문이군요. 지금까지 단물만 빨며 살아왔으니까 자업자득이죠."

"저기…… 그건 위험하지 않을까요? 만약 마도사가 범죄자가 되면 나라의 치안이 무너질지도 몰라요."

"그건 아버지가 처리하지 않겠어? 할아버지도 바빠 보이니까 뒤에서 뭔가 하고 있겠지."

츠베이트는 산토르로 돌아온 후 할아버지 크레스톤과 거의 대화를 나누지 못했다.

무슨 서류를 들고 바쁘게 일하는 모습을 몇 번 목격하여 물밑에서 어떤 계획을 세우고 있다고는 생각하지만, 자세한 부분까지는 알 수 없었다.

"상부 개혁이 말단까지 영향을 미치면 앞으로 나라가 어떻게 될지……."

"생각해봤자 소용 있나요? 뭐가 됐건 저는 국가 연구실에 갈 거예요."

"너는 장래가 보장됐지만, 후배들이 고생할 거야. 술식의 개념이 뒤집혀서 강의 내용도 전부 재검토해야 하고."

"우리는 선생님 덕분에 누구보다 우위에 섰지만, 다른 분들은 힘들겠죠……."

"결국 너희는 어떻게 할 거야? 학교로 돌아가?"

이 세 남매는 이제 와서 학교로 돌아갈 필요가 없고, 영지 내에만 있어도 나름대로 지위를 얻을 수 있다.

그만한 성적을 남겼고, 새로운 발견으로 논문도 많이 제출하여 성적이 상위권이기 때문이다.

하지만 다른 학생들의 미래는 어두웠다.

"저는 학교로 돌아갈 겁니다. 하다가 남겨둔 일이 많아요."

"저도 후배들에게 선생님께 배운 내용을 조금이라도 많이 전해주고 싶으니까 조만간 학교로 돌아가려고요."

"하아…… 그렇다면 언젠가 우리가 후배들을 지도해야 하나. 학생이 할 일이 아니잖아."

마도 술식 문자를 해독하는 방법이 판명되고 기존의 마법 이론이 잘못됐다고 알려진 이후, 많은 학생은 해독 작업에 착수했다.

그래도 기껏해야 술식 문자를 읽는 순서가 판명됐을 뿐이며 어떻게 마법이 발동하는지는 아직 이해하지 못했다.

당연히 이 분야의 최고봉은 이 공작가 3남매였다.

학교 강사가 성적 상위자보다 실력이 없어서 얼마간은 개혁의 여파가 학생들에게도 미칠 것이다.

3남매가 강사 대신 교육하면 다소 개선될지 모르지만, 그건 츠베이트의 말대로 학생의 역할이 아니었다.

"파벌 내에서 어떻게 할 수밖에 없겠죠."

"너희 쪽은 연구 파벌이니까 괜찮지만, 우리는 전술 연구가 메인이야. 마법식 해독을 교육해도 의미가 없어."

"저기…… 츠베이트 오라버니, 위슬러파에는 광범위 섬멸 마법의 술식이 있지 않나요?"

"세레스티나, 잘 생각해봐. 그건 누가 봐도 생제르맹파의 분야야. 샘트롤이 집착하긴 했지만, 애초에 우리 분야가 아니었어."

"형님은 마법을 사용하는 쪽이고 우리는 마법을 연구하는 쪽이죠. 기초 지식은 알아야겠지만, 그 기초가 확립되지 않은 지금 함부로 다른 연구에 손대는 건 좋지 않아요."

이스톨 마법 학교는 아직 혼란 속에 있었다.

강사진도 포함해 지금까지의 강의 내용을 근간부터 뜯어고쳐야 해서 그 대책에 쫓기는 현실이었다. 심지어 강사들은 빈번하게 바

꿰고 학생들도 독자적으로 마법 재검토를 시작해 혼란의 도가니는 점점 커지고만 있었다.

이 수습할 방법이 안 보이는 상황에 자포자기해 기껏 강사가 됐는데 퇴직하는 사람도 있다고 한다.

"학교 강사들도 힘들겠군요. 지금까지 필사적으로 연구한 성과가 기초부터 뒤집혔으니까요. 교본도 처음부터 다시 만들어야겠네요. 후후후……."

"늦든 빠르든 언젠가 이렇게 됐겠지만…… 네가 말하면 강사들이 울 거야."

"형님도 똑같아요."

학교의 혼란이 눈에 보일 정도로 현저해진 원인은 크로이사스의 연구 발표였지만, 잘 생각해보면 츠베이트도 마도사단에 개혁안을 제출하여 상부의 파멸을 초래했고, 세레스티나는 강사들에게 계속 질문을 던져 그들의 지식수준을 백일하에 드러냈다.

이 3남매는 학교의 현 체제를 적잖게 파괴한 것이다.

보수적인 강사들의 눈에는 틀림없이 악마처럼 보일 것이다.

"지금 미래를 생각해봤자 부질없어. 그보다 마력이 고갈됐으면 교대해."

"마도 연성의 결점은…… 평범한 마법보다 마력 소비가 크다는 점이군요. 이것만 아니면 재미있는 기술인데……."

"크로이사스 오라버니의 보유 마력이 너무 적은 거예요."

"아니, 둘 다 맞는 말…… 앗."

이때, 츠베이트는 떠올렸다.

창고에서 다른 연성대를 가지고 오도록 사용인에게 부탁했다는 사실을.

즉, 현재 사용인이 연성대를 이곳으로 옮기는 중이다.

"연성대…… 괜히 가지고 오라고 했군."

『잠깐, 리사…… 힘 빼지 마, 무거워.』

『그치만 샤크티 씨…… 더는, 손가락에 힘이…….』

『발에 떨어뜨리기라도 하면…… 골절, 이야…… 제발, 조금만 더…….』

『떨어진다아아아~!!』

"……늦었나."

떠올렸을 때는 이미 늦었다. 문 너머에서 리사와 샤크티의 목소리가 들렸다.

별장에는 창고로 쓰는 방이 몇 군데 있고, 어디에 뭘 보관하는지 모르는 상태에서 찾아온 것이었다.

게다가 보기보다 무거운 연성대를 끙끙대며 옮겨온 그녀들에게 『이제 필요 없어』라고는 차마 말할 수 없었다.

무슨 염치로 말하란 말인가.

'……도와줄까.'

적어도 사죄의 의미로 운반을 돕기로 했다.

후일담이지만, 리사와 샤크티는 연성대를 인벤토리에 넣으면 쉽게 옮길 수 있다는 사실을 깨닫고 헛된 노력에 낙담했다나 뭐라나…….

◇ ◇ ◇ ◇ ◇ ◇ ◇

메티스 성법 신국 성도【마하 루타트】.

마르트한델 대신전을 잃은 신관들은 현재 구 대신전에서 어떤 정무를 보고 있었다.

전생자로 추정되는 자가 구시대 병기로 남긴 상흔은 가뜩이나 국내에 혼란을 불러왔건만, 마치 저주처럼 잇따라 문제가 터졌다.

지금 메티스 성법 신국은 망국의 길을 걷고 있는 상황이었다.

재난의 원인은 수인족의 국경 침공, 그레이트 기브리온으로 인한 변경 도시와 요새 붕괴, 신종 좀비의 무역 도시 습격 등이었다.

그 복구도 끝이 보이지 않는 상황에서 또 다른 위협이 찾아 들었다.

바로 국내에서 날뛰는 정체불명의 드래곤이었다.

이 드래곤은 왠지 교회와 신전을 집중적으로 공격해서 피해는 신관과 신전 기사에게만 미치고 있었다.

상황이 개선될 기미조차 보이지 않는 가운데, 대신관과 용사들을 모아 향후 대책을 논의하는 자리가 마련되었다.

초로의 지도자인 미하로프 법황은 침통한 표정으로 서류를 읽고 이곳에 모인 이들에게 눈길을 보냈다.

"……이것이, 현재까지 판명된 드래곤의 정보다. 질문은 있나?"

"법황님께 여쭙겠습니다."

"타츠오미 공, 말해보게."

"드래곤이 갑자기 모습을 바꾸었다는 보고가 있습니다만, 이건 진화입니까? 아니면 이 드래곤의 특성입니까?"

"그건 우리도 알 수 없네. 이런 힘을 가진 드래곤은 어떤 기록에도 나오지 않아. 밝혀진 것은 전 방향으로 빛의 화살을 쏘는 공격을 한다는 것뿐. 그 외의 생태는 아직 베일에 싸여 있네."

"그건 레이저 포격이 아닐지······."

현재 용사의 리더가 된【카와모토 타츠오미】는 원래 세계의 지식으로 드래곤이 어떤 공격을 하는지 짐작하고 있었다.

생물이 과학 병기에 필적하는 공격을 하고 성곽 도시 하나를 붕괴시켰다는 이야기에 공포를 느꼈지만, 용사는 입장상 언젠가 이 위협에 맞설 때가 올 것이다.

그래도 역시 괴수를 상대하기는 어렵다.

"아마 용사가 한꺼번에 덤벼도 그 드래곤에게는 못 이길 겁니다. 뭔가 결정타를 줄 수 있는 무기라도 없으면 퇴치는 불가능하다고 생각합니다만······."

"······과거, 사신을 봉인하기 위해 사용된 신기가 있지만, 망가져서 쓸 수 있을지 모르겠군. 조금이라도 힘이 남아있다면 어떻게든 될지 모르지만."

"그 닳아빠진 성검인가. 조사할 가치는 있겠군요."

보고서를 읽고 모든 사람이 절망한 상황에서도 미하로프 법황과 타츠오미의 대화는 계속해서 진행됐다.

그 광경을【야사카 마나부】는 냉랭한 시선으로 바라봤다.

'카와모토······ 부탁이니까 넙죽 받아들이지 마라. 무조건 우리 쪽으로 귀찮은 일이 들어오니까. 그리고 사사키, 절대로 쓸데없는 소리 하지 마······ 부탁이니까.'

현재 실질적 넘버2 위치에 있는 【사사키 다이치】는 따분한 표정으로 회의에 참석해 있지만, 아직 대화에 낄 생각은 없어 보였다.

그는 평소 무슨 일이든 남에게 맡기고, 일이 잘 풀리면 그 성과를 가로챈다.

쉽게 말해서 인간쓰레기다.

예를 들어 화승총은 동료 용사인 【사사키 마나부】(통칭 사맛치)가 제안해 부단한 연구 끝에 어렵게 만들어냈다.

하지만 어느샌가 개발팀 리더 자리에는 다이치가 앉아있었다.

요령이 좋은지, 아무것도 하지 않는 주제에 남의 공은 귀신처럼 가로채며 권력욕도 강했다.

지금은 자기가 용사들의 리더인 척 행세할 정도였다.

'사사키 저 멍청이는 가만히만 있으면 돼. 지금 신경 쓰이는 건 이 드래곤이야. 신전을 습격한다고……?'

전에 마나부가 루나 사크에서 싸운 좀비의 발생 원인은 용사의 혼이 모인 악령이었다.

메티스 성법 신국에 원한이 있다고 생각하면 좀비가 루나 사크를 습격한 이유도 이해할 수 있다. 이 나라를 멸망시키고 싶을 만큼 원망하기 때문이다.

교회와 신전에는 선배 용사들이 가장 원망하는 존재, 신관과 사제들이 대거 모여 있다.

드래곤이 우선해서 습격하는 이유도 증오할 대상이 그곳에 있기 때문이라고 마나부는 추측했다.

'죽은 용사들이 드래곤 몸을 차지해 습격했다……. 이건 너무 억

측인가?'

물론 억측이었지만, 아쉽게도 이 추측을 부정할 근거는 적었다. 오히려 모든 정황 근거가 그의 추측에 힘을 보태줬다.

"……니까 성검을."

"허나 그건 우리나라의 성유물이다. 그것을 함부로 꺼낼 수는……."

"그러니까 더욱 시험해봐야 합니다……. 조금이지만 힘도 남아 있다고 하셨지요? 한 번 시험해서 유용성이 증명되면……."

"허나 성검을 잃을 수는……. 아니…… 분명 국난이긴 하지만……."

타츠오미와 미하로프 법황의 대화는 이어졌고 다른 사제들과 용사들은 여전히 대화에 끼지 못했다.

마나부가 생각에 빠진 사이에도 대화는 진행됐지만, 주장이 충돌한다는 것 말고는 무슨 내용인지 알 수 없었다. 전혀 듣지 않았다.

'……응? 성검?'

사신을 봉인할 때 썼다는 성검은 가까스로 원형을 유지하는 고철이었다. 심하게 파손된 모습이 마나부의 기억에도 남아있었다.

왜 여기서 골동품으로도 못 팔 고철 검 이야기가 나왔는지 모르겠다.

"나라의 운명을 위해서는 다른 방도가 없나……. 헌데 누가 시험할 셈인가."

"아, 그거라면 야사카한테 맡기면 안 돼? 나는 국경의 수인족을 견제해야 하니까 한가한 인간이 검증해야지."

““뭐어?!””

갑자기 옆에서 자기 이름을 들먹인 탓에 마나부와 타츠오미는 높으신 분 앞에서 존댓말도 잊고 무심결에 소리쳤다.

"잠깐, 사사키! 너, 나한테 뭘 시킬 생각이야?!"

"뭐야? 이야기 안 들었어? 성검에 담긴 힘으로 드래곤을 퇴치할 거야. 미리 말하는데 거부권은 없어~."

"웃기지 마, 그런 고물이 전투에 버틸 리 없잖아! 드래곤이 한 대만 쳐도 부러지겠구만!!"

"사신과 싸우고도 원형이 남아있잖아? 그럼 드래곤 정도라면 괜찮겠지."

"아무런 근거도 되지 않아. 정 싸워야 하면 네가 해!(그보다 사사키…… 왠지 태도가 거만하지 않나? 전에는 이 정도로 막 대하지 않았는데…….)"

"어쩔 수 없잖아? 이제 히메지마와 이와타는 없어. 타나베라도 있으면 맡기겠지만, 그 녀석은 솔리스테어 마법 왕국으로 가서 안 돌아와. 다른 애들은 싸울 능력이 없고. 결정된 일이니까 포기해."

"멋대로 결론 내리지 마, 나 혼자서 드래곤이랑 어떻게 싸워!"

다이치는 귀찮은 일을 전부 남에게 떠맡긴다.

아마 드래곤을 마나부에게 떠넘기고 성공하면 그 공적을 자신이 차지할 셈이다. 실패해도 마나부가 죽을 뿐이니까 그는 아쉬울 게 없다.

그리고 난감하게도 다이치의 말대로 전투원 용사는 이제 다섯 명밖에 남지 않았다. 이대로 가면 정말로 드래곤과 정면승부를 하게 된다.

다이치의 태도도 신경 쓰이지만, 지금은 귀찮은 역할을 피하기 위해서 모든 뇌세포를 동원했다.

'젠장…… 어떡하지? 이 드래곤은 뭔가 수상한 구석이 있어. 내가 아는 정보를 공개하면 넘어갈 수도 있겠지만…….'

마나부는 이 위기를 모면할 정보를 쥐고 있었다.

하지만 그 정보는 양날의 검. 이곳에서 공표하기에는 너무 위험했다. 당장의 위기를 벗어나도 암살당하면 주객전도다.

그렇게 고민하던 때, 타츠오미가 도움의 손길을 뻗었다.

"사사키, 네 계획에는 몇 가지 결함이 있어."

"결함? 뭔가 있었나?"

"우선 첫 번째, 드래곤이 언제 어디를 습격할지 알 수 없어. 이넓은 국토를 대책 없이 뒤지고 다닐 수도 없잖아?"

"뭐, 그건 그렇지……."

"두 번째, 우리 용사는 몰라도 일반 기사는 드래곤에게 상대가되지 않아. 보고서에 적힌 내용으로 볼 때, 놈의 거구와 힘에 대항할 수 있는 무기는 없어. 어떻게 할 생각이야?"

"그런 건 알아서 하라고 해. 생각하는 건 내 분야가 아니야."

아니나 다를까, 다이치는 무책임한 대답을 내놨다.

남에게 맡길 뿐이고 스스로 대책을 생각할 마음이 없었다.

"세 번째, 성검에 어느 정도 힘이 남아 있는지 몰라도 시험하지도 않았는데 비장의 무기로 취급하는 건 위험해. 막상 싸우러 나갔는데 아무 힘도 없으면 개죽음당할 뿐이야."

"전설의 무기라는데 좀 더 믿어주지 그러냐?"

다이치는 끝까지 남의 일처럼 말했다.

그런 그의 태도에 마나부도 인내심이 바닥났다.

"그렇게 생각하면 네가 해, 사사키! 능력만 보면 나보다 네가 강하니까. 그리고 미안하지만 나는 이기지 못하는 싸움은 안 하는 성격이야."

"으⋯⋯."

마나부가 물고 늘어질 줄은 몰랐는지 다이치는 말문이 막혔다.

거기서 틈을 주지 않고 마나부가 말을 이었다.

"무엇보다 드래곤은 신전 같은 시설을 공격한다며? 내가 찾는 도중에 여기를 습격하면 어떡하려고?"

"그건 야사카가 생각해. 드래곤 퇴치는 네 역할이잖아."

"내 의지를 무시하고 정하지 마! 나는 승낙한 적 없어."

다이치는 더 할 이야기가 없다는 듯 바로 자리를 뜨려고 했다.

마나부는 적극적으로 전투에 나서는 인간이 아니고, 오히려 보신을 위해 거리를 두다가 위험해지면 내빼는 성격이었다. 이런 최소한의 작전도 없는 무모한 임무는 받을 생각조차 없었다.

그래서 불리해지자 도망치려는 다이치를 견제하기로 했다.

"나는 당분간 원정에도 안 나가."

"잠깐, 야사카. 내 말 못 들었어? 너한테 드래곤 퇴치를 명했다니까?"

"그럼 유효한 작전 정도는 내놓든가. 그게 없으면 내 마음대로 할 거야. 어차피 곧 이곳도 공격당할 테니까."

"……왜 그렇게 생각해? 너, 이 드래곤에 관해서 뭐 아는 거 있어?"

"보고서를 보면 드래곤의 목표는 신전과 교회야. 가끔 요새도 습격하지만, 다음 목표를 특정하기 어렵게 하려는 속임수처럼 보여. 그럼 최종 목적은 여기겠지."

"날개 달린 도마뱀한테 그런 지혜가 있겠냐."

다이치의 낙관적인 대답에 마나부는 어이가 없다는 듯 한숨 쉬었다.

알고는 있었지만, 그는 모든 것을 자기에게 유리한 방향으로 생각하는 인간이었다.

"야…… 신전을 의도적으로 공격하고 있다잖아. 누가 봐도 인간만큼 생각하는 지성이 있다고 봐야지. 사사키, 너 보고서는 똑바로 읽었냐?"

"다, 당연하지. 나는 용사의 리더야. 그런 무책임한 짓은 안 해."

"뭐? 네가 리더라고? 네가 뭐라고 생각하건 내 알 바 아니지만, 그 용사도 나를 포함해서 몇 명 남지 않았어. 그중에서 싸울 줄 아는 사람은 나와 카와모토, 그리고 너뿐이야. 타나베와 이치죠라도 있으면 좋겠지만, 그 녀석들은 사신 탐색 임무를 맡고 타국에 나가 있어. 귀중한 병력을 분산하면 위험하다고 보는데, 그건 어떻게 생각해?"

"으……."

남의 공적을 빼앗는 것은 특기인 그도 갑작스러운 논리 싸움에는 약했다.

이 【사사키 다이치】라는 남자를 한마디로 표현하면 간사한 소인

배였다.

용사로서 능력치는 높은 주제에 소심하고, 강자에게 굽신대며 동급이거나 약자는 내려다본다. 그리고 귀찮은 일을 떠넘기고 공적만 가로채는, 이른바 무능한 갑질 상사 타입이다.

실제로 예전에는 지금보다 말투가 부드러웠지만, 이와타와 히메지마처럼 강한 용사가 사라져 필연적으로 지위가 높아지자 태도가 일변했다. 아니, 본성을 드러냈다고 해야 할까?

타츠오미가 옆에 있었으면 상황은 달랐겠지만, 그가 변경을 돌아보느라 자리를 비운 사이 다이치는 리더 행세를 시작했고(일은 전부 떠넘김), 지금은 타츠오미 앞에서도 태도를 바꾸지 않을 만큼 거만해졌다. 요컨대 나쁜 방향으로 자신감이 붙은 것이다.

그런 문제아가 된 다이치가 꼴 보기 싫었던 마나부에게 타츠오미가 도움을 줬다.

"야사카 의견도 맞는 말이야. 함부로 부대를 움직여도 헛수고로 끝날 가능성이 커. 게다가 기사들도 쉬지 않으면 피로가 쌓여서 움직이지 못해."

"그, 그래……? 그럼 어쩔 수 없고."

"지금 드래곤을 상대하기 위한 장비를 갖춰두지 않으면 이곳이 공격받았을 때 아무것도 못 하고 전멸이야. 사사키…… 무기 생산과 관리는 너희 부서 담당이지? 적어도 대포 정도는 준비해야 할 거야."

"대포……? 야사카, 너야말로 무리한 부탁 하지 마. 일단 오타쿠 자식한테 말은 해두겠지만, 시간 안에 될지 모르겠네."

"사맛치를 너무 혹사시키진 마. 얼마 없는 생산직이니까."

"나도 알아!"

상황이 불리해진 다이치는 조금 불쾌한 표정을 지으며 회의장을 떠났다.

자기 뜻대로 이야기가 진행되지 않아 짜증이 났나 보다.

마나부는 지긋지긋하다는 듯이 한숨 쉬고는 자기 방으로 돌아가려고 자리에서 일어났다.

"사사키도 골치 아프네. 성격이 언제 저렇게 변했지."

"불쌍하다고 생각하면 좀 도와줘, 카와모토~. 저 멍청이, 싸움에는 안 나가는 주제에 교활함만 늘어서 나한테 귀찮은 일이 넘어온다고……. 심지어 이상하게 기고만장해졌어……."

"일을 넘기는 건 나도 마찬가지인데……."

씁쓸하게 웃는 타츠오미에게 마나부도 픽 웃어 보였다.

"그럼 성검 사용 여부는 교회에서 심의해 주시기 바랍니다. 법황님께서도 독단으로 정하실 순 없으실 테죠."

"그, 그래…… 그건 어떻게든 해 보겠네."

용사와【멸마룡 재버워크】의 운명적 만남은 서서히, 하지만 확실하게 다가오고 있었다.

 ## 제10화 아저씨, 데이트(?)하다

날이 밝고 아침의 조용하고 상쾌한 분위기가 사람들의 열기로 소란스러워질 무렵.

아직도 우유부단하게 구는 쟈네를 끌고서 제로스와 루세리스는 산토르 거리로 나왔다.

하지만 여기서 아저씨는 중요한 사실을 깨달았다.

'……큰일 났다. 거리로 나온 건 좋지만, 어디로 가야 하지?'

제로스는 이 세계의 데이트 장소를 모른다.

지구라면 영화나 놀이공원 등 놀거리가 풍부해서 가벼운 마음으로 외출해도 즐길 수 있지만, 문명이 중세 수준인 이세계에는 어떤 놀거리가 있는지 모르겠다.

참고로 젊은 여성들이 어떤 곳을 좋아하는지도 모른다.

왜냐하면 아저씨는 지금까지 자기 관심사에만 몰두해 살아왔으니까.

'이, 이러면 에스코트할 수가 없는데. 난감하네…….'

출발선에 서자마자 위기였다.

"제로스 씨, 어디로 갈까요?"

"글쎄요…… 극장에서 연극을 봐도 되겠지만, 어떤 공연을 하는지 모르겠군요. 일단 가보겠습니까?"

"극장……인가요."

루세리스는 왠지 내키지 않는 눈치였다.

그렇다면 시장에서 쇼핑을 한다는 방법도 있지만, 그러면 데이트가 아니라 평소와 똑같은 장보기가 될 것 같았다.

어떻게 할지 고민하며 쟈네를 보자, 그곳에는 캐주얼한 복장의 잘생긴 여자가 있었다.

"……왜, 왜?"

"아뇨, 잘 어울려서요. 캐주얼한 바지에 스포티한 탱크톱, 그리고 얇은 재킷이라……."

"재킷 말고는 이리스나 다른 애들이 억지로 입힌 거야. 『쟈네 씨, 맨날 편한 옷만 입으면 촌스러워~. 그래서는 여자 실격이야!』 라고 하면서……."

즉, 이리스가 말하지 않았으면 평소 용병들이 입는 편한 옷으로 하루를 보냈을 거라는 말이다. 아저씨는 레나와 이리스에게 지금 당장 굿 잡이라고 말하고 싶었다.

하지만 하루 벌어 하루 먹고 사는 용병이 비싼 옷을 살 수 있을 리 없었다. 아저씨는 아마 헌 옷이라고 예상했다.

"용병 벌이로 살 수 있을 만한 물건을 용케 찾으셨네요. 비쌌죠?"

"상회 하나가 망해서 신품이나 다름없는 옷이 대량으로 시장에 풀렸대. 싸기도 하고, 애들이 추천하는 탓에 무심코 사버렸어……."

"그거 운이 좋았군요. 좋은 옷을 구하셨어요. 정말로 잘 어울립니다."

"그, 그래……?"

쑥스러워하는 모습이 나이에 걸맞게 어려 보여 아주 귀여웠다.

불현듯 내면의 사디스트가 고개를 내밀 정도로.

"루세리스 씨는 평소대로 신관복인가요. 조금 아쉽기도 하네요……."

"저는 결혼할 때까지 신관이에요. 수습에서 더 올라갈 생각은 없지만요."

"그래도 괜찮아? 멜라사 사제장님이라면 보고서를 조작해서 수

습 지위를 유지해줄 것 같은데…….”

“보통은 안 되지만, 이곳은 메티스 성법 신국이 아니니까 어느 정도 자유롭게 행동할 수 있대요. 오히려 다른 분들도 그 나라로 돌아가고 싶지 않아 해요.”

메티스 성법 신국은 결혼을 포함해서 뭘 하든 상부의 허가가 필요하다. 자유를 만끽하며 편하게 살 수 있는 솔리스테어 마법 왕국에서 결혼하는 신관도 적지 않았다.

이단 심문관 같은 징벌자 부대가 무섭기는 하지만, 그들도 이 나라의 허가가 없는 한 입국할 수 없고, 현재는 정치적 압력을 가해 인력을 보낼 여유도 없었다.

타국으로 건너간 신관들은 조국으로 돌아갈 생각 없이 인생의 봄날을 구가했다.

“그 나라는 이제 정말로 가망이 없지 않을까요?”

“이 나라 사람들에게는 강 건너 불구경이죠. 그 나라가 망해도 아무도 신경 안 써요.”

“루, 네가 그렇게 말하면 안 되지…….”

루세리스는 대단한 현실주의자였다.

성자필쇠는 세상의 이치라고 하나, 자신이 소속한 종교 단체의 종주국이 멸망해 가는데도 눈 하나 깜빡하지 않았고, 오히려 연을 끊을 수 있다고 기뻐하는 것처럼도 보였다.

이것도 키워준 사람의 영향일까. 아저씨는 어디 사는 사제장을 의심하지 않을 수 없었다.

“그럼 지금부터 어디에 갈까요?”

"어디가 좋을까…… 시장에 가는 건 어떨까요?"

"루…… 그거 평소에도 하는 장보기잖아. 데이트가 아니라."

"그럼 쟈네가 정해주세요. 저는 이런 건 처음이라서 어디에 가야 할지 모르겠으니까."

"나한테 묻지 마!"

이 세 사람은 연애 경험이 너무 없어서 데이트에서 뭘 하면 좋을지 전혀 알지 못했다.

참으로 헛웃음 나오는 상황이었다.

"흠…… 그럼 두 분이 그립다고 생각하는 곳에 가는 건 어떨까요?"

"그리운 곳……이요?"

"네. 저도 이 도시를 자주 돌아다녔지만, 항상 가는 곳은 정해져 있으니까요. 기왕이면 모르는 곳을 돌아보고 싶어서요."

"그렇게 말해도 우리가 아는 곳이라고는……."

"앗, 그럼 좋은 곳이 있어요. 따라와 주세요."

루세리스가 그렇게 말하며 안내하기 위해 앞장섰다.

제로스와 쟈네도 뒤를 따랐다.

좁은 뒷골목으로 들어가 길을 굽이굽이 꺾어 도착한 곳에는 딱 하나 작은 가게가 있었다.

손님은 대부분 어린아이고 저마다 산 과자를 친구들끼리 교환하며 맛보고 있었다.

'아이들…… 막과자 가게인가?'

가게 상품은 과자와 싼 장난감으로, 분위기가 일본의 막과자 가게와 매우 닮았다.

유일하게 다른 점은 상품인 과자를 대부분 직접 만드는지, 가게 안쪽에 당 특유의 달콤한 향기가 감돈다는 것이었다. 참고로 가게는 쭈글쭈글하고 조그마한 노파가 지키고 있었다.

"와, 그립네. 우리도 자주 여기서 과자를 샀었지~. 아직 있었구나."

"가격도 싸군요. 아이들 용돈으로도 살 수 있을 만큼 저렴해요."

신기하게 향수를 자극하는 가게였다.

동심으로 돌아가는 기분으로 가게 안을 돌아보던 제로스는 또 그리운 물건을 발견했다.

'이 세계에도 이런 게 있구나.'

그것은 작은 봉투 다발로, 안에 아이돌 포토 카드 따위가 들어있는 일종의 뽑기였다.

제로스도 어릴 적 동네 가게에 매달려있는 것을 본 적이 있었다.

'그래도 포토 카드가 들어있지는 않겠지. 표면이 햇빛에 변색해서 뭐가 들었는지 전혀 모르겠구만.'

그런 생각을 하는데 옆에서 아이들이 작은 봉투를 몇 개 뽑았다.

내용물이 굉장히 궁금했다.

"뭐야…… 【만취 길바닥 건배】잖아. 이거 세 장째야~."

"내 건…… 【결혼식 3차 건배】네. 공격력은 200."

"내 건 【재판 승소 건배】. 음…… 공격력은 1500."

'……뭐?'

상품은 아마 카드 게임용 카드 같은데 내용이 이상했다. 왜 마지막에 『건배』가 붙는가.

자기도 모르게 뒤로 돌아 아이들이 손에 든 카드를 엿봤다. 쓰레기 산에 묻힌 회사원 같은 남자가 술병을 한 손에 들고 건배하는 그림이 보였다.

"앗. 【약탈혼 실패 꼴좋다 건배】…… 이거 레어 카드야. 공격력 2500."

"오오, 굉장해~."

"처음 봤어."

'……이건 또 뭐야?'

의미를 알 수 없는 카드에 아저씨는 당혹스러웠다.

다시 선반에 매달린 봉투 다발을 자세히 들여다보자 색 바랜 패키지에 희미하게 『건배 컬렉션』이라고 적혀 있었다.

심지어 판매처는 또 메티스 성법 출판.

카드 게임 사업에도 손을 댔나 보다.

'또 베꼈나…… 이름부터 짝퉁이잖아! 게다가 공격력이라니? 방어력은 없어? 그 이전에 어떻게 노는 거야!!'

"특수 효과는 찬탈 효과가 있는 영애 계열 카드의 공격력 500 저하와 미남 왕자 계열 카드를 덱으로 되돌린대. 거기에 라이프가 매 턴 100 감소."

"""오오~, 세다!"""

'라이프?! 의외로 복잡한 게임인가?'

제로스가 떠올린 모 카드 게임은 특수 효과와 라이프 포인트를 깎는 카드가 다양해져 조합에 따라서 원 턴 킬이나 무한 루프로 덱 파괴가 가능한 고수가 있을 만큼 파고들 요소가 많았다. 그래서 매우 깊이 있는 게임인 동시에 손님을 고르는 게임이기도 했다.

솔직히 막과자 가게에 드나들 아이들에게는 어렵다.

이 건배 컬렉션도 비슷한 게임일 가능성이 컸다.

'이거 정말로 애들용 게임인가? 더 단순해야 인기를 끌지 않으려나……'

모 종교 국가가 무슨 생각을 하는지 정말로 모르겠다.

용사가 푼 지식이 이런 상황을 초래했겠지만, 급하게 돈을 벌고 싶었는지 독점 시장을 노린 느낌이 풀풀 났다.

"어라? 이거 『건코레』가 아니야."

"정말이네…… 【일본 황국 만세】래."

"다른 거잖아."

'설마 『만세 컬렉션』?! 게다가 일본 황국이라고……?'

예상치도 못한 제2탄이었다.

이세계니까 괜찮겠지, 라는 생각으로 아주 막 나갔다.

이런 조악한 카드 게임이 받아들여질 만큼 만성적인 오락 부족인지, 아니면 아이들이 아직 순수해서 빚어진 일시적 인기몰이인지 판단이 서지 않았다.

하지만 이것만은 말할 수 있었다.

『상품명을 좀 더 생각하고 팔아!!』라고—.

"……슬슬 그 나라는 없애는 편이 맞지 않을까?"

"뭐가요?"

"으억?!"

어느새 등 뒤에 루세리스가 있었다.

그녀는 과자가 든 작은 종이봉투를 들고 어리둥절하게 제로스를 보고 있었다.

"깜짝이야…… 언제부터 뒤에 계셨어요?"

"방금이요. 그런데 굉장히 위험한 말을 중얼거리지 않으셨나요?"

"위험한가요? 그 윤리관조차 대붕괴한 서적을 대량으로 찍어서 팔던 나라예요. 이제 사라지는 쪽이 낫지 않을까요?"

"부정은 할 수 없지만, 이런 곳에서 할 말은 아니라고 생각해요."

『부정하지 않는구나……』라고 마음속으로 중얼거리는 아저씨. 동감이긴 하지만…….

그보다 신경 쓰이는 것은 【일본 황국】이라는 국가 이름이었다.

이 카드 게임에 들어간 국가 이름은 명백히 제로스가 아는 것과 달랐다.

물론 판매처의 의향에 따라서 제국이 황국으로 변경됐을 가능성도 있지만, 이 세계가 아무리 오락이 부족하다고 해도 그 정도로 검열할지 의문이었다.

애초에 검열할 정도의 윤리와 도덕성이 있다면 그딴 내용의 만화를 팔도록 허가할 리 없었다.

'나와 다른 세계선의 지구에서 소환된 용사인가…….'

자신의 의지와 무관하게 소환되고, 죽어서 혼만 남아도 해방되지 못한 채 이 세계의 섭리를 침식하는 슬픈 존재.

그런 그들이 남긴 문화도 세계를 침식하는 듯했다.

왜곡된 문화가 퍼지는 것도 심각한 문제지만, 섭리 침식은 이 세계의 붕괴로 이어질 우려가 있고, 최악의 경우 주변 세계까지 말려들 위험도 있었다.

'알피아 씨는 부활시켰지만, 과연 차원 연쇄 붕괴를 막을 수 있을까? 남은 두 마리를 처리하지 못하면 완전체가 되지 못한다고 들었는데…….'

부활한 사신 아가씨는 남은 두 관리 권한 코드를 얻지 않으면 완전체가 되지 못한다. 힘만 무한대인 신은 쓸모가 없다.

우주 규모의 사상(事象)을 관리하는 연산력은 현재 봉인된 채 무용지물이라고 해도 될 만큼 사용되지 않았다.

아니, 정확히는 다른 것을 하려고 초고도 연산력을 최대한 활용해서 어떤 프로그램을 구축하는 중인 모양이었다.

'그러고 보니 요즘 통 안 보이네~. 그런 어처구니없는 존재가 제멋대로 활보하는 것 자체가 공포인데…….'

까맣게 잊고 있었지만, 최근 알피아 메이거스를 보지 못했다.

상처도 나지 않고 병도 걸리지 않는 초고차원 생명체인 만큼 딱히 걱정되지는 않았다. 오히려 세계가 걱정이었다.

그녀의 실수로 오늘 이 순간 세계가 멸망한다고 해도 이상하지 않았다.

"앗, 위험해…… 우리 사신 아가씨, 너무 풀어뒀어."

이제 와서 위험하기 짝이 없는 존재를 풀어놨다는 사실을 깨달았다.

방치한 결과, 어디선가 4신 중 하나를 주워 와서 2층 창고에 봉인 중이지만(윈디아도 있다는 사실은 모른다), 또 이상한 것을 주워오지 않을지 걱정이었다.

"알피아 씨가 왜요?"

"……아뇨, 못 본 지 꽤 돼서 지금 어디서 뭘 하는지 궁금해졌을 뿐입니다."

"노점에서 자주 보여요. 교회에도 식사하러 오고요. 그리고……."

"그리고?"

"지금 저 안쪽에서 과자를 사려고 하는데요?"

"……네?"

안쪽의 과자 공방에 많은 아이들이 모여 있었다. 그리고 그 아이들 사이에 익숙한 고스로리 소녀가 섞여 있었다.

왠지 옆에 있는 쟈네와 다투는 듯했다.

"……어, 어느새. 가게에 들어왔을 때는 없었죠?"

"저도 지금 봤어요."

"쟈네 씨와 다투는 것 같군요."

"다투네요……."

조리장 앞에서 대기하는 아이들과 고스로리 신.

왠지 쟈네도 그사이에 섞여서 고스로리 신과 다투는 중이었다. 말싸움까지는 아니고 티격태격하는 수준이지만.

"왜 안 된단 말이냐!"

"여기에 줄 선 아이들을 생각해. 다들 기대하면서 기다리잖아."

"흥, 돈은 냈으니까 상관없지 않나. 나는 손님이다. 게다가 점원이 아닌 그대가 왜 이토록 깐깐하게 구는지 모르겠구먼. 가게에서 손님은 신이 아닌가."

"네가 막 만든 과자를 전부 독점하려고 하니까 그렇지!"

"……."

사신 아가씨는 금방 완성된 과자를 독점할 속셈이었다.

아이들이 얼마 되지 않는 용돈으로 과자와 장난감을 사러 오는 가게에서 어른의 쇼핑을 보여주다니, 어른스럽지 못한 것을 넘어서 주접스럽다.

이런 모습을 보면 고위 존재의 위엄 따위 없는 것이나 다름없었다.

"아저씨…… 일단 댁이 보호자잖아. 조금이라도 일반 상식을 가르쳐야 하지 않아?"

"와우, 나한테 불똥이 튀네? 안타깝게도 알피아 씨에게 일반 상식은 안 통합니다. 그나저나 왜 이렇게 먹을 것에 환장하게 됐는지 원……."

"무례하긴. 나도 일반 상식은 이미 숙지하고 있다. 따를 생각이 없을 뿐이야. 그게 개성 아니더냐?"

"그런 건 개성이 아냐! 단순히 떼쓰는 애지. 아저씨가 봐줘도 나는 안 봐줘."

"떼쓰는 것도 개성 중 하나다. ……뭐냐? 그 답도 없다는 듯한 눈빛은. 무례하지 않은가."

주위 사람들이 볼 때 알피아는 답도 없는 인간 그 이상도 그 이하도 아니었다.

물론 그녀는 인간 따위를 벌레 정도로밖에 보지 않았다. 사람이 벌레의 눈치를 보지 않듯이, 그녀도 자기 마음대로 행동할 뿐이었다.

거기다 악의가 전혀 없었다.

"잠깐 안 보인다 싶더니 이런 곳에 죽치고 있었어요? 굳이 전부 살 필요도 없을 텐데…….”

“매일 오지는 않으니까 이 정도는 봐줘도 되잖나. 일 하나를 마치고 돌아왔건만, 참 좁쌀 같은 녀석인지고.”

“적어도 아이들에게 관용을 보여야 하지 않을까요?”

“고위 존재인 내가 어린아이를 신경 쓸 필요는 없지 않나?”

“고위 존재라면 그 위치에 맞는 도량을 보여야죠. 옆에서 보면 평범하게 심술부리는 어린애 같으니까요.”

“으으…….”

어디서 어떻게 봐도 어른스럽지 못한 꼬맹이로밖에 보이지 않았다.

이런 게 세계를 관리하는 존재라고 생각하면 머리가 아프다.

“그런데 뭘 그렇게 사들이려고 했죠?”

“포와와르라는 튀김과자다. 그대들 말로는…… 사타안다기[#7]가 비슷할지 모르겠군.”

“아…… 찹쌀도넛 같은 거군요.”

“하나가 엄지 끝마디 크기라서 한입에 먹기 좋고, 옛날부터 아이들 간식으로 팔렸어요. 저와 쟈네도 어릴 적에 자주 먹었어요.”

“사제장님이 선물로 자주 사왔지……. 그때마다 고주망태였지만.”

어린아이도 살 수 있는 가격이라면 대량으로 사도 큰 금액은 아닐 것이다.

사제장이 선물로 사기에 적당했는지도 모르겠다.

“오래 기다렸지? 막 완성했단다.”

“나왔다~! 나한테 전부 팔아라!!”

#7 **사타안다기** 일본 오키나와의 요리. 설탕을 넣고 반죽한 튀김빵.

"그만두라니까……. 아이들이 먼저야."

"놔라, 나도 손님이다! 이 천벌 받을 녀석!"

사신 아가씨는 고위 차원 생명체인데 어른스럽지 못했다.

쟈네에게 뒤에서 붙잡힌 사신님을 힐끗 보면서 아이들은 완성된 과자 앞으로 몰려들었다. 보기만 해도 훈훈한 광경이었다.

'막과자 가게에도 비슷한 과자가 있었지~. 방울빵이었나…….'

그리움을 느끼면서도 아저씨는 아이들을 흐뭇하게 바라봤다.

"쟈네, 오랜만에 우리도 사 먹을까요?"

"뭣이?!"

"그래, 보고 있으니까 나도 먹고 싶어졌어."

"뭐라고?!"

옛 추억이 떠올랐는지 루세리스와 쟈네도 아이들 뒤에 줄 섰다.

그것이 불만인지, 사신 아가씨는 아저씨에게 따지고 들었다.

"저, 저건 괜찮은 거냐?! 저 둘도 어른이잖나!"

"저 두 사람은 알피아 씨와 달리 독차지하지 않으니까 괜찮아요. 눈치도 없이 전부 사버리려는 사람이 문제지. 그러고도 신이에요?"

"으으으……."

이번에는 아저씨에게 뒤에서 붙잡힌 채 아이들이 과자를 사는 광경을 원망스레 바라보는 사신 아가씨. 그래도 미련을 버리지 못했는지 팔다리는 계속 버둥거렸다.

아저씨는 『이런 거한테 세계의 관리를 맡겨도 괜찮을까……』라고 마음속으로 생각하면서 나직하게 한숨 쉬었다.

◇　◇　◇　◇　◇　◇　◇

어른의 쇼핑을 하려던 주접스러운 신을 강제 연행해 네 사람은 뒷골목을 걸었다.

'뭔가, 데이트 분위기가 아닌데.'

만나지 않아도 될 사람을 우연히 만난 탓에 당초 목적에서 크게 벗어나고 말았다.

"으…… 이 정도로는 간에 기별도 안 가."

"샀으면 됐지. 원래 아이들을 배려하는 게 어른의 역할이야. 너는 왜 그렇게 식탐을 부려?"

"인간 유체를 배려할 필요가 있나? 가만히 둬도 잡초처럼 자라나고 삽시간에 세계를 먹어 치우며 불어나는 생물이건만."

'인간이 아니니까 별수 없지…….'

애초에 사고방식이 인간과 달랐다. 알피아가 보면 인간이나 미크론 단위의 미생물이나 크게 다르지 않았다.

처음부터 배려의 대상이 아닌 것이다.

인간의 윤리를 떠들어 봤자 소귀에 경 읽기다.

"루세리스 씨, 이 골목을 따라가면 어디로 이어지죠?"

"이 앞은 중앙 공원 근처의 시장이에요. 옛날에는 이곳에서 뛰어놀곤 했죠."

"그리고 각목을 한 손에 들고 허구한 날 싸움질이었지. 뭐, 각목은 흉기가 아니라 그냥 폼이었지만……."

"……."

당시를 그리워하는 쟈네.

애들 싸움이라고 알고 있어도 유난히 살벌하게 들리는 것이 신기했다.

자세한 부분까지는 알 수 없지만, 개구쟁이들의 골목 싸움을 벌였나 보다.

"우호? 저쪽에서 좋은 냄새가 나는구면~."

"이 냄새, 고기라도 굽나? 그런데 식탐이 왜 그렇게 강해요?"

"무슨 상관인가? 돈을 내는 한 나는 손님이다."

"그렇기는 하지만, 왠지 묘한 예감이 드는데…….."

아저씨는 뭔가를 직감했지만, 그 정체를 알 수 없어서 곤혹스러웠다.

그러는 사이 뒷골목에서 빠져나왔고, 눈앞에 시끌벅적한 시장 풍경이 펼쳐졌다.

이미 많은 사람이 모인 시장은 손님을 모으려고 목청껏 소리치는 노점상이나 가격 흥정으로 흥분한 손님 등으로 북적였다.

"활기가 넘치는군요."

"쟈네 옷도 여기서 샀죠?"

"싸기도 했고, 레나랑 이리스가 등을 떠밀어서…….."

"그만큼 깨끗하면 신품이나 다를 바 없어서 꽤 값이 나갔을 텐데 용케 깎았군요? 거의 정가에 팔아도 이상하지 않아 보이는데."

"아, 그거. 레나가 가게 주인 귓가에 뭐라고 말하는 것 같았어…….. 깊이 추궁하지는 않았지만, 아는 사이였나 봐."

"친구라서 싸게 판 걸까요?"

세 사람은 모른다.

도박과 여자를 좋아하는 노점상 주인이 며칠 전 카지노에서 레나에게 흑심을 품고 도전했다가 팬티 한 장 남기지 않고 홀랑 털렸다는 사실을.

그날 레나는 자비로 개평을 떼어주고 옷을 돌려주는 대신 물건을 살 때 그만큼 할인해 달라고 협상했었다. 제대로 계약서까지 써서.

그런 사정을 모르는 제로스 일행은 『정이 넘치네~』라며 감탄했지만, 실상은 그렇게 아름다운 이야기가 아니었다.

"어라? 알피아 씨가 안 보이네요?"

"냄새에 끌려서 노점으로 달려갔어."

'정말 고위 존재의 위엄은 눈곱만큼도 없네…….'

보이지 않는 곳에서 뭘 하는지 모를 사신 아가씨지만, 다행히 이번에는 금방 찾을 수 있었다. 예상대로 꼬치구이 노점 앞에서……. 식욕에 한없이 충실한 신이었다.

하지만 또 가게 앞에서 다툼이 벌어진 모양이었다.

"왜 안 된다는 말이냐!"

"이거 보셔, 아가씨. 우리 가게 음식이 마음에 든다는 건 솔직히 기뻐. 그런데 전부 살 필요는 없잖아? 그럼 다른 손님이 못 사."

"내가 돈을 내지 않나? 그대한테도 딱히 손해가 아닌데 왜 개수를 제한하지!"

"내가 시행착오로 도달한 맛을 더 많은 손님이 맛봤으면 좋겠어. 한 명만 독점하는 건 바라지 않아. 이건 나만 그런 게 아니고 다른 가게도 똑같아."

"이해가 안 된다. 나는 대가를 지불해 그대에게서 상품을 샀어. 거기에 무슨 문제가 있지? 정당한 수순을 거쳤는데."

"그러니까 그런 이야기가 아니라고."

"'…….'"

사신 아가씨는 어른의 쇼핑 상습범이었다.

아저씨를 포함해 고개를 절레절레 흔들고 있었다.

"그럼 무슨 이야기냐!"

"아…… 한 명을 위해서 고기를 굽기보다 많은 사람이 먹길 바랄 뿐이야. 그리고 단 한 명을 위해서 날이 저물 때까지 고기를 굽는 건……."

"나는 손님이다! 그대는 손님을 무시할 셈인가!"

가게 상품에 의미도 없이 트집을 잡는 진상 손님과 달리 사신 아가씨는 상품을 정당하게 평가하고 요금을 지불해서 전부 사겠다고 하니까 더 까다로웠다.

가게 쪽에서도 큰손을 함부로 내치기는 어렵다.

"자자, 가게 사람이 곤란해하니까 그만하자~."

"우웃?! 그대, 뭘 하는 건가! 놔라, 나는 꼬치구이를 살 거다!"

"개수를 제한했어도 샀으니까 됐잖아요. 게다가 남은 돈으로 다른 가게도 돌아볼 수 있고."

"으으…… 어쩔 수 없군. 그럼 다른 가게를 돌아―."

사신 아가씨가 다른 가게에 시선을 옮기자 노점 주인들은 일제히 어떤 간판을 내걸었다.

그곳에는 사신 아가씨에게 판매 개수를 제한한다는 내용이 적혀 있었다.

"……."

"지금까지 몇 번이나 사재기한 거예요? 식품을 다루는 가게는 대부분 저런 반응인데……."

"이해할 수 없다!"

사신 아가씨는 몹시 화가 난 모양이었다.

여기서 아저씨는 눈치챘다.

『어라? 이렇게 많은 가게에서 상품을 살 만큼 돈을 줬던가?』라고—.

아무튼 지금은 사신 아가씨가 포기하도록 설득하는 쪽이 우선이었다.

비위를 거스르면 홧김에 도시 하나가 소멸할지도 모르니까…….

토라진 알피아와 헤어지고 공원에 온 제로스 일행.

벤치에 앉아서 눈앞의 한가로운 풍경을 느긋하게 구경하며 방금 가게에서 산 과자를 먹었다. 마치 공원에서 하염없이 시간을 보내는 노인처럼.

하지만 사람은 갑자기 정신이 차리고는 한다.

'……응? 이거 데이트보다는 그냥 산책 아냐?'

아저씨는 학창 시절 이후 이상할 만큼 여자와 연이 없었다.

당시에도 방과 후 귀갓길에 서점이나 패스트푸드점에 들르는 정도였다.

달리 말하면 이건 귀갓길의 연장선에 지나지 않으며 빈말로도 데이트라고 부를 수 없었다.

그런 경험밖에 없는 아저씨라도 벤치에 앉아 아무 말도 하지 않고 일광욕할 뿐인 상황이 데이트는 아니라고 느끼고 있었다.

'이게 아니지 않나? 게다가…….'

공원을 돌아보자 아이를 데리고 온 가족이 피크닉을 즐기고 있었다.

이 정도는 원래 세계에서도 흔히 보던 광경이니까 괜찮지만, 문제는…….

"원 모어 셋!"

""""""원 투!! 원 투!!""""""

상의를 탈의하고 풀 페이스 헬멧을 쓴 거한이 험상궂은 남자들을 줄줄이 이끌고 운동하고 있는 점이었다.

굵은 땀방울이 튀어 올라 반짝이고, 도파민과 아드레날린이 철철 흐르는 남자들은 대단히 상쾌한 웃음을 지으며 일사불란하게 힌두 스쿼트를 하고 있었다.

"근육은 거짓말을 하지 않는다!! 오늘의 아픔이 내일의 나를 강하게 한다! 깡으로 버텨라!!"

""""""서, 옛서!!""""""

화사한 봄볕이 내리쬐는 공원인데 일부분이 한여름처럼 뜨거웠다.

"미안한데…… 데이트는 이런 게 아니지? 우리, 그냥 산책하는 거 아니야?”

“저한테 물으셔도…….”

쟈네의 솔직한 감상은 아저씨도 생각했었다.

하지만 그보다 신경 쓰이는 것이 남정네밖에 없는 집단이었다.

그 사이에— 정확히는 그 중심에 있는 인물이 제로스가 잘 아는 사람이었기 때문이었다.

'【봄버 나이트】…… 아니, 【마스크드 르네상스】. 당신, 그 사람들은 대체 뭐야? 이 세계에서 프로레슬링을 개업…… 아니, 개최? 하려고 하나?'

프로레슬러 【봄버 나이트】.

닉네임은 【마스크드 르네상스】.

【소드 앤 소서리스】에서는 【머슬 밀레니엄】이라는 클랜에 소속한 고인물 공략팀이었다. 그 클랜은 싸움을 최고의 가치로 여기는 전투 중독자 집단이며 『나보다 강한 마물을 만나러 간다』라는 슬로건을 내걸고 근육과 전투 절대주의를 관철했었다.

그리고 【섬멸자】들이 제작한 정신 나간 장비의 단골손님이기도 했다.

“상관없는 이야기지만, 저 땀내 나는 근육질들은 대체 뭘까요?”

“루…… 말에 가시가 있지 않아? 뭐, 땀내 난다는 건 동감이지만. 저 녀석들은 최근에 생긴 클랜이야. 아마 【머슬 허슬즈】라고 했지…….”

“유명한가요?”

“주로 품행 불량한 용병을 갱생하는 곳으로 유명해. 서쪽에 돈

을 떼먹는 용병이 있으면 바로 달려가서 플라잉 보디 프레스. 동쪽에 돈을 갈취하는 용병이 있으면 찾아가서 베어 허그."

'그거【소드 앤 소서리스】에서도 했었지. 악몽의 근육 포옹이라고 불렸어. 마스크 씨는 세상이 바뀌어도 여전하네. 정말 한결같아…….'

잘 지내는 것 같아서 다행이다.

하지만 제로스는 굳이 나서서 인사하려고 하지 않았다.

그 이유는ㅡ.

'저 사람, 내가 일부러 마른 아저씨 캐릭터를 쓰는데『크하하! 그런 빈약한 캐릭터 따위나 쓰다니, 한심하구나. 남자라면 힘이 있어야 한다! 바로 나의 아름다운 육체처럼 말이지. 머슬!!』같은 소리나 했었으니까.'

ㅡ그렇다고 한다.

심지어 게임 아바타인데『근육을 키워라! 삐삐 마른 몸으로 적을 해치울 수 있겠나』라며 말도 안 되는 소리를 해 댔다.

게임에서 마른 체형의 캐릭터는 아무리 단련해도 능력치만 오르지 실제로 근육은 붙지 않는다. 머슬 보디는 절대로 될 수 없다.

그런데도 억지로 육체 강화를 강요하는 것이다.

지금 만나면 녀석들의 동료로 끌어들일 것이 분명하니까 아저씨는 자기 몸을 지키기 위해 다가가지 않는다. 연관될 생각도 없다.

"전원, 라스트 스퍼트다! 어메이징 머슬 스트레치를 실시하겠다. 근육을 갑자기 쉬게 할 수는 없으니까 말이지."

"""""YES! 머슬, 머슬, 허슬, 머슬!!"""""

그리고 시작되는 뭔지 잘 모를 기묘한 근육 댄스.

어디가 스트레치인지 모르겠지만, 빵빵하게 펌핑한 근육을 아낌없이 드러내 춤추는 그들은 필요 이상으로 빛나고 있었다.

"……우리는 왜 저런 걸 보고 있는— 아니, 우리가 뭘 보고 있는 거죠?"

"그, 글쎄……."

'……'

아저씨는 동향인의 기행에 부끄러운 나머지 눈을 돌리고 말았다.

아이들이 손가락으로 가리키고, 부모가 그걸 막으며 아이를 데리고 도망쳤다. 대낮부터 술을 마신(아마 심야부터 밤새도록 마셨을) 팔자 좋은 아저씨들이 머슬즈를 안주 삼아 흥을 돋웠다. 구경꾼도 늘어나고 공원 안은 차차 혼돈의 도가니로 변해 갔다.

"……포와와르, 오랜만에 먹으니까 맛있네. 쓴맛과 텁텁함, 산미와 매운맛이 합쳐져 천상의 맛이 돼."

"쟈네, 마음은 이해하지만, 현실에서 눈을 돌리지 마세요."

"눈을 돌릴 수 있으면 얼마나 행복할까……. 뭐, 정신적으로 도망쳐도 현실은 전혀 변하지 않지."

"제로스 씨…… 이제 그만, 여기서 떠나지 않을래요? 저들을 보면 『근육 최고』나 『Power는 근육이다!』라는 환청이 들리는 것 같아요."

"그거 큰일이네요. 그럼 세뇌당하기 전에 적당한 가게에 들어갈까요? 앗, 보석상이라도 가볼까요. 듣기로는 마도구도 판다고 하니까 용병인 쟈네 씨도 관심이 생길지 모릅니다."

"그, 그러네요……. 이렇게 보여도 쟈네는 소녀 감성이라서 사실 보석류에도 관심이 많아요."

아저씨 일행은 열기로 달아오르는 공원을 재빨리 빠져나왔다.

이 세계는 다양한 의미로 오락에 굶주려 있나 보다.

한편 그 무렵, 제로스 집 지하에서 구시대 병기를 분해하는 아도
와 에로무라는—.

"……."

—입도 열지 않고 작업하고 있었다.

물론 분해하는 사람은 아도 한 명뿐이고 에로무라는 분해된 부
품을 분류하고 있었다.

제로스만큼은 아니지만, 아도의 작업 속도는 빨랐고 에로무라의
눈앞에는 기재와 금속 장갑이 산더미처럼 쌓여갔다. 혼자서는 도
저히 아도의 속도를 따라갈 수 없었다.

에로무라는 차츰 초조해졌다.

'……어쩌지. 장갑은 알겠지만, 기재는 어떻게 나눠야 할지 모르
겠어.'

에로무라의【감정】레벨로는 기재를 구별할 수 없어 생김새로 판
단할 수밖에 없었다. 하지만 같은 경비용 무인 병기라도 사용하는
부품이 미묘하게 달랐다.

아마 제작 연도나 표준기와 실험기 같은 용도 차이 때문이겠지
만, 그마저도 에로무라는 알지 못해서 분류 작업이 난항을 겪고

있었다.

'이미 산처럼 쌓였어. 돈을 받으니까 일을 끝마치고 싶지만, 이 거 할 수 있나?'

유압 서스펜션이나 마도력 기관 같은 부품이라면 그나마 낫지만, 이 안에는 유탄이나 미사일 같은 위험한 물건도 섞여 있었다. 이런 무장은 폭발할 위험이 있어서 신중하게 옮겨야 하며 아무래도 분류 작업이 늦어질 수밖에 없다.

신경 쓰기만 해도 목이 탔다.

'수시로 쉬어주지 않으면 정신이 못 버티겠어…….'

에로무라는 이미 집중력의 한계를 맞이했다.

이 이상 계속하면 반드시 실수를 저지른다는 확신이 들었다.

"아도 씨, 나 조금만 쉬고 싶은데……."

"……."

"이봐~, 아도 씨~."

"……."

"듣고 있어?"

"……."

아도는 묵묵히 작업을 계속했다.

"……아도 씨, 야겜은 야외나 양호실, 공중화장실, 만원 전철에서 다양한 플레이를 하지만, 현실에서 그러면 바로 쇠고랑 차겠지?"

"푸흡?!"

"나는 현실에서 있을 수 없는 일이니까 그런 시추에이션의 배덕 감에 흥분한다고 생각해……. 현실에서 하면 위험하지만."

"누가 물어봤냐?! 뜬금없이 무슨 소리야!!"

"누구나 처음에는 야겜의 자극적인 내용을 즐기고 당연하게 흥분하지만, 어느 순간 갑자기 깨닫게 돼.『이런 상황은 말이 안 된다』,『이런 일은 일상에 존재하지 않는다』라고……. 아도 씨, 이것만은 기억해줘. 야겜이나 야한 만화의 시추에이션은 현실적으로 절대 있을 수 없다고."

"왜 나한테 갑자기 그런 이야기를 해?!"

에로무라 군은 계속해서 말했다.

"화면 너머의 그녀들이 아무리 이상적이라도 어차피 2차원 속 존재. 귀여워하고 욕정하는 우리의 마음에 보답해주지 않지. 그렇게 깨달았을 때, 갑자기 마음이 공허해져……."

"증상이 심각하군……. 원래 다 그런 거 아니야? 같은 남자로서 마음은 이해해줄 수 있지만……."

"현실에서 가정을 차린 아도 씨가 인기 없는 내 마음을 어떻게 알아!!"

"도망칠 곳이 전부 막히고 선택지조차 주지 않는 중증 얀데레한테 사랑받는 게 얼마나 힘든지 네가 알아? 타락 순애로 스릴 넘치는 나날, 때때로 쇼크와 서스펜스, 일부 지역에서 피바람이 부는 폭력성 주의보라고. 로맨스의 신도 식칼을 보고 도망칠 정도야."

"무슨 말인지 모르겠…… 아냐, 내가 미안."

남의 떡이 커 보인다는 말이 있지만, 아도의 경우 내 떡에서 피 냄새 난다는 말이 더 어울릴 것이다. 경우에 따라서는 진짜 피 냄새를 맡는 수가 있다.

주로 유이의 손에서…….

"그보다 왜 야겜 토크가 시작된 거야?"

"피곤해서 잠시 쉬려고 말을 걸었는데 아도 씨가 전혀 반응이 없길래……."

"아…… 단순 작업에 지쳐서 잠깐 놀고 있었어."

"놀아?"

아도의 손을 보자 용자 시리즈 첫 번째 작품의 로봇이 움직이고 있었다.

심지어 작중에서는 절대로 하지 않을 기묘한 포즈를 잡기도 했다.

아마 마도 연성으로 소형 골렘을 만들고 놀았나 보다.

"남이 묵묵히 분류 작업을 하는 동안 그런 거나 만들었어?!"

"그런 거나, 라니! 변형 합체도 가능하고 프로포션도 엄청 신경 쓴 혼신의 역작이라고! 이 정도로 재현하기가 얼마나 어려운지 알아?!"

그렇게 아도의 로봇 토크가 시작됐다.

아도도 정도의 차이는 있으나 아저씨와 같은 부류, 진성 오타쿠였다.

 ## 제11화 아저씨, 약혼하다

어두운 복도에서 신발 소리만 울린다.

창문은 전부 커튼으로 가려 외부에서 내부를 볼 수 없도록 해 두었다.

그 어둠 속을 걷는 자는 용사【사사키 다이치】.

그는 복도에 있는 어떤 방 앞에 멈춰서 힘껏 방문을 걷어찼다.

"야~, 오타쿠 있냐? 할 얘기가 있어."

마치 조립 공장 같은 방에서는 여러 사람이 저마다 맡은 작업을 하고 있었지만, 갑작스러운 방문자에게 놀라 그들의 시선이 다이치에게 집중됐다.

그중에서 한 명, 통통한 청년이 다이치에게 말을 걸었다.

【사사키 마나부(통칭 사맛치)】— 개발팀에서 무기를 개발하는 생산직 용사였다.

"뭐, 뭐냐능? 여기서는 화약도 다루니까 평범하게 들어와 달라능."

"그딴 건 내 알 바 아니고, 빨리 대포를 만들어줘. 지금 당장."

"갑자기 말해도 안 된다능. 지금도 청동 내구도를 조사하는 중이고 양산은 엄두도 못 내는 상황이라능. 게다가 우리만으로 일손이 부족해. 사람을 더 모아주면 좋겠다능."

"시간이 없어. 야사카한테 대포를 주지 않으면 나도 드래곤 퇴치에 끌려가게 생겼으니까 어떻게든 해 봐. 무기 개발은 네 담당이잖아."

"드래곤?!"

다이치는 지금 국내에서 날뛰는 드래곤에 관해서 대충 알려줬다.

그는 회의에 출석은 했지만, 이야기는 거의 듣지 않았고 보고서도 대강 훑어봤을 뿐이라서 머리에는 단편적인 내용밖에 들어있지 않았다. 그래서 거두절미하고 『드래곤을 해치우게 대포를 만들어』라고 말할 수밖에 없었다. 하지만 대포를 만드는 쪽인 개발팀은 골치 아픈 일이 들어왔다고 낙담하고 있었다.

애초에 대포를 만들기란 말처럼 쉽지 않았다.

그래서 나온 결론이 『안 된다능』이라는 한마디였다.

"내가 하라고 말하잖아, 오타쿠!"

"주조 기술이 이렇게 미숙하면 대포는 어림도 없다능. 만들 방법이 없다능."

"네 스킬 【제련 가공】으로 어떻게 안 돼? 금속을 【제련 추출】할 뿐 아니라 【합금화】나 【가공】까지 가능한 사기 스킬이잖아?"

"가공하려면 막대한 마력이 필요해서 많이 못 만든다능. 게다가 재료도 부족하다능. 구리, 주석, 납…… 재료가 모여도 쓸만한 물건이 완성될지는 자신 없다능. 폭주하기라도 하면 참사가 벌어진다능."

"쓸모가 없어! 아아~, 옆에 있는 약소국은 어설트 라이플을 개발했는데……."

"엥?"

그건 사맛치가 알고 싶지 않았던 정보였다.

그는 기본적으로 오타쿠지만, 본질은 【야사카 마나부】를 닮았다.

기술 발전이 나라를 부강하게 한다고 믿고 원래 세계의 기술을 재현하고자 연구하고 있었다. 아직 실용화 단계는 아니지만, 증기 기관의 원형도 완성됐다.

그래서 이 정보가 얼마나 위험한지 순식간에 이해하고 말았다.

"잠깐, 다이치…… 지금 뭐라고 했냐능? 어설트 라이플?! 옆 나라라면 설마, 솔리스테어 마법 왕국?!"

"아마도? 야사카가 낸 보고서에 적혀있었어……."

"이 나라…… 끝났다능. 서쪽 대국에 동쪽의 무식하게 강한 민족 국가, 북동쪽의 산악 국가에 북쪽 수인족. 남쪽 마법 국가…… 적이 너무 많다능. 특히 남쪽이 위험하다능."

"뭐? 무슨 소리야? 여기는 나라 전체로 보면 대국이야. 병력에도 여유가 있고."

"우리는 지휘관이 부족하고 신성 마법은 공격에 적합하지 않다능. 그에 비해 솔리스테어는 공격 마법을 쓸 수 있는데 거기에 총까지 더해지면 손쓸 방법이 없다능. 일방적인 학살이 될 거라능. 싸울 수 있는 용사가 몇 명이나 있든 먼저 나라가 멸망하면 의미가 없다능."

"화승총이 있잖아. 숫자가 곧 힘이지."

"우리가 한 발 쏘는 동안 적은 수천 발이나 쏜다능. 심지어 마법을 이용하면 화약을 쓸 필요도 없다능."

이해해주지 않는 다이치에게 사맛치는 끈기 있고 친절하게 설명했다.

그것은 【야사카 마나부】가 위험시하던 상황과 일치했다. 얼마나 큰 위기가 닥쳤는지 이해했을 때, 다이치의 표정은 새파랗게 질려 있었다.

전쟁의 양상이 기사 대 기사가 아니라 기사 대 현대 무기로 바뀐다는 뜻이기 때문이었다. 아무리 다이치라도 저격소총으로 노리면 피할 수 없었다.

용사의 존재 이유가 사라지는 것이다.

"—그런 고로 전쟁이 벌어지면 100퍼센트 진다능."

"……돌겠네~. 그럼 더 대포가 필요하잖아."

"그러면 상대방도 대포를 만들어 올 거라능. 그것도 무시무시하게 빠른 시간 안에……. 화약 대신 마법으로 포탄을 쏜다고 가정하면 위험성은 수직 상승이라능."

"아, 아직 국가끼리 전쟁이 일어난다고 정해지진 않았어. 지금은 드래곤 퇴치부터 먼저 생각하자고……. 대포 시작품 정도는 준비할 수 있지?"

"어렵다능. 폭발 위험도 있지만, 그 이전에 드래곤에게 통할지 알 수 없다능. 무엇보다 하늘에서 브레스 공격을 하면 우리가 유폭에 휘말린다능."

"그거, 성벽 위에 설치할 수 없어?"

"안 된다능. 화약통은 근처에 둬야해서 하늘에서는 훤히 보인다능. 위험하다고 판단하면 바로 노릴 거라능."

대포 제작은 실험 단계고, 더군다나 폭발 위험이 있어서 주변의 피해도 고려해야 했다. 드래곤이 하늘 높이 도망가면 노릴 수 없다는 단점도 있었다.

전쟁에서 제공권을 쥔다는 것은 생사여탈권을 쥐는 것과 같은 의미였다.

"딱 달라붙어서 쏴버리는 게 효과는 클 거라능. 통할지 어떨지는 몰라도."

"그건 야사카한테 맡겼어. 싸우는 건 그 녀석이니까 나는 관계없지."

"야 씨도 고생이라능."

"잔말 말고 숫자만 맞춰 둬. 이건 명령이야!"

사맛치는 무리한 임무를 떠맡은 지인을 동정했다.

이날부터 현장은 화승총 양산을 중단하고 대포 시작품 개발에 착수했다.

대포가 드래곤— 재버워크에게 통할지는 실전에서 밝혀질 것이다.

산토르 중앙 대로에 점포를 둔 보석상 【주얼리 선샤인】.

귀금속을 다루는 가게지만 꽤 노포다운 품격이 있고, 마석도 보석의 일종으로 여기는 풍속 때문에 마도구도 판매하여 돈 많은 용병들도 자주 방문한다.

생활비도 빠듯한 쟈네에게는 이 가게의 입구가 성문에 필적할 만큼 두꺼워 보였고, 관심이 있어도 지금까지 한 번도 안으로 들어오지 못했다.

제로스에게는 평범한 가게일 뿐이지만, 그녀에게는 상류층의 분위기가 물씬 풍겨 자꾸만 위축되고 말았다.

여담이지만, 벨라돈나의 마도구 가게도 근처에 있으나, 이 가게와 달리 파리만 날리고 있었다.

제로스도 오랜만에 가게를 봤는데 깜찍하던 외관이 흉가처럼 변했고 까마귀 떼가 모여 있었다.

귀신의 집이라고 소개하는 편이 나을지도 모르겠다.

'그 가게는 이제 틀렸을지도 몰라.'

새삼스러운 말을 중얼거리는 제로스 옆에서 루세리스와 쟈네가 살짝 다투고 있었다.

"저, 정말로 들어가?"

"쟈네도 전에 여기에 오고 싶다고 말했잖아요."

"그렇긴 하지만, 마도구는 비싸. 액세서리에도 관심은 있지만."

"그럼 보기만 하면 되잖아요."

"나 같은 거지가 들어가려면 마음의 준비가 필요하다고."

"왜 그렇게 자존감이 낮아요?"

마도구 핑계를 대지만, 사실 진짜 관심 분야는 액세서리일 것이다.

다만, 가게 앞까지 와서 내빼려는 것은 너무 겁쟁이가 아닌가, 라고 제로스는 생각했다.

가게에 들어가기만 할 뿐인데 마음의 준비가 필요하다는 게 웬 말인가.

"마도구는 재료만 모으면 제가 만들 수도 있답니다~. 뭔가 이런…… 적당히 위험한 걸."

"위험한 거 한정이야?"

제로스에게 귀금속은 소재에 불과해서 비싼 돈을 내면서까지 사는 마음을 이해할 수 없었다. 기본적으로 가치관이 일반인과 어긋나 있었다.

지구에서도 그 정도 인식밖에 없었기 때문에 이세계에서 그 어긋한 가치관은 자기도 모르는 사이 강화되어 이제는 관심조차 가지 않게 됐다.

"저는 귀금속을 쓸만한가 아닌가로 평가하니까 여성들이 좋아하는 이유를 잘 몰라요. 보석 장식품을 봐도 디자인을 참고하는 정도고요."

"전에 쟈네에게 마법 부여 검을 만들어주지 않으셨나요? 겉보기에는 투박하지만, 자세히 보면 세세하게 장식이 있었던 것 같은데요."

"자세히 보셨네요. 하지만 조금 아쉬워요. 그게 장식처럼 보이지만, 사실 마도 술식입니다. 눈에 띄지 않게 잘 꾸몄죠?"

"그러네요. 빛을 반사해야 겨우 무늬가 보이는 수준이었어요."

"분류하면 그 검도 마도구에 들어가겠죠. 필요하면 또 만들게요. 반지형이든 목걸이형이든, 말씀만 하십쇼."

"아…… 장식품=마도구라고만 생각하는구나……."

평범한 것보다는 위험한 것.

개발 철학이 이상한 방향으로 나아간 아저씨를 두 사람은 어이없게 바라봤다.

이세계에 감각이 적응했다고 해야 할까, 감각이나 상식이 지구에 있을 때보다 느슨해졌다고 해야 할까, 이상한 방향으로 나아가는 것은 본인도 알고 있었다.

물론 자각해도 고칠 마음은 없지만.

"그보다 계속 가게 앞에서 서성거리면 민폐예요. 얼른 들어갑시다."

"으으…… 정말로 들어가? 내 분수에 맞지 않는 곳이라고 생각하는데……."

"여자는 배짱이 있어야죠. 누구보다 흥미진진하면서 왜 망설이나요?"

"너는 왜 태연한 거야, 루……. 너도 일단 신관이니까 이런 사치품을 파는 가게는 상극이잖아."

"기껏해야 수습인데요, 뭘. 그리고 결혼하면 그만두니까 상관없어요."

그렇게 말하며 루세리스는 쟈네의 등을 밀어 억지로 가게로 들어가려고 했다. 얌전해 보이는 외모와는 달리 겁이 없는 성격이었다.

아저씨도 가벼운 마음으로 가게에 발을 들였다.

'호오, 의외네. 가게 이름을 보고 더 반짝반짝한 곳일 줄 알았는데…….'

로마네스크 양식으로 지어진 내부는 곳곳이 금으로 장식되었다. 하지만 결코 과하지 않게 절제하여 고급스러운 느낌을 살리고 있었다.

이곳이 가게라는 것이 믿어지지 않았다.

귀족뿐 아니라 일반인도 들어오기 쉬운 분위기 조성에서 설계자의 지혜가 엿보이지만, 그래도 충분히 화려하다고 느끼는 것은 제로스가 일본인이기 때문일까?

"상상한 것보다 차분한 분위기야. 인테리어는 더 화려하고 호화로울 줄 알았어."

"쟈네는 장식품을 파는 가게를 어떻게 생각하신 거죠?"

"아니…… 그, 뭐냐. 뭐든 어때."

'아하…… 쟈네 씨, 나랑 비슷한 이미지였구나~.'

보석점에 비슷한 이미지를 가졌다는 점에서 아저씨는 살짝 기뻐졌다.

그러나 케이스에 진열된 상품을 보자 어느 것이고 단순한 액세서리에 지나지 않아서 제로스의 관심은 급속도로 사그라들었다.

애초에 아저씨가 만족할 만한 물건을 일반적인 가게에서 팔 리 없지만…….

'……마도구가 아니네. 단지 보여주기만 할 뿐인 액세서리에 무슨 가치가 있지……. 뭐, 디자인은 뛰어나지만.'

제로스에게 장식품의 가치는 쓸모가 있느냐 없느냐로 나뉜다.

주변 손님— 주로 커플이나 행색이 말끔한 부유층 손님이 저마다 유리 케이스에 진열된 상품을 바라보거나 구입하는 모습을 냉담한 눈으로 바라봤다.

루세리스도 그다지 관심이 없는지 무심하게 바라볼 뿐이지만, 유일하게 쟈네만은 눈을 반짝반짝 작은 별처럼 빛내며 상품에 구멍이 뚫리도록 쳐다보고 있었다.

무심결에 『소녀구만』이라고 중얼거릴 만큼 흐뭇한 광경이었다.

"싼 것도 1만 골부터인가. 내 벌이로는…… 그래도, 갖고 싶어."

"귀엽네요~."

"정말로 여자애답죠? 저게 쟈네의 귀여운 부분이에요."

어린아이처럼 들뜬 쟈네를 옆에서 흐뭇하게 바라보면서도 제로스는 케이스 안의 상품을 감정했다.

그때 유리 케이스에서 미약한 마력을 감지했다.

'오? 여기서부터는 마도구인가?'

마석과 마정석을 쓴 액세서리를 바라보며 그 효과와 사용 횟수를 조사해봤다.

하지만 당연하다면 당연하게도 어느 것이고 제로스의 작품보다 성능이 떨어졌다.

'파이어볼을 다섯 번 쓸 뿐인 반지가 50만 골?! 세상에…… 너무 비싸네.'

던전 저층에서 나오거나 연금술사가 연습으로 만들었을 법한 아이템이 가게에서는 고가에 팔리고 있었다. 그저 몇 번 쓰고 버리는 아이템이 말이다.

이것이 제로스에게는 도저히 믿어지지 않았다.

"역시 내 마력을 쓰지 않고 발동하는 마도구는 매력적이야. 나도 비장의 무기로 하나쯤 가지고 싶지만, 금전적 문제가……."

"이 가격은 쟈네 수입으로는 무리가 있네요."

'아니, 이 정도 물건이면 재료도 쉽게 모이고 큰 수고 없이 대량 생산할 수 있는데.'

이 시점에서 일반 상식이 식겁하고 도망칠 만큼 아저씨의 감각은 박살 나 있었다.

마도구는 몸을 지킬 비장의 수단으로 취급하는 경우가 많지만, 사용되는 마석이나 마보석의 질과 내구성 문제로 새길 수 있는 마도 술식은 한정되고 위력이 높은 마법일수록 연금술사와 마도사의 수고가 늘어난다.

그리고 제로스가 만족할 만한 물건을 만드는 마도사는 이 세상에 없다.

가령 그런 존재가 있다면 구문명의 정밀 작업용 공작 기계 정도일 것이다. 인간의 손으로는 한계가 있다.

그 한계를 쉽사리 뛰어넘는 제로스 같은 생산직 전생자가 비상식적일 뿐이다.

그리고 오늘, 그는 자신의 인식과 현실의 차이를 처음으로 목격했다. 솔직히 이토록 차이가 날 줄은 몰랐다.

'뭐, 대량 생산은 하지 않을 거지만. 질리고 재미도 없어. 같은 양산품이라도 마도식 모토르 캐리지라면 속도가 나오도록 마개조할 수 있으니까 훨씬 재미있지.'

반대로 말하면 기분에 따라서 대량 생산할 수도 있다는 뜻이지만, 다행스럽게도 대량 생산품이나 오버 스펙 마도구를 양산할 마음은 없었다. 아저씨는 하나만 만들면 만족하는 성격이다.

물론 그것도 기분에 따라서 바뀔 수 있다는 게 살짝 무서운 점이지만……

제로스가 세상에 대량 생산품을 뿌리면 치안은 단숨에 최악으로 치달을 것이다. 총기 허용 국가 수준의 위험도다.

"마도구가 이렇게 비싼 거였군요……. 쟤네는 꿈도 못 꿀 가격이네요."

"소재를 모으는 인건비, 마석과 마정석에 술식을 새기는 가공비, 그걸 장식품으로 만드는 장인의 보수. 그야 비쌀 법도 하죠. 그래서 직접 만드는 편이 싸게 먹히는 겁니다."

"으으…… 이 물을 생성하는 반지, 있으면 야영할 때 편리할 텐데 비싸."

'공격 마법 스크롤을 사는 것보다는 싸지만, 횟수 제한이 있으면 돈을 시궁창에 버리는 꼴이야~. 나라면 마법 스크롤을 사겠어. 분

발하면 사지 못할 가격도 아니고.'

기량에 따라서는 얼마든지 강력해지지만, 사용 횟수도 술자에 따라 달라지는 마법과 비교적 효과가 안정적이지만, 새겨진 술식에 따라서 위력이 달라지고 횟수 제한이 정해져 있는 마도구.

어느 쪽이고 장단이 있었다.

마도구에 의지하려면 돈이 너무 많이 든다. 제로스가 볼 때는 쟈네처럼 눈이 휘둥그레질 정도의 가치가 있다고 생각하기 어려웠다.

하지만 그녀의 『있으면 편리하다』라는 반응이 마도구에 대한 일반적 인식이었다.

"……마도구보다 마법을 배우는 게 빠르다고 하면, 눈치 없는 건가요?"

"눈치 없는 거예요. 마법 효과를 간단하게 발현하는 게 마도구의 매력이니까요."

"마법은 배워도 얼마간 익숙해질 시간이 필요하죠. 쓸 수 있다와 제대로 다룬다는 별개 문제고, 개인의 자질과 기량에 좌우되기도 하고요."

"쟈네에게는 어느 쪽이든 비싸게 먹혀요."

"그렇게 말하면 더 할 말이 없네요."

마도구도 마법 스크롤도 사려면 결국 돈이 든다. 아쉽게도 쟈네의 형편에는 사기 어렵다는 사실을 알았을 뿐이었다.

가벼운 마음으로 상품을 구경하러 왔다가 쟈네를 지갑 사정으로 고뇌에 빠뜨린 셈이었다. 지금도 그녀는 마도구 케이스 앞에서 가격을 보며 고민하고 있었다.

"재료를 모아주면 제가 만들 수도 있는데 말이죠~."

"오더메이드는 비싸지 않나요?"

"솔직히 여기 있는 상품과 같은 성능이라면 쉽게 만들어요. 가격도 비싸게 붙이지 않고요."

"하지만 마도구잖아요? 너무 싸도 문제가 생기지 않을지……."

"양산하지 않으면 괜찮지 않을까요?"

마도구가 눈에 보이는 결과를 발현하는 도구인 이상, 제로스가 아무리 재료비를 포함해 저렴하게 만들어도 쟈네는 시장 가치에 맞는 돈을 내려고 할 것이다.

이렇듯 마도구가 사치품이라는 가치관을 만들어낸 것은 보석점처럼 장식품을 취급하는 상점과 마법을 절대시하던 마도사들이다. 거기에 제로스 본인은 포함되지 않지만—.

실제로 양산 과정에서도 인력이 필요하니까 그만한 값을 매기지 않으면 수지가 맞지 않는다.

원하는 대로 뚝딱뚝딱 만들어내는 제로스가 이상한 것이다.

"쟈네의 검을 만들었을 때, 나중에 쟈네는 돈을 내려고 했죠?"

"거부했지만요. 그건 마도 연성으로 장난삼아 만들었을 뿐인데……."

쟈네가 쓰는 대검은 제로스가 마도 연성으로 제작한 것이었다.

기능적으로도 우수해서 그냥 쓰기 미안했는지, 쟈네가 나중에 추가 요금을 내려고 했고 아저씨는 『장난으로 만들었다』라는 이유로 돈을 거부하는 알려지지 않은 에피소드가 있지만, 지금은 아무래도 좋은 이야기다.

중요한 것은 그 대검도 마도구라는 점이었다.

"그렇게 대단한 물건도 아닌데 말입니다."

"제로스 씨 인식이 이상한 거예요."

"겨우 파이어볼을 쏘는 걸 가지고……."

"그 **겨우**가 문제예요. 여기 파는 마도구들 보세요, 엄청 고가잖아요."

"땡잡았다고 생각하고 그냥 받으면 될 텐데, 참 고지식해요."

"마법이나 마도구는 그만큼 가치가 있어요. 왜 제로스 씨가 이해하지 못하는지, 저도 모르겠지만……."

이 세계 사람들과 제로스의 가치관에는 큰 간극이 있었다.

반장난으로 만든 마도구도 일반인은 놀라 자빠져 함부로 받지 못할 수준이지만, 가치관의 차이가 너무 커서 제로스는 이해할 수 없었다.

제로스가 『이건 조금 위험한가~』라고 생각할 정도라도 이 세계 사람에게는 국가가 엄중히 관리할 물건이 된다.

"아…… 역시 안 살래. 지금 내가 살 수 있는 가격이 아니야."

"생활이 걸렸으니까 무리해서 살 수는 없죠."

"정 안 되면 제가 만들까요? 디자인은 이 가게 상품을 보고 대충 외웠으니까 재료만 모아주면 만들 수 있는데요?"

"그건 하지 마. 내 심장이 못 버텨……."

"왜지?"

설령 재료를 모아도 만들어지는 마도구는 시제품보다 고성능.

만약 그런 물건이 있다고 다른 용병에게 들키면 나쁜 마음을 품은 자들이 노릴 위험이 크다.

하물며 쟈네는 여성이었다. 나쁜 마음을 품은 자들에게는 좋은 먹잇감이므로 자신을 위험에 빠뜨릴 요소는 적을수록 좋았다.

"아니면 반지라도 살래요? 제가 두 분에게 선물하겠습니다……."

""사양할게(요)!""

"왜지?"

제로스는 여기서 정식으로 약혼반지를 살 생각도 남몰래 하고 있었다.

하지만 두 사람에게 동시에 거절당하니 살짝 풀이 죽었다.

그에 비해 두 여성은…….

'바, 반지라니…… 약혼반지 말이죠?! 어떡해, 갑자기…… 앗, 그래도 전에 프러포즈 받았으니까 거절할 이유도 없지 않나…….'

'자, 잠깐…… 반지라면 그런 뜻인가?! 정식으로 약혼자가 돼서 거리를 좁히고 겨, 결혼에 박차를 가할 생각인가?! 아니, 너무 일러! 안 돼…… 나는 마음의 준비가 아직…….'

반사적으로 거절하고 말았지만, 딱히 약혼반지를 받아도 상관없다고 마음을 고친 루세리스와 연애 증후군이라는 파멸이 기다리는데도 우유부단하게 발버둥 치는 쟈네.

하지만 대조적인 생각을 하는 두 사람도 딱히 싫지 않다는 감정이 얼굴로 드러났다.

그것을 놓치지 않은 아저씨는 즉시 행동에 나섰다.

"Hey, 점원분. 우리에게 약혼반지 세 개 please. Please, me! 화려한 장식은 NoNo. 수수한 미스릴 링이면 돼."

""잠깐, 미스릴?!""

"어서 오세요, 주문은 미스릴제 약혼반지 세 개 맞으시죠? 네네, 주문받았습니다~! 오너, 여기 약혼반지 세 개요~!"

""식당이냐!""

제로스와 쟈네가 소리친 동시에 점내 조명이 일제히 꺼졌다. 그리고 전시 케이스 안쪽, 직원 전용 통로 입구에 단 하나의 조명이 스포트라이트처럼 밝혀졌다.

그곳에는 댄디한 중년 신사가 무대의 주역인 양 서 있었다. 그는 다양한 사이즈의 약혼반지가 담긴 트레이를 한 손에 들고 조용히 걸어오다가 불쑥 입을 열었다.

"주먹을 나눈 그날부터 사랑이 꽃필 때도 있다. 낯선 나와 낯선 네가 만나 눈을 끌고, 마음을 끈다. 서로에게 이끌린다. 빠지고 빠져드는 사랑의 길."

"이, 이상한 오너가 나왔어……."

'주먹을 나누고 꽃피는 사랑이란 대체…….'

할 말을 잃을 세 사람을 무시하고 오너의 말은 멈추지 않는다.

"페어 결혼이십니까? 중혼이십니까? 당신과 내가 보는 꿈, 행복의 무대."

"'이거 끝까지 들어야 해?'"

"사랑에 빠져 헤어나지 못하네, 돌아갈 길 없는 연모의 정. 불타는 마음, 뒤엉킨 몸, 흔들리는 사랑. 눈물로 베개 적신 날 헤아리랴, 정신을 차리면 출구 없는 수렁의 늪. 저…… 당신을 원망해요."

"'응? 뭐, 뭔가…… 이상하지 않아?'"

내용이 요상하게 돌아가기 시작했다.

"기다리는 이 오지 않는 문 매일 바라보며, 이불에 스며드는 비틀린 마음. 무겁게 가라앉는 애증에, 침전된 마음은 익고 문드러져 썩은 과육이 된다. 이 얼마나 추악한가요."

"'…….'"

"실에 매달린 운명, 놀아날 뿐인 내 인생. 오늘 밤도 저는 칼을 갑니다. 그러면 골라주십시오, 인게이지먼트 링입니다!"

"""'고를 수 있겠냐!!'"""

"에엑?!"

오너가 놀라서 소리쳤다.

무성 영화의 변사 같은 소리도 어이가 없지만, 내용이 너무 지독했다.

신혼이 될 이들을 축하할 마음이 털끝만큼도 없었다. 오히려 저주하고 있었다.

"뭐, 뭐야, 방금 그 연극은?!"

"대놓고 파국으로 치닫잖아요, 그것도 최악의 방식으로!"

"그렇게 말씀하시지만, 손님. 인생이 원래 그런 법 아니겠습니까?"

"그거…… 당신 경험담입니까?"

"……."

아저씨는 오너의 침범해서는 안 될 곳에 구둣발로 올라가버린 모양이었다.

그의 표정에서 감정이 사라졌다. 대신 어떤 증오에 찬 가학적인 웃음이 피어나더니 『크크크……』라고 소리 죽여 웃었다.

"들켰나요~? 제 아내는…… 저에게 사랑 따위 바라지 않았습니다. 그 사실을 안 뒤로 말이죠, 인간을 믿을 수 없게 됐어요."

"사랑이 아니면, 돈입니까?"

"크흐흐…… 돈이 목적이었으면 저도 아직 제정신이었겠죠. 그녀가 바란 건 쾌락! 그냥 육욕을 채우기 위해서만 살아있는 여자였습니다아아아아아!!"

"""……와아.""""

"저보다 잘난 남자에게 갔다면 체념이라도 할 수 있었겠죠. 하지만 그녀는…… 그 여자는 미남이든 추남이든 다리 사이에 짐승을 키우는 자라면 누구든 상관없었던 겁니다! 그게 설령 오크라도!!"

결혼 상대를 잘못 골랐나 보다.

그 후 여성 불신에 빠진 오너는 마음이 망가지고, 뒤틀리고, 숙성되어 정신이 위험한 영역까지 병들고 말았다.

"그래서 제가 여러분께 알려드리려는 겁니다~♪ 어차피 사랑따위 환상이라고. 『영원한 맹세』라느니 『운명의 상대』라느니, 『평생 너를 소중히 할게』라고 떠드는 풋내나는 녀석들에게!!"

"""…….""

루세리스와 쟈네를 보는 눈빛은 맛이 갔다.

이미 정신이상자의 영역이었다.

"뭐, 그건 동감입니다."

"""……?!""

아저씨가 오너에게 공감을 표했다.

그 순간, 오너의 얼굴이 확 밝아졌다.

"알아주십니까!!"

"결혼이란 일종의 계약이죠. 사람의 마음속을 알 수 없는 한 서로의 이상을 강요하는 것도 어쩔 수 없는 일. 오너님은 부인의 본질을 꿰뚫어 보지 못하고 이상을 바라셨습니다. 그리고 현실을 받아들이지 못하고 거절만 했죠. 그게 다예요."

"……부정은 할 수 없군요."

"계약은 누구나 할 수 있습니다. 그걸 얼마나 지키느냐가 관건이지만, 사람은 감정과 욕망에 좌우되는 동물. 이상과 다른 모습을 발견하면 배신당했다고 느끼고 말죠. 부인은 극단적으로 성욕이 강했다. 평범하지도 않았다."

제로스는 반지를 바라보며 담담하게 말했다.

은근슬쩍 『미스릴 순도가 별로네』라고 중얼거리기도 했다.

약혼반지보다는 소재를 살펴보는 점이 제로스다웠다.

"제, 제가…… 그녀에게 너무 많은 걸 바란 걸까요?"

"아뇨, 평범했다고 봅니다. 오너님, 당신은 너무 올곧았던 거예요. 그래서 충격의 반동이 컸던 것 아닌가요? 운이 나빠서 부인이 특수한 사람이었을 뿐이에요."

"특수…… 그건 그렇죠. 그런데 올곧다고요?"

"네. 반대로 말하면 그만큼 사랑했다는 뜻이겠죠. 정상적인 부인이었다면 지금쯤 좋은 가정을 꾸렸을 분 같네요."

"정상…… 그래요. 태어나서 처음으로 깊이 사랑했습니다. 그래서 저는 비뚤어지고 말았군요……. 이제야 알아차리다니, 하하하…… 인생을 헛되이 쓰고 말았어요."

"이제부터 시작입니다. 큰맘 먹고 맞선이라도 보시면 어떻습니까? 지금부터라도 늦지 않았다고 봅니다."

"……?! 뭐, 뭐라고요……?"

오너의 정수리로 벼락이 꽂혔다.

근본적인 원인은 아내의 성욕이었고, 일편단심이었던 그는 미친 사람처럼 인생을 낭비했다. 빨리 과거를 잊었다면 지금쯤 행복한 가정을 이뤘을지도 모른다.

평범하게 생각해도 새로운 인생을 사는 편이 유익하다.

그런 당연한 사실을 이제야 깨달은 것이다.

"딱히 이상할 건 없다고 보는데요? 언제까지고 특수 취향인 아내의 추억에 사로잡힐 필요는 없지 않습니까. 행복은 앞으로도 얼마든지 붙잡을 수 있을 텐데요."

"맞선…… 왜 그 생각을 못 했을까. 지금부터 행복을 붙잡아도 늦지 않나? 좋아, 나는 인생을 다시 시작하겠어!"

"그런데 이 약혼반지 말인데요, 가격도 적당하고 사고 싶네요. ……3인분으로."

"감사합니다! 소중한 사실을 깨닫게 해준 답례로 여러분 한정으로 30퍼센트 할인을 해드리겠습니다. 앞으로도 저희 매장을 이용해 주시기 바랍니다!"

'오너 양반, 당신 너무 변했잖아. 팔랑귀 같으니…….'

맞장구치고, 오너의 주장을 긍정하고, 세 치 혀로 은근슬쩍 달랜다.

제로스는 딱히 오너를 설득할 마음이 없었고, 다시 일어설 용기를 줄 생각도 없었다. 귀찮으니까 일단 편들어주다가 나중에 시점을 살짝 틀었을 뿐이다.

그에 비해 오너는 자신의 답답하고 비뚤어진 마음을 누가 들어주고 긍정해 주길 바랐나 보다.

그 결과, 악령을 퇴치한 영매사 같은 상황이 됐다.

사람에게 의욕을 불러일으키는 것은 상사의 역할이라고 하지만, 제로스가 하는 짓은 사기꾼과 다를 바 없었다. 괜히 【사디스트 주임】이라고 불린 것이 아니었다.

"손가락 사이즈를 측정하겠습니다. 두 분 모두 이쪽으로 와주세요."

"네? 아, 알겠어요."

"앗, 잠깐…… 반지?"

"약혼반지인데 왜 그러시죠?"

"왜, 왜왜, 왜 산 거야?!"

물론 『약혼해도 괜찮지 않나?』라고 지금 여기서 생각했기 때문이다.

게다가 제로스 일행 세 명에게는 연애 증후군이라는 괴병이 발병 중이며, 이대로 가면 부끄러운 절규 고백을 하게 된다. 그 참사를 피하기 위해서라도 억지로 진행시킬 필요가 있었다.

이미 남은 시간이 없다.

"갑자기 약혼은 아니지!"

"갑자기라뇨, 전부터 뻔히 알았잖아요? 쟈네 씨도 그만 마음을 정하세요. 루세리스 씨는 이미 반지를 고르고 있는데요?"

"엥?"

루세리스는 이미 반지를 몇 개 끼워 본 뒤였다.

마침 적당한 사이즈를 찾았는지 아주 기뻐 보였다.

"봤죠?"

"봤죠? 는 얼어죽을! 내 기분을 무시했잖아!"

"그게 발병했을 때, 사람 앞에서 절규 고백을 한 쟈네 씨가 뒤늦게 낙담하는 모습이 불 보듯 뻔히 보입니다. 다소 강압적이더라도 약혼할 테니까 그런 줄 아십쇼."

"시, 싫어어어어어어어!!"

약혼이 부끄러운지 쟈네는 당장 도망치려고 했다.

하지만 아저씨는 그녀의 손을 잡고 중심 이동을 이용한 체술로 쟈네를 품속으로 끌어당겼다.

"어이쿠. 이렇게라도 하지 않으면 쟈네 씨는 평생 도망만 치겠네요. 물론 여러 의미로 놓아줄 마음도 없지만."

"……우."

쟈네의 얼굴이 순식간에 새빨개졌다.

지금 쟈네는 제로스에게 안긴 자세였다. 이성의 얼굴을 이렇게 가까이에서 본 것은 아버지를 빼면 처음이었고, 더욱이 예의 충동이 합쳐져 아저씨가 1.7배쯤 멋있어 보였다. 쟈네의 심장 고동이 더욱 격렬해졌다.

주위로 꽃이 흐드러지게 피는 환각까지 보여 의식하지 않으려 않을 수 없었다.

거기에 더해 아저씨는 약혼에 관해서는 진지했다.

진심 러브 1000%였다.

……폭주도 무서워서 필사적이었다.

평소 의욕 없는 표정이 아닌 진지한 제로스. 쟈네는 거기에 끌리고 저항할 수 없는 자신이 마음속에 있다고 완전히 자각했다.

부정하려고 해도 그를 바라는 본능을 주체할 수 없었다. 『이대로 몸을 맡겨도 되지 않아?』라는 감정이 흘러넘치고, 그래도 이성이 위험하다고 제동을 걸고 저항하나 멈추지 않았다.

이런 충동이 무의식중에 발동했다고 생각하면 두려웠다.

이게 연애 증후군의 무서움이었다.

"쟈네 씨…… 무의식중의 본능이 밖으로 나오기는 했지만, 저는 정식으로 프러포즈했었죠? 이대로 도망만 치는 건 비겁하지 않나요?"

"그, 그건……. 그래도 이런 괴병에 휩쓸리기 싫어……."

"그건 저도 동감이지만, 언제까지고 도망갈 수 없다는 건 알고 계시죠? 이번에야말로 대답을 들려주십시오."

"이, 이런 곳에서…… 그거야말로 비겁해."

"포기하세요. 안 놓아줄 겁니다. ……나와 약혼, 해주시겠죠?"

"하읏?! ……네."

그건 체념일까, 단순히 쉬운 여자라서? 아니면 자신의 충동에 따른 말일까, 혹은 밀어붙여서 꺾였을 뿐일까. 어쩌면 미남 1.7배 효과에 넘어갔는지도 모른다…….

아무튼 쟈네는 무의미한 저항을 포기하고 얌전히 반지를 고르기로 했다.

한편, 뒤에서 그 과정을 전부 지켜본 루세리스는 『좋아!』라며 남몰래 주먹을 불끈 쥐었다.

이때 이미 루세리스는 언제 혼인 신고서를 제출할지 계획을 짜고 있었다.

제로스는 그런 줄도 모르고 자기 반지를 골라서 세 명의 반지 요금을 지불했다.

"세 분 모두 행복하시길 바랍니다아아아~!"

점원 전원의 박수와 오너의 축복을 받으며 가게를 나왔다.

오늘, 세 사람은 얼떨결에 약혼했다.

저마다 손가락에선 은색 반지가 빛나고 있었다.

 막간 이리스, 솔로 활동을 해 보다

용병에는 몇 가지 패턴이 있다.

클랜을 세워 계획적으로 사냥이나 의뢰를 수행하는 이들.

친구나 특정 인물들과 파티를 맺어 의뢰를 수행하는 이들.

그리고 뭉치지 않고 단독으로 의뢰를 수행하는 이들이다.

이번에 이리스는 쟈네가 루세리스, 아저씨와 데이트를 간 김에 큰맘 먹고 솔로 의뢰를 받아보기로 했다.

참고로 레나는 어제부터 보이지 않았다.

'레나 씨는 사생활이 미스터리야. 지금쯤 어디서 뭘 하고 있을까?'

사생활이 밝혀지지 않은 레나에게 관심은 있지만, 물어봤자 알려줄 리 없었다. 아마 어디선가 소년에게 손대고 있지 않을까.

이리스가 받은 의뢰는 인근 농촌 주변에서 목격된 오크 퇴치였다. 확인된 오크는 3마리로, 이리스라면 여유롭게 달성할 수 있는 수준이었다.

평소 가혹한 훈련의 성과를 보여줄 때이기도 했다.

이리스는 촌장에게 인사하고 바로 오크를 찾아 나섰다.

기척을 지우고 나무 위에서 신중하게 주위를 관찰한다.

'근처에 생물의 기운이…….'

조바심 내지 않고 숨을 죽여 기운이 움직이기를 기다렸다.

하지만 그곳에 있는 것은 오크가 아니었다.

'트윈 혼 래빗…… 이게 아니야.'

이리스는 기운을 찾아도 그것이 자기가 찾던 표적인지 아닌지 알지 못했다.

"여기 없나?"

트윈 혼 래빗이 몇 마리 이동하는 모습을 확인했을 뿐, 주위에 오크는 보이지 않았다.

용병 길드에서는 오크 3마리라고 지정했으니까 수를 맞추지 않으면 의뢰를 달성할 수 없다.

기한도 정해져 있어서 빠르게 의뢰를 달성해야 했다.

용병으로서 처음 경험하는 독특한 긴장감이 있었다.

"이동해볼까."

나무 사이를 뛰며 이리스는 오크를 찾아 헤맸다.

그 사이사이 약초가 있으면 채집도 병행했다.

"음…… 이 근처는 약초가 잘 안 크나? 햇빛이 잘 안 들어서 발육이 나쁜지도 몰라."

숲은 넓게 트인 곳만 있지 않았다.

울창한 초목과 녹색 커튼처럼 번식한 넝쿨은 인간의 손길이 닿지 않아 엉망으로 자라났고 가끔 손발에 얽혀 움직임을 방해했다.

가시 때문에 모르는 사이에 긁힌 상처가 나 있기도 했다. 그곳이 부어 묘하게 가려웠다.

약을 쓰면 금방 낫겠지만, 미세한 냄새로 오크에게 들킬 가능성도 있어서 망설여졌다.

아무리 가려워도 기습 기회라는 이점을 버릴 순 없었다.

'그러고 보니 오크는 보통 옷을 안 입지? 이런 자연 속에서 생활하면 상처투성이가 되지 않나⋯⋯?'

이리스는 깜빡했지만, 오크는 기본적으로 회복 능력이 뛰어나서 찰과상 정도는 순식간에 아물어 버린다. 옷은 있으나 마나 똑같다.

그리고 이 회복력은 용병들에게도 가장 까다로운 능력이었다.

그밖에도 생김새보다 뛰어난 민첩성이나 튼튼한 맷집, 진화하기에 따라서 금속 가공도 가능한 지능 높은 오크도 있지만, 그런 개체는 이 근처에 출몰하지 않는다.

보통 거기까지 진화하기 전에 다른 용병들이 사냥하기 때문이다.

하지만 아무리 약하다고 해도 방심할 수는 없었다.

적당한 긴장을 유지하며 냉정하고 신중하게 행동해, 확실하게 상대를 처치한다.

이상적인 전투는 일격필살.

"⋯⋯응? 이거 마도사의 사고방식이 아니지?"

오히려 격투가나 사냥꾼의 사고방식이라고 뒤늦게 알아챘다.

이제는 격투 마도사로 전향하기 직전이다.

'뭐, 아무렴 어때. 지금은 의뢰 달성이나 생각하자.'

그리고 자신이 마초적 사고가 되었다는 사실도 눈치채지 못했다.

이리스는 오히려 순수 격투가의 길을 걷기 시작했다.

◇ ◇ ◇ ◇ ◇ ◇ ◇

숲 안쪽으로 들어온 이리스는 금방 오크를 발견했다.

후각 때문인지, 아니면 이리스의 살기를 피부로 느꼈는지 모르겠지만, 오크는 움직임을 멈추고 계속 주변을 두리번거렸다.

구경하면 코미컬하고 재미있지만, 해치우지 않으면 의뢰를 달성할 수 없으므로 바로 행동을 개시했다.

힘 조절한 【에어 실드】로 주변에 얇은 바람 장막을 펼쳐서 냄새가 오크에게 닿지 않도록 막은 뒤, 나무 위에서 오크를 향해 다이빙했다.

머리가 가까워진 순간 오크의 귀를 노리고 에스터크를 찔러 일격에 처리했다.

잔케이의 참격을 방불케 하는 속도였다.

"좋아, 다음!"

나무 기둥들을 벽처럼 차면서 뛰어올라 다시 무성한 나뭇잎 사이에 몸을 숨겼다.

이걸 누가 마도사라고 하겠는가.

완전히 센케이가 할 법한 은신술이었다.

잠복하고 몇 분 뒤, 두 번째 오크가 나타나 동료의 비참한 모습을 발견하고 다가왔다.

냉정함을 잃었나 보다. 이리스에게는 좋은 기회였다.

인벤토리에서 활과 화살 두 대를 꺼내서 즉시 겨눠 동시에 쐈다.

화살은 머리와 심장을 꿰뚫었고, 오크는 즉사했다.

"두 마리째, 야호～."

순조롭게 두 번째 오크도 처치해 남은 건 한 마리.

주위에 오크 시체를 먹어 치우는 짐승의 기운은 느껴지지 않으므로 다시 은신해 마지막 오크를 찾았다.

얼마 지나지 않아 오크를 확인했지만, 무슨 까닭인지 전투 중인 듯했다.

'으음……? 내 사냥감을 노리다니, 괘씸한 녀석…….'

아니…… 이미 완벽한 격투가의 사고방식이었다.

전투 중이라면 도중에 이리스가 낄 수는 없다.

용병에게는 암묵의 규칙이 있어서 타인의 사냥감을 가로채는 행위는 엄격히 금지된다.

상대방이 구조를 바라면 사정이 달라지지만, 그저 의뢰를 달성하려고 끼어들면 신용에 악영향을 끼친다. 우선은 상황을 확인하고 승낙받은 뒤에 움직여야 한다.

'어디…… 오크와 싸우는 건 누구려나～?'

나무에서 뛰어내려 풀숲에 숨어서 상황을 살폈다. 그곳에서는 이리스와 동년배인 소년, 소녀 파티가 오크와 싸우고 있었다.

"빨리 엄호해!"

"못 해~. 주문 영창에 시간이 걸린다구."

"우리는 고블린 솔저도 해치웠어. 오크 따위 별거 아니야."

"다 같이 큰물로 가기로 했잖아! 이 정도 마물한테 질 순 없지!"

보아하니 신출내기 용병 같았다.

마물의 특성을 모르고 즉흥적으로 행동하는 젊은 치기가 그들을 무모한 싸움으로 밀어넣은 듯했다.

이리스는 이대로 가면 전원 오크에게 죽는다는 사실을 알았지만, 암묵의 규칙이 있는 한 그냥 지켜볼 수밖에 없었다.

잠시 상황을 보았으나, 소년들은 오크와의 체력 싸움에서 차츰 밀리기 시작했다.

"으악!"

방패와 쇼트 소드를 든 탱커 소년이 오크의 근력이 실린 곤봉을 간신히 방패로 막았으나, 꼴사납게 날아가 땅을 굴러 나무에 격돌했다.

자기 분수를 모르는 젊음이 초래한 사태였다.

'아차차…… 이거 위험한데?'

아마 이 소년이 리더였을 텐데 방금 공격으로 기절했다.

남은 사람은 마도사 소녀와 활, 대검을 가진 소년 둘이지만, 그 세 명은 완전히 오크에게 겁먹고 떨고 있었다.

용병은 신출내기와 다소 실력이 붙은 자일수록 방심하기 쉬워 사고 확률이 극단적으로 높다.

아마 그들은 자기네 실력보다 강한 적을 해치워 기고만장해진 것이다.

"어쩌지……."

"이대로 가면 우리가 위험해."

"도망가고 싶어도 토미를 두고 갈 수는 없어……."

동료를 구하려면 두 명이 전선에서 이탈할 수밖에 없고, 혼자서 오크를 상대하기는 벅차다. 심지어 기절한 동료를 업고 도망칠 수 있을 만큼 오크는 둔하지 않다.

뚱뚱하지만, 의외로 날렵한 마물이었다.

이런 긴급 상황에는 동료를 버려도 죄를 묻지 않지만, 그들은 비정해지지 못했다. 아니면 그런 상황 판단조차 하지 못할 만큼 경험이 부족하거나.

공명심을 우선하는 용병일수록 오래 살 수 없다.

'여기서 버리고 가면 기분만 찜찜하지. 원래 오크를 잡으러 오기도 했고.'

이리스는 숨어 있던 풀숲에서 뛰쳐나갔다.

"안녕, 이 오크는 내가 의뢰받은 사냥감인데 잡아도 돼?"

"어?!"

"너희는 못 이기지? 그럼 내가 받아 가도 돼?"

"그, 그건 괜찮은데……."

"오크라고! 우리 네 명이 덤벼도 못 이겼어!"

"음…… 쉽겠어."

말하는 동안 오크는 새로운 적을 경계했지만, 키가 방금 싸운 적과 엇비슷해서 대수로운 적은 아니라고 보고 덤벼들었다.

방심은 금물, 이라고 말하고 싶지만, 오크의 불행은 이리스의 실력이 소년, 소녀들보다 뛰어나다는 점이었다.

"허잇차."

이리스는 맥없는 기합과 함께 오크에게 뛰어들어 배에 장타를 꽂았다. 그 충격에 오크의 몸이 꺾이자마자 즉시 어퍼컷, 뇌진탕으로 균형 감각을 잃고 휘청대는 틈에 돌려차기를 먹였다.

오크는 기세 좋게 날아갔고, 그대로 기절해 버렸다.

이리스는 그 오크에게 천천히 다가가서 숨통을 끊어주듯 망설임 없이 머리에 나이프를 꽂았다.

"좋았어! 이걸로 의뢰 달성."

"대단하다⋯⋯."

"무도가? 아니, 격투가인가?"

"아니? 그냥 마도사인데?"

""""거짓말하지 마!!""""

이리스는 그들에게 자신이 마도사라고 끈질기게 설명했지만, 마지막까지 믿어주지 않았다.

소년, 소녀들과 헤어진 뒤에도 격투 마도사가 되어버린 자신에게 잠시 좌절했지만, 정신을 차리고 토벌 증거인 소재 해체를 시작했다.

하지만 여기서 새로운 문제가 발생했다.

"마석과 가죽, 이빨은 그렇다쳐도⋯⋯ 고환이라고⋯⋯?"

오크 토벌 증거 중 하나에는 연금술 소재이기도 한 오크 고환이 포함된다.

이리스에게는 전투와는 다른 방면의 싸움이 기다리고 있었다.

아라포 현자의 이세계 생활 일기 15

초판 1쇄 발행 2025년 11월 10일

지은이_ Kotobuki Yasukiyo
일러스트_ JohnDee
옮긴이_ 김장준

발행인_ 최원영
본부장_ 장혜경
편집장_ 김승신
편집진행_ 권세라 · 최혁수 · 김경민 · 최정민
편집디자인_ 양우연
국제업무_ 박진해 · 조은지 · 박지현 · 남궁명일
관리 · 영업_ 김민원 · 조은걸

펴낸곳_ (주)디앤씨미디어
등록_ 2002년 4월 25일 제20-260호
주소_ 서울특별시 구로구 디지털로32길 30 코오롱디지털타워빌란트 1301-1308호
전화_ 02-333-2513(대표)
팩시밀리_ 02-333-2514
이메일_ lnovellove@naver.com
ㄴ노벨 공식 카페_ http://cafe.naver.com/lnovel11

ARAFO KENJA NO ISEKAI SEIKATSU NIKKI Vol. 15
©Kotobuki Yasukiyo 2021
First published in Japan in 2021 by KADOKAWA CORPORATION, Tokyo.
Korean translation rights arranged with KADOKAWA CORPORATION, Tokyo.

ISBN 979-11-278-8492-5 04830
ISBN 979-11-278-4453-0 (세트)

값 11,000원

© mikawaghost
Illustration © tomari
SB Creative Corp.

친구 여동생이 나한테만 짜증나게 군다 1~11권

미카와 고스트 지음 | 토마리 일러스트 | 이승원 옮김

교우 관계 사절, 남녀 교제 거부, 친구라고는 진정으로 가치 있는 단 한 사람 뿐.
청춘의 모든 것을 「비효율」적이라 여기며 거절하는
나, 오오보시 아키테루의 방에 눌러앉아있는 녀석이 있다.
내 여동생도, 친구도 아니다.
짜증나고 성가신 후배이자 내 절친의 여동생인 코하나타 이로하다.
"선배~, 데이트해요! ……라고 말할 줄 알았어요~?"
혈관에 에너지 음료가 흐르고 있는 듯한 이 녀석은
내 침대를 점거하고, 미인계로 나를 놀리는 등, 나한테 엄청 짜증나게 군다.
그런데 왜 다들 나를 부러워하는 거지?
알고 보니 이로하 녀석도 남들 앞에서는 밝고 청초한 우등생인 척하기 때문에
엄청 인기가 좋은 모양이다.
이봐…… 너는 왜 나한테만 짜증나게 구는 거냐고.

끝내주는 짜증귀염 청춘 러브코미디, 스타트!!

라이트노벨의 새로운 빛! ㄴ노벨의 신간은 매월 10일에 발매됩니다. http://cafe.naver.com/lnovel11

©Udon Kamono/OVERLAP
Illustration Hitomi Shizuki

꽝 스킬 【지도화】를 손에 넣은 소년은
최강 파티와 함께 던전에 도전한다 1~8권

카모노 우동 지음 | 시즈키 히토미 일러스트 | 이경인 옮김

15세 노트가 『증여 의식』에서 받은 스킬은 【지도화】.
레어도는 높지만 다른 스킬보다 쓸모가 없는, 이른바 꽝 스킬이었다.
소꿉친구에게 버림받고 실의의 바닥에 빠진 노트는
모험가 생활로 번 돈을 술에 쏟아붓는 나날을 보내지만—
그런 나날은 느닷없이 끝을 고했다.
"우리는 그 스킬을 가진 너를 필요로 하고 있어."
최강 파티 『어라이버즈』에 소속된 진의 권유를 받게 된 노트.
그의 운명은 크게 변하기 시작한다.
이번에야말로 노력을 포기하지 않고, 발버둥 치겠다는 결의와 함께.

최강 파티에 들어간 소년이
이윽고 최강에 도달하는 판타지 성장담, 개막!

VTuber인데 방송 끄는 걸 깜빡했더니 전설이 되어있었다 1~8권

나나토 나나 지음 | 시오 카즈노코 일러스트 | 박경용 옮김

화려한 VTuber가 다수 소속된 대형 운영회사 라이브온.
그곳의 3기생이며 『청초』 VTuber인 코코로네 아와유키.

"역시 롱캔 따는 소리는 최고야!"

"응? 완전 꼴리거든?"

"내가 마마가 될 거야!"

하지만 그녀의 부주의로 방송을 제대로 안 끈 결과,
본래 성격(주정뱅이, 호색, 청초(VTuber))을 드러내고 마는데?!

"클립 엄청 따갔어?! 트렌드 세계1위?! 동시 시청자 수 실화냐고!!!"

이게 웬일, 갭이 호평을 받으며 인기 대폭발!

그 결과…… "으랏차─! 방송 시작한드아!"

모든 걸 내려놓은 그녀는, 대인기 VTuber의 길을 달려간다!!

라이트노벨의 새로운 빛! L노벨의 신간은 매월 10일에 발매됩니다. http://cafe.naver.com/lnovel11

일반공격이 전체공격에 2회 공격인 엄마는 좋아하세요? 1~10권

이나카 다치마 지음 | 이이다 포치, 일러스트 | 이승원 옮김

"이제부터 이 엄마와 함께 실컷 모험을 하는 거야.", "맙소사⋯⋯."
고교생 오오스키 마사토는 그렇게 염원하던 게임세계로 전송되지만,
어찌된 영문인지 그의 어머니이자
아들이라면 껌뻑 죽는 마마코도 따라오는데?!
길드에서는 「아들의 연인이 될지도 모르는 애들이니까」라는 이유로
마사토가 고른 동료들에게 면접을 실시하고,
어두운 동굴에서는 반짝반짝 빛나는데다,
무릎베개로 몬스터를 재우는 걸로 모자라,
전체공격에 2회 공격인 성검으로 무쌍을 찍는 등
아들인 마사토가 질릴 정도로 대활약을 하는데?!
현자인데도 유감스런 미소녀 와이즈,
치유계 여행 상인인 포타를 동료로 맞이한 그들이 구하려는 것은
위기에 처한 세계가 아니라 부모자식간의 정.

제29회 판타지아 대상 〈대상〉 수상작인
신감각 모친 동반 모험 코미디!

라이트노벨의 새로운 빛! L노벨의 신간은 매월 10일에 발매됩니다. http://cafe.naver.com/lnovel11

왕의 프러포즈 1~6권

타치바나 코우시 지음 | 츠나코 일러스트 | 이승원 옮김

쿠오자키 사이카.
300시간에 한 번 멸망의 위기를 맞이하는 세계를
항상 구해온 최강의 마녀이자,
마술사가 다니는 학원의 수장.
"―너에게, 내 세계를 맡기겠어―."
그리고―
쿠가 무시키에게 신체와 힘을 물려주고, 죽음을 맞이한 첫사랑 소녀.
무시키는 사이카의 종자인 카라스마 쿠로에로부터
사이카로서 누구에게도 들키지 말고 학원에 다니란 지시를 받지만…….
클래스메이트와 교사에게도 두려움을 사고,
재회한 여동생에게서는 오빠를 좋아한다는 상의를 받는
파란만장한 생활이 기다리고 있었다!
게다가 긴장을 풀면 남성으로 돌아가기 때문에,
여성과의 키스가 필수 불가결한데?!

신세대 최강의 첫사랑!

라이트노벨의 새로운 빛! L노벨의 신간은 매월 10일에 발매됩니다. http://cafe.naver.com/lnovel11

©Kei Sazane 2024
Illustration : Toiro Tomose
KADOKAWA CORPORATION

신은 유희에 굶주려있다. 1~8권

사자네 케이 지음 | 토모세 토이로 일러스트 | 김덕진 올김

한가한 지고의 신들이 만든 궁극의 두뇌 게임 「신들의 놀이」.
오랜 잠에서 깨어난 신이었던 소녀 레셰는 눈을 뜨자마자 이렇게 선언했다.
"이 시대에서 게임을 제일 잘하는 인간을 데려와!"
지명된 사람은 「이 시대 최고의 루키」로 주목받는 소년 페이.
두 사람이 도전하는 「신들의 놀이」는 난이도가 너무 높아 완전 공략한 사람은 제로.
그 이유는, 신들은 변덕쟁이에 불합리하고, 가끔은 이해할 수 없으니까.
그러나 그런 게임이기에 진심으로 즐기지 않으면 아깝다!
여기에 천재 소년과 신이었던 소녀, 그리고 동료들이 펼치는
지고한 신들과의 궁극 두뇌전이 펼쳐진다!

신과 인류의 두뇌전, 드디어 개막!